Joshua Ferris
Männer, die sich schlecht benehmen

JOSHUA FERRIS

MÄNNER DIE SICH SCHLECHT BENEHMEN

Storys

*Aus dem Amerikanischen
von Marcus Ingendaay*

LUCHTERHAND

Für Cooper Ferris und Jim Shepard

Inhalt

Die Dinnerparty

Einmal waren die beiden Frauen zum Lunch verabredet, und danach kam sie verstimmt wegen irgendwelcher Kleinigkeiten zurück. Sein einziger Kommentar:»Warum tust du dir das an?« Er wollte sie schützen. Er wollte aber auch einen Keil zwischen die beiden treiben, damit ihm künftig die gemeinsamen Abendessen mit dieser Frau und ihrem Mann erspart blieben. Allerdings waren ein paar Monate später die Streitigkeiten vergessen und der Riss wieder gekittet. Er machte ihr daraus keinen Vorwurf. Es handelte sich um eine alte Freundschaft, und eine gute Freundin bekam man nicht an jeder Ecke.

In einer Art vorweggenommener Rückschau sah er alles voraus, jedes Wort, jede Geste, die er – vier Stunden weiter – von sich gegeben *haben würde*. Er ging noch einmal zurück in die Küche und stellte sich mit einem frischen Glas Wein an den Kühlschrank, aber so, dass er nicht im Weg war.

»Ich schaff das nicht«, sagte er.

»Schaffst was nicht?«

Mittlerweile lief die Zeit. Das Wasser im Topf näherte sich dem Siedepunkt, das Fleisch lag gewürzt auf dem Schneidebrett.

Sie stand an der Arbeitsplatte neben der Spüle und schnitt eine Zwiebel klein. Weiteres Gemüse, frisch und knackig dem Tod geweiht, wartete gleich nebenan auf seine Verarbeitung. Sie hörte gerade so lange auf zu schnippeln, dass es für eine tragische Pose mit erhobenem Unterarm an der Stirn reichte. Unter Tränen nahm sie ihre Arbeit wieder auf. Sie selber rührte ihren Wein nicht an.

»Ich kann dir jetzt schon sagen, wie der Abend ablaufen wird, und zwar von dem Moment an, wo sie hier durch die Tür kommen bis hin zum Abschiedsbussi. Echt, das halte ich nicht aus.«

»Aber bei einem Bussi-Bussi muss es doch nicht bleiben«, sagte sie gleichmütig schnippelnd. »Warum steckst du ihr nicht die Zunge in den Hals?« Seine Frau war für fast alles zu haben und redete entsprechend offen. Es war vielleicht nicht immer taktvoll, aber genau das zählte zu ihren besten Eigenschaften. »Vermutlich wäre sie darüber aber mehr überrascht als du.«

»Sie kommen rein«, sagte er. »Wir nehmen ihnen die Mäntel ab. Und alle quasseln, als wäre der Teufel hinter ihnen her, als lägen nicht vier lange Stunden gemütliches Beisammensein vor uns. Wir betäuben uns mit Alkohol, wir diskutieren bis zur Erschöpfung jeden Scheiß. Natürlich ist es auch ein lustiger Abend, es wird viel gelacht, obwohl später niemand mehr weiß, was eigentlich so witzig war. Klar, und großes Lob an die Köchin! Gefolgt von ein paar Monologen. Irgendwann gähnt einer, am Ende gähnen alle. Und sie sagen: ›Ich glaube, wir sollten langsam.‹ Wobei wir höflich weggucken, als beabsichtigten sie, auf unseren Ecktisch zu kacken. Dann erheben sich alle, einer von uns holt ihre Sachen von der Garderobe, und auf geht's ans fröhliche Abschiednehmen. Wir alle sagen mehr oder weniger dasselbe: ›Was für ein schöner Abend, das sollten wir unbedingt wiederholen‹, blabla. Dann sind sie endlich weg, und wir reden über sie. Während sie unten durch die Straßen laufen und über uns reden.«

»Tja. Und womit kann man dir sonst eine Freude machen?«

»Mit einem Blowjob.«

»Warten wir damit lieber, bis sie da sind«, sagte sie. Sie wischte mit dem Finger an der Klinge des Kochmessers entlang, um es von anhaftenden Zwiebelstückchen zu befreien. Er reichte ihr das Glas. »Trink deinen Wein«, sagte er. Sie trank einen Schluck, und er verließ die Küche.

Er setzte sich aufs Sofa und las weiter seine Zeitschrift. Dann stand er auf, ging in die Küche, schenkte sich nach.

»Ach, und noch etwas«, sagte er. »Sie mit ihrer großen Überraschung immer. Selbst ihre sogenannten Überraschungen sind keine Überraschung, sondern reichlich absehbar.«

»Dann tust du halt so. Tu ihnen den Gefallen, und tu so«, sagte sie.

»Man kann förmlich darauf warten«, sagte er. »Zunächst bedeutungsvolles Schweigen. Dann gibt er den Startschuss, indem er ihr ultrasensibel den Vortritt lässt. ›Jetzt sag es ihnen schon‹, sagt er zu ihr. Und sie: ›Nein, sag du.‹ Und er: ›Nein, du.‹ Und sie dann: ›Na gut, bevor ich mich schlagen lasse.‹ Und wir – aber hallo – schlackern nur so mit den Ohren ob der freudigen Botschaft. Alter Schwede, wer hätte das gedacht: Sie ist schwanger! Oder: Jemand wurde vom Auto überfahren – auf dem Weg zur Lottoannahmestelle! Und bitte die Geschichte unbedingt an den gutsten Veuve Cliquot weiterleiten. Der alte Sack ist gern im Bilde, was bei anderen so abgeht. Aber das ist noch nicht einmal das Schlimmste. Das Schlimmste ist, wie absehbar unsere Reaktion auf diesen Scheiß ausfällt.«

»Na ja, aber dagegen kann man doch was tun«, sagte sie.

»Schlag ihnen eine Abtreibung vor.«

An einem Stück Eis herumlutschend, sagte er: »Dann geht aber ein Ruck durchs Kirchenschiff.«

»Sag, wir könnten es gleich an Ort und Stelle machen, mit

einer Pulle Veuve Cliquot und einem Drahtbügel. So was haben wir immer im Haus.«

»Herrlich«, sagte er. »Ich bin dabei.«

Die Küche war klein, eigentlich zu klein für zwei, aber er wollte in ihrer Nähe sein. Sie briet den Knoblauch und die gehackten Zwiebeln an.

»Eigentlich ist *er* ja ganz okay«, sagte er. »Sie beide sind eigentlich ganz okay. Ich bin nur gerade zum Kotzen.«

»Und wann machen wir so etwas schon mal? Ein-, zweimal im Jahr, wenn's hochkommt. Du wirst es überleben. Und wenn erst das Baby da ist …«

»Gott bewahre.«

»Mit dem Baby kriegen wir sie noch seltener zu sehen.«

»Bis auf die Weihnachtskarten. Hier seht ihr unseren kleinen Sonnen-*chein*! Kleiner Sonnen-*chein* am Arsch!«

»Du musst wenigstens nicht zur Babyparty«, sagte sie.

»Jede Wette, sie schaffen sich einen Kinderwagen an.«

»Kinderwagen, wieso?«

»Wieso?«, fragte er und belegte einen Kräcker mit einem Stück Käse. »Um das Baby groß durch die Gegend zu fahren natürlich.«

»Die Chancen für einen Kinderwagen stehen in der Tat hoch«, sagte sie. »Ich wette, *du* würdest nie einen Kinderwagen kaufen. Weil ein Kinderwagen wäre ja so was von absehbar, habe ich recht?«

»Ich dachte eher, wir kleben uns das Kind mit Panzerband an den Bauch«, sagte er. »Käme billiger.«

»Du meinst wie eine Babytrage, nur mit Panzerband?«

»Genau.«

»Guckt das Kind nach vorn oder nach hinten?«

»Wenn es schläft, nach hinten. Wenn es wach ist und strampelt, weil es etwas sehen will, nach vorn.«

»Du meinst, damit es schon mal seine Umgebung erkunden kann, mit jener unstillbaren Neugier auf die vielfältigen Wunder, die diese Welt für den neuen Erdenbürger bereithält?«

»So ähnlich.«

»Das Kind dürfte eher erleichtert sein, dass ich unfruchtbar bin.«

Er verließ die Küche, stand mit seinem Drink im Wohnzimmer, horchte auf ihre Arbeitsgeräusche. Eigentlich hätten sie auch Ben und Lauren einladen müssen, wie beim letzten Mal. Ben und Lauren waren eher *seine* Freunde. Mit Ben und Lauren verging die Zeit auch nicht so schleppend wie in einem Bestattungsinstitut oder in den Kirchen seiner Jugend im Mittleren Westen. Doch diesmal sollte es ein intimer Abend werden, vermutlich, damit die beiden ungestört ihre Überraschung präsentieren konnten. Er hakte zwar noch öfter nach – »Hey, sollten wir nicht auch Ben und Lauren einladen?« –, doch irgendwie war die Sache entschieden, und Ben und Lauren dürften eher froh drum sein.

Er kehrte in die Küche zurück, sagte: »Sobald sie kommen, kriegen sie als Erstes einen ordentlichen Shot verpasst, alle beide.«

»Shot?«

»Tequila.«

»*Sie* auch?«

»Beide.«

»Das ist bestimmt gut für das Baby.«

»Muss aber sein, notfalls zwinge ich sie«, sagte er. »Ich denk mir was aus.«

»Dann mach mal.«

»Der ganze Quatsch über Folsäure und pränatale Vitami-

13

ne, hör mir auf. Meinst du, Attila der Hunnenkönig hätte im Mutterleib seine tägliche Gabe Folsäure gekriegt? Oder Napoleon?« Sie ging in der Küche hin und her, während er seinen Drink dicht am Körper hielt. »Und das sind längst nicht alle.«

»George Washington«, sagte sie. »Einer unserer Gründerväter.«

»Siehst du? Die Liste ist lang. Moses.«

»Trotzdem glaube ich, dass sie auf Tequila pur lieber verzichtet«, sagte sie.

»Ach was, man muss es nur clever anstellen. Sag ihr, in Tequila sind jede Menge pränatale Vitamine. Wirst sehen, wie sie das Zeug wegschlürft.«

»Klar, sie ist ja auch erst im dritten Schuljahr«, sagte sie. »Außerdem ist sie blind und total verblödet.«

»Ich sagte doch, ich überlege mir was.«

Abermals verließ er die Küche. Als er wiederkam, sagte er: »Okay, ich hab's.«

Doch die Küche war leer. Ihr Ehering und der eine Diamantring lagen noch auf der Theke – wie immer, wenn sie kochte. In der Spüle stand jede Menge Geschirr. Der große Topf und die kleine Kasserolle auf dem Herd köchelten vor sich hin und emittierten ihren Dampf in die ratternde Dunstabzugshaube. Der Unterschrank war offen.

»Amy?«, sagte er. Keine Antwort. Wo war sie hin? Er wandte sich um und ging bis vors Wohnzimmer, dies für den unwahrscheinlichen Fall, dass sie über den Flur nach draußen gegangen war, während er auf dem Sofa im Wohnzimmer lag. Dann kehrte er wieder in die Küche zurück, wo sich zumindest die elektrischen Geräte, Töpfe und Speisen regten. Sie kam durch die Wohnungstür.

»Wo bist du gewesen?«

»Ich hab den Müll runtergebracht«, sagte sie.

»Das hätte *ich* doch gemacht.«

»Hast du aber nicht«, sagte sie.

Eigentlich hatte er ihr seine geniale Strategie mitteilen wollen, was diesen Abend und den Umgang mit diesen Leuten betraf, aber er hatte keine Lust mehr, sie weiter zu reizen. Stattdessen stellte er sein Glas ab und trat von hinten an sie heran, die bereits wieder am Herd stand. Während sie in den Töpfen rührte, schlang er die Arme um ihre Hüften. Vor Jahren einmal hatten sie ein eigenes Wort für diese Geste, nur fiel es ihm gerade nicht ein. Er küsste ihren Nacken, ihren Haaransatz, roch Essensdunst und das Shampoo mit der gefakten Wildblumenessenz. »Wie kann ich dir helfen?«, fragte er.

»Du könntest schon mal den Tisch decken«, sagte sie.

Er deckte den Tisch. Dann stellte er sich mit einem frischen Drink wieder an den Kühlschrank. »Ich dachte mir das folgendermaßen«, sagte er schließlich. »Sie bringen die übliche Flasche Wein mit, okay? Wir bedanken uns artig, machen die Flasche aber nicht auf, sondern stellen sie gleich in die Küche, wo sie auch bleibt. Jedenfalls sehen sie ihre Flasche nie wieder. Wir wiederum ... wir bitten sie gleich zu Tisch. Fragen gar nicht erst, was sie trinken wollen – so, als hätten wir es glatt vergessen. Kann ja mal passieren. Denn ich kenne ihn. Selbst wenn *sie* sich zurückhält wegen der großen Neuigkeit, *er* will garantiert was trinken. Ich sage ihnen aber, leider hätten wir zurzeit gar nichts im Haus. Daher müssten wir zum Essen auch auf ihren Wein zurückgreifen. Was, wie gesagt, nicht geschieht. Der Wein bleibt weg, es gibt nur Wasser. Dann, mittendrin ...«

»Kein Alkohol?«, sagte sie. »Du solltest bei Al Kaida anheuern.«

»… mittendrin stehe ich auf und hole mir aus dem Kühlschrank ein Bier. Ich mache es am Tisch auf und genehmige mir einen tiefen Schluck. Na, was meinst du?«

»Hört sich vielversprechend an.«

»Er fragt vorsichtig an, ob er auch eins haben könnte. Doch ich so: ›Nee, Mann, tut mir leid, das war das letzte.‹ Und trinke das Bier aus. Meinst du, sie hauen dann ab?«

»Glaube ich eher nicht.«

»Echt nicht? Sie haben nicht die Schnauze voll? Übrigens, wo bleiben sie denn?«

»Sie kämen vielleicht nie wieder, aber nein, gehen würden sie erst mal nicht.«

»Weißt du, im Grunde sind es ja nette Leute«, sagte er. »Vom Prinzip her.«

»Sie ist meine älteste Freundin«, sagte sie. »Und er kann richtig komisch sein.«

»Stimmt, das kann er.«

Später kam er aus der Toilette, als die Spülung aufhörte. Sie war nicht mehr in der Küche. Er nahm sich den nächsten Kräcker von der Platte, das nächste Stück Käse. Am gedeckten Esstisch vorbei ging er ins Wohnzimmer. Sie saß auf dem Sofa und las in derselben Zeitschrift, die er zuvor gelesen hatte. Er blieb in der Zimmermitte stehen und streckte die Hände aus. »Wo *bleiben* die?«

Sie sagte: »Wenn man von einem fest ausgehen kann, dann davon, dass sie zu spät kommt.«

»Klar, aber eine Dreiviertelstunde?«

»Die Vorspeise ist jedenfalls kalt.«

»Was ist mit dem Fleisch?«

»Das muss ich zum Glück erst noch machen.«

Gelassen blätterte sie in der Zeitschrift, ohne das geringste Anzeichen von Ungeduld oder Verärgerung. Sie hatte sich offenbar damit abgefunden, dass es so lange dauerte, wie es dauerte.

»Vielleicht rufst du sie mal an?«

»War es nicht das, was du wolltest?«, fragte sie. »Dass etwas passiert, was nicht absehbar ist?« Sie telefonierte ihnen hinterher. Es war neun Uhr, zehn Uhr. Irgendwann ging es auf halb elf zu. Sie versuchte ein Dutzend Mal, sie zu erreichen, auf ebenso vielen Wegen. Sie schickte SMS und E-Mails. Sie gingen nicht dran und reagierten auch sonst nicht.

»Nicht beim Abendessen«, sagte er.

»Wie großmütig, wie zutiefst human«, sagte sie.

»Ach, ärgere dich nicht über diese bekackten Versager«, sagte er. »Sie gucken *Friends* auf DVD und sind dabei eingeschlafen. Aber vorher haben sie noch die Tür verrammelt und das Telefon abgestellt.«

»Ja, hallo?«, sagte sie. Sie sprach in den Hörer. »Okay, danke. Könnten Sie ihnen meine Nummer geben, falls einer von beiden eingeliefert wird. Danke.« Sie nannte noch ihren Namen und ihre Nummer und legte dann auf.

»Sag mal, das ist doch wohl nicht wahr?« Sie wählte die nächste Nummer. »Außer dir selbst interessiert dich wohl gar nichts?«

»Ich wollte nur helfen.«

»Auf deine Hilfe kann ich schon länger verzichten«, sagte sie. Das wollte er gar nicht so genau wissen, verließ daher das Wohnzimmer. »Sicher«, sagte sie ins Telefon, »ich bleibe dran.«

»Wird das Fleisch schlecht?«, rief er aus der Küche. Die Käseplatte war mittlerweile aufgegessen, ebenso die Cherrytomaten mit Mozzarella und Balsamico sowie die Feigen im

Speckmantel. Er saß auf dem Barhocker an der Küchentheke und aß von einer Untertasse das Pilzrisotto, das es zu dem Lamm geben sollte, während er das Fleisch beäugte, das auf dem Schneidbrett bereitlag. Er hatte bereits die nächste Flasche Wein aufgemacht. »Hey, Babe, was ist mit dem Fleisch? Kann man das einfach so stehen lassen?«

»Steck es dir in den Arsch«, sagte sie.

Er hörte auf zu kauen, blickte mit erhobenen Brauen auf die beiden mit Senf bestrichenen Lammkarrees und überlegte, wie unangenehm sich die langen Rippchen in seinem Arsch anfühlen würden. Andererseits, was für ein Spaß, vor ihr blankzuziehen – mit so einem Teil zwischen den Backen. »Ich soll sie mir also in den Arsch stecken«, sagte er. »Weißt du, wer sie sich in den … wer sie sich in wessen Arsch stecken sollte? Das sind deine beiden Freunde und denen ihr Arsch. *Sie* sollten sich die Dinger in den Arsch stecken«, sagte er.

Auch im nächsten Krankenhaus konnte man ihr nicht weiterhelfen. Wieder hinterließ sie ihren Namen und ihre Telefonnummer. Sie ging in die Küche. »Was brabbelst du da?«

»Hier sind zwei Lammkarrees, eins für jeden Arsch von ihnen.«

Sie tippte mit dem Finger gegen seine Stirn. »So etwas machen sie doch sonst nicht«, sagte sie und stieß seinen Kopf nach hinten. »Das sieht ihnen nämlich gar nicht ähnlich, und das weißt du genau. Blöde Sprüche kann ich nicht brauchen.« Sie ließ von ihm ab, und er pendelte zurück in eine aufrechte Sitzposition.

»Sorry, aber was brauchst du dann?«, sagte er. »Da du ja, wie du sagst, auf meine Hilfe verzichten kannst.«

Sie verließ die Küche.

»Warte«, sagte er, stellte das Tellerchen mit dem Risotto weg und stand auf. »Bleib doch mal stehen.« Er folgte ihr ins

Esszimmer. »Ich habe nicht gesagt, dass ich dir nicht helfen will – Herrgott, kannst du mal stehen bleiben und mir zuhören?« Sie blieb stehen und drehte sich um. »Sie haben sich wahrscheinlich nur mit dem Datum vertan. Morgen rufen sie an und erklären dir, wie leid es ihnen tut. Weil, in der Spätvorstellung von *Kung Fu Panda* mussten sie bedauerlicherweise ihre Handys ausschalten.«

»Du meinst also, sie waren in *Kung Fu Panda*?«, sagte sie.

»So was in der Art.«

»Meine Freunde, erwachsene Leute, waren in *Kung Fu Panda* und haben ihr Handy abgestellt, damit sie in Ruhe diesen Film sehen können?«

»Das oder …« Er hob seinen Finger. Sie standen vor dem düsteren Rechteck der offenen Schlafzimmertür. Für einen Moment war die alte Angst aus Kindertagen in ihm wieder aktiv, dass, wer durch diese Tür ging, ins Bodenlose stürzte. Das galt auch für sie, auch sie konnte durchaus bis zum Erdmittelpunkt fallen. Er senkte den Finger. »Nee, Quatsch«, sagte er. »Ich glaube natürlich *nicht*, dass sie gerade im Kino sind.«

»Nein, du hast nur Müll im Kopf«, sagte sie.

Sie trat ins Schlafzimmer. Wo sie nicht ins Bodenlose stürzte, sondern im Zwielicht zum Badezimmer schwebte. Das Licht dort schaltete sie erst an, als sie die Tür hinter sich geschlossen hatte.

Eine halbe Stunde lang saß er in der Küche auf dem Boden. Dann rief er: »Hey!« Keine Antwort. Er stand auf und ging ins Schlafzimmer.

Er fand sie genau dort. Sie trug ihren Schlafanzug und las, aufrecht im Bett, ein Buch. »Was machst du da?«

»Ich gehe schlafen.«

»Hör mal, das Fleisch liegt noch in der Küche«, sagte er.

»Und auch all die anderen Sachen. Sollen wir das alles vergammeln lassen? Und was ist mit deinen Freunden? Machst du dir keine Sorgen?«

»Ich habe keinen Hunger«, sagte sie.

»Aber einfach ins Bett gehen und lesen?«

»Was schlägst *du* vor?«

»Keine Ahnung. Ich würde vielleicht bei ihnen vorbeigehen. Gucken, ob sie da sind.«

»Ich muss hier sein, falls sich ein Krankenhaus meldet. Oder falls sie doch noch kommen.«

Er setzte sich auf die Bettkante, stützte den Kopf in die Hände. Er hörte ihr langsames Umblättern und, tiefer in sich selbst, den schmatzenden Puls des Alkoholabbaus.

»Na gut«, sagte er und blickte auf. »Aber ich könnte doch nachsehen?«

»Und dann, was willst du dann tun, großer Mann? Du Mann aus Stahl! Du meinst, du setzt dich in dein Wodkamobil und suchst die Gefahr?«

Er starrte sie an.

»Schade, dass wir keine Kinder haben können«, sagte sie. »Falls sie jemals entführt würde, gäbe es keinen besseren Daddy, sie zurückzuholen.«

»Sie? Meinst du, wir hätten eine Sie?«

»Klar, für dich wäre es natürlich wichtig, einen Jungen zu haben. An ihn könntest du alle deine männlichen Fähigkeiten weitergeben. All deine Superkräfte, großer Mann.«

Er erhob sich vom Bett.

»Soll ich jetzt hingehen oder nicht?«

Er war schon mehrmals in ihrer Wohnung gewesen, doch nie mit so vielen Menschen. Die Wohnung war groß, aber »interessant geschnitten«, wie Makler es nannten. Eine Flucht von Zimmern, die größtenteils nicht direkt zugänglich waren, sondern nur hintereinander. Schon unmittelbar nach seinem Eintritt befand er sich in einem Raum, wo ein sorgsam kuratiertes Kerzenensemble eine kapellenartige Lichtstimmung erzeugte. Er sah Silhouetten von vielen Menschen, und in dem Zimmer rechts waren noch mehr. Großer Andrang auch in der Küche, ein ständiges Kommen und Gehen. Doch immer waren manche Leute lauter als andere. Ein Unbekannter hatte ihm die Tür aufgemacht.

»Wird hier eine Party gefeiert?«, fragte er.

»Sind Sie ein Nachbar?«

»Nein, ich bin ein alter Freund.«

»Bier gibt's im Kühlschrank«, sagte der Unbekannte. Er schloss die Tür und wandte sich wieder seiner Unterhaltung zu.

Das laute Stimmengewirr nahm an Deutlichkeit zu. Draußen auf dem Gang hatte er das submarine Geräuschbild zunächst einer anderen Wohnung zugeordnet. Er zögerte, ehe er sich in die kleine Diele vor der Küche ziehen ließ. Auch in der Küche selbst war die Beleuchtung minimal. Vor chromglänzenden Oberflächen und den an der Decke aufgehängten Kupferkesseln und -pfannen bewegten sich hieratische Schattenrisse oder standen in Gruppen an der Theke aus schwarzem Marmor. Jemand holte sich etwas aus dem Kühlschrank. Ein heller Lichtpunkt durchbrach die schummrige Atmosphäre – die jedoch wiederhergestellt war, sobald die Kühlschranktür zufiel. Jemand anders sagte: »Boah, das war die letzte, du Sau!« Worauf der Angesprochene die Flasche mit einer angedeuteten Geste auf dem Kopf seines Gegenübers zerschmetterte. Es kam noch zu weiteren Quasikampfhandlungen, ehe der Besitzer der Flasche aus der Küche driftete.

Langsam durchwanderte er die gesamte Wohnung. Er sah

aber niemanden, den er kannte. Allerdings war es gar nicht so leicht, im Halbdunkel Gesichter zu erkennen, zumal ihm einige Leute gesprächsbedingt den Rücken zuwandten. Und ihnen auf die Schulter zu tippen oder sie auffällig unauffällig von der Seite anzustarren widerstrebte ihm. Ohnehin fühlte er sich beobachtet. Er bereute, dass er sich in der Küche keinen Drink geholt hatte, denn der letzte lag schon eine Weile zurück. In seiner Situation machte Alkohol nicht nur vieles leichter, ohne Glas in der Hand kam man sich auch vor, als gehörte man nicht dazu.

Schließlich stand er vor dem Gaskamin, ein reines Dekostück, aber mit aufwendigem Kaminsims und Spiegel darüber. Bläuliche Flammen züngelten an knorrigen Fake-Scheiten empor und gaben eine trockene, leidenschaftslose Wärme ab. Kein Rauch, keine Asche, nur das leise Zischen einer stilvollen Feuerstelle. Er starrte auf dieses Feuer, bis seine Augen brannten und die konkurrierenden Stimmen im Hintergrund zu einem einzigen Soundbrei wurden. Als er den Blick wieder hob, hatten sich die Flammen auf seiner Retina eingebrannt und wirkten wie ein Schleier vor der Welt. Von seiner Umgebung nahm er nur vage Schemen und grobe Umrisse wahr, und auch das nur an den Rändern seines Gesichtsfelds. Er wartete darauf, dass die Phantome sich auflösten, doch bevor es so weit war, sagte eine vertraute Stimme: »Na, guck mal, wer da ist.«

Er blinzelte mehrmals, um besser sehen zu können, aber seine Frage war dennoch mehr geraten. »Ben?«

»Lauren und ich haben uns schon gefragt, wo ihr bleibt«, sagte Ben.

»Wir hatten etwas anderes vor«, hörte er sich sagen. »Am frühen Abend.«

»Wo ist Amy?«

»Zu Hause«, sagte.»Sie fühlt sich nicht gut.«

»Wie schade«, sagte Ben.»Hoffentlich keine Grippe?«

»Grippeähnlich«, sagte er.»Wo ist Lauren?«

Ben drehte sich um, als suche er nach ihr. Doch dann sagte er mit deutlich verringerter Lautstärke:»Achtung, Buddy, links von dir: heißer Feger auf zehn Uhr. Ich führe, okay?« Mit dem Bierglas in der Hand drehte er ihn ein paar Kreisgrade weiter.»Jetzt hast du sie auf zwölf Uhr, direkt über meiner Schulter. Siehst du sie? Weißt du, wer das ist?«

»Sie ist schön.«

»Nur schön, Buddy?«, sagte er.»Hast du gar keine Ahnung, wer die Frau ist?«

»Ich kenne praktisch niemanden hier«, sagte er.

Ehe er die Frau näher in Augenschein nehmen konnte, spürte er eine Hand an seinem Arm. Der Griff war dünn und hart, beinahe schneidend, und als er sich danach umdrehte, hatte er Amys alte Freundin vor sich.»Nanu«, sagte er.»Weißt du, dass wir auf euch gewartet haben?«

»Ben, du bleibst hier«, sagte sie streng.»Ich habe dir noch etwas Wichtiges mitzuteilen.« Dann drehte sie sich zu ihm.»Du kommst mit mir.«

Ihr Griff verstärkte sich, während sie ihn – gewissermaßen im Schnelldurchlauf – durch die verschiedenen Zimmer zerrte.»Was zum Henker ist denn los?«, fragte er.»Wir haben den ganzen Abend auf euch gewartet, und ihr feiert hier eine Party?«

»Ihr habt versprochen, dass ihr nicht ohne mich anfangt!«, sagte sie zu einer Gruppe, die offenbar nur auf sie gewartet hatte.

»Ohne dich bestimmt nicht«, sagte ein Mann.»Ich schweige wie ein Grab.« Jemand anders lachte.

Ihr Lächeln verschwand, sobald ihr Blick auf ihn fiel.

»Hey«, sagte er. »Hörst du mir zu?«

»Kannst du bitte warten«, sagte sie, ohne ihn anzusehen.

»Wohin gehen wir?«

Schließlich hatte sie ihn in der Diele. Sie trank aus und stellte ihr Glas auf dem Boden.

»Ich weiß ja nicht, ob Alkohol jetzt das Richtige ist«, sagte er.

»Es ist nur Cranberrysaft«, sagte sie. Dann öffnete sie die Tür, und sie traten hinaus in den Hausflur.

»Wer hat dich eigentlich zu dieser Party eingeladen?«, fragte sie.

»Wer mich eingeladen hat?«, fragte er. »Niemand hat mich eingeladen. Im Gegenteil, wir hatten für euch ein Essen geplant, und ihr habt uns versetzt.«

»Entschuldigung«, sagte sie. »Aber das stimmt nicht. Wir hatten nichts geplant.«

»Doch, hatten wir«, sagte er. »Deswegen haben wir ja groß gekocht, mit teurem Fleisch und allem Drum und Dran, extra für euch. Und dann stelle ich fest, dass ihr hier big Party macht.«

»Eben. Warum sollten wir eine große Party schmeißen, wenn wir schon bei euch eingeladen sind?«

»Vielleicht aus demselben Grund, aus dem *wir* nicht eingeladen wurden.«

Darauf hatte sie keine Antwort. Sie galt allgemein als hübsch, doch mit ihren Pausbacken und dem Schmollmund hatte sie ihm von Anfang an nicht gefallen. Zwar gab er sich alle Mühe, sie sympathisch zu finden, doch dieser Mund erinnerte zu sehr an eine verzogene kleine Göre, und ihre Stimme half auch nicht. Und auch nicht, was ihr so über die Lippen kam. Das Baby tat ihm jetzt schon leid.

»Darauf fällt dir nichts mehr ein, oder?«, sagte er.

»Ich hätte da mal eine Frage«, sagte sie. Ihr Mund zitterte etwas und wirkte dadurch noch unverfrorener. Man könnte auch sagen: hässlicher. »Warum tust du immer so scheißfreundlich? Warum ladet ihr uns zum Essen ein, wo doch jeder weiß, dass du uns nicht magst, uns eigentlich sogar verachtest – und zwar von Anfang an?«

Die Direktheit ihrer Frage frappierte ihn. Er war versucht, ihrem Befund zu widersprechen. Woher wollte sie wissen, wen er mochte und wen nicht?

Stattdessen sagte er: »Amy zuliebe.« Sie war still. »Du hast gefragt«, sagte er.

»Diese Party ist nur für geladene Gäste«, sagte sie. »Und ihr seid definitiv nicht eingeladen.«

»Das heißt, ich oder Amy werden nicht eingeladen, wohingegen mein Freund Ben sehr wohl eingeladen ist?«

»Wir haben Ben bei einer eurer Dinnerpartys kennengelernt.«

»Ich weiß, wo ihr ihn kennengelernt habt.«

»Seitdem sind wir mit den beiden befreundet.«

»Und wer war die Frau?«, fragte er.

»Welche Frau?«

»Die Frau, die in der Nähe stand, als ich mit Ben sprach.«

»Ich dachte, ich hätte mich klar genug ausgedrückt«, sagte sie.

»Okay, vergiss es«, sagte er. »Du willst mich nicht hierhaben, das geht in Ordnung. Ich bin auch nur hier, weil sich Amy Sorgen machte, als ihr nicht kamt. Was soll ich ihr denn sagen, wenn klar ist, dass ihr nur deswegen nicht gekommen seid, weil ihr eure eigene Party feiert – zu der wir definitiv nicht eingeladen sind?«

Sie starrte ihn an, hatte dabei die Arme vor der Brust gekreuzt, den Kopf zur Seite gelegt, als sei alles nur eine kokette Kabbelei unter Liebenden. Wenn nur dieses ausdruckslose Pokerface nicht gewesen wäre.

»Soll ich dir sagen, was ich von dir halte?«, fragte sie.

Dieses Pokerface bereitete ihm die größten Schwierigkeiten, denn es gab absolut nichts preis. Er wusste nicht einmal ansatzweise, worauf sie hinauswollte. Es war gerade so, als wäre sie plötzlich ein völlig anderer Mensch.

»Ich glaube, es war ein schwerer Fehler von Amy, dich zu heiraten«, sagte sie. »Ich wollte es ihr sagen, konnte aber nicht so deutlich werden, wie es nötig gewesen wäre. Amy und ich haben mittlerweile fast nichts mehr gemein, und, sorry, auch daran bist nur du schuld. Einfach weil man nichts mit dir zu tun haben will, nicht mal über dich reden will. Und die Vorstellung, dass sie für den Rest ihres Lebens mit dir allein ist, ehrlich, das tut einfach nur weh.«

Aber er hatte sich bereits abgewandt. Trotzdem blieb er noch einmal kurz stehen. »Ihr seid Unmenschen«, sagte er. »Alle beide.«

»Kommt nicht wieder her«, schickte sie ihm hinterher. »Ruft auch nicht an, weder heute Abend noch sonst irgendwann.«

»Ich freu mich schon jetzt darauf, was Amy sagen wird. Das gefällt ihr bestimmt.«

»Leider ist mir das mittlerweile völlig egal«, sagte sie noch.

Er nahm sich ein Taxi nach Hause. Auf dem Rücksitz spielte er das Gespräch wieder und wieder durch, und das so intensiv, dass er mit den Zähnen knirschte. Er war fassungslos über die Unverschämtheiten, die sie ihm an den Kopf geworfen hatte. All das war empörend, beleidigend und – buchstäblich – das Letzte, weil nicht mehr ungeschehen zu machen. Er sah kaum, wo sie entlangfuhren, umso deutlicher sah er dieses kleine Mündchen vor sich und die ausdruckslose Miene, die der Eruption vorausging – was ihn noch mehr aufbrachte.

Allerdings, als er das Taxi bezahlte und ausstieg, hatte sich sein Zorn allein durch die übermäßige Beschäftigung damit weitgehend verflüchtigt. Er hätte sich gern dieses erstickende Gefühl erhalten, das nach dem befreienden Schlag förmlich schrie, und rief sich deshalb ihre Küche ins Gedächtnis, mit Bergen von Geschirr und dem teuren Fleisch, das nun langsam verdarb. Schon an der Wohnungstür rief er nach ihr, ging dann weiter bis ins Schlafzimmer. Dort, wo sie ihr Buch gelesen hatte, war die Decke zurückgeschlagen. Das Buch lag noch an seinem Platz, aber sie selbst war nicht mehr da. Er sah kurz im Badezimmer nach und ging dann durch die gesamte Wohnung, wobei er überall die Deckenbeleuchtung einschaltete. Er stoppte kurz an dem begehbaren Kleiderschrank und zählte die Mäntel, lief weiter zur Küche, wo alles war wie gehabt, einschließlich ihrer Ringe auf der Küchentheke. Er war in seiner eigenen Zukunftsvision angelangt, ein Mann auf panischer Suche nach seiner Frau: von ihm schon oft und genau so vorausgesehen, doch ebenso oft als Unding abgetan. Sie hatte ihn verlassen. Ein schwindelerregendes Faktum. Er musste sich am Kühlschrank festhalten. Er wünschte sich nichts mehr, als dass sie zumindest noch da wäre, um von ihm die ganze Wahrheit über den Abend zu empfangen. Was für ein grausamer Spaß, welche Genugtuung! Aber sie war weg.

Als er ins Schlafzimmer zurückkehrte, war sie plötzlich doch da. Wie, wusste er nicht. Sie saß aufrecht auf seiner Seite des Betts und wandte ihm den Rücken zu. Seine Erleichterung kannte keine Grenzen. Er ging weiter auf sie zu und sah im Licht der halbgeöffneten Jalousien, dass ihre Augen weit offen standen. Sie musste wissen, dass er da war, sah ihn aber nicht an, sondern blinzelte nur abwesend vor sich hin. »Sie waren übrigens da«, sagte er, ließ die Botschaft sacken. »Ist das zu glauben? Sie waren die ganze Zeit zu Hause.«

Sie schloss die Augen. Er legte sich zurecht, wie er die Geschichte aufbereiten würde. Er würde ganz am Anfang anfangen, dem Moment, als er im Flur unerwartete Partygeräusche wahrnahm. Mit einer knappen, untheatralischen Geste wischte sie sich eine Träne weg und legte die Hand anschließend wieder auf ihr Bein. Dass sie weinte, damit hatte er nicht gerechnet.

Er dachte daran, welche Sorgen sie sich gemacht hatte, als die beiden nicht erschienen. Er dachte daran, welchen Ehrgeiz sie beim Kochen entwickelt, welche Mühe sie sich für die beiden gemacht hatte. Und das, obwohl abzusehen war, mit welcher Art »freudiger Botschaft« sie an diesem Abend konfrontiert würde.

Er setzte sich neben sie und legte den Arm um sie. »Sie waren am Schlafen«, sagte er. »Ich musste ewig klingeln, um jemanden an die Tür zu kriegen. Sie fiel aus allen Wolken, so leid tat ihr das Ganze. Sie hat sich ohne Ende dafür entschuldigt.«

Sie stand auf und ging in das Zimmer nebenan. Da er sie gerade noch im Arm gehalten hatte, erschien ihm das Bett doppelt leer. Er rief ihr etwas zu, sie antwortete nicht. Er rief ein zweites Mal, überlegte, ob er ihr nachlaufen sollte, doch das brachte erfahrungsgemäß nichts. Er hörte sie in dem begehbaren Kleiderschrank kramen. Als sie wieder ins Schlafzimmer kam, lag er auf dem Rücken. Sie schaltete die

Deckenlampe ein. Da er an die Decke starrte, blendete ihn das Licht. Er drehte den Kopf weg. Da fiel sein Blick auf den Rollkoffer, den sie aufs Bett gelegt hatte – und die eckige Bewegung, mit der sie den Reißverschluss aufzog. »Was machst du da?«, fragte er.

Er traute seinen Augen nicht. Zugegeben: Dass sie irgendwann ihre Koffer packen würde, kam nicht ganz überraschend. Es war gewissermaßen absehbar. Trotzdem wirkte das reale Kofferpacken reichlich überzogen. Eine Reaktion ebenso theatralisch wie sinnlos. Wo wollte sie denn hin? »Sei nicht albern«, sagte er. »Bitte, lass das. Was hat das alles mit mir zu tun?«

Ihre Bewegungen verlangsamten sich. Sie legte noch ein paar Sachen in den Koffer und feuerte schließlich ein Paar Socken hinterher, doch dieser Schlusspunkt kam nur noch halbherzig. Offenbar sah sie die Absurdität ihrer Aktion ein, die ihr im ersten Moment geradezu alternativlos erschienen war. Stumm stand sie vor ihrem Koffer. Er stand auf und nahm sie in den Arm.

»Sie hat es nur vergessen«, sagte er. »Das ist alles. Du kennst sie doch.«

Sie fing an zu schluchzen. Sie weinte an seiner Schulter, und er hielt sie fest. Heiße Tränen nässten sein Hemd.

»Warum muss ich so leben?«, fragte sie.

Ihre Arme fielen von ihm ab, und sie verlor jede Körperspannung. Dann weinte sie weiter, aber so, als würde sie nicht mehr von seinen Armen gehalten. Als wäre er gar nicht mehr da, weder in diesem Zimmer noch sonst wo auf der Welt.

Der Hypochonder

Einen Tag nach dem Umzug nach Florida, wo Arty Groys seinen wohlverdienten Ruhestand genießen wollte, starb seine Frau bei einem Frontalzusammenstoß mit einem Mann, der sich durch Flucht über die Staatsgrenze der Aufdeckung diverser, in den letzten zwölf Jahren begangener Wirtschaftsstraftaten entziehen wollte. Urplötzlich fand sich Arty als Witwer in einem fremden Land wieder, mit unbekannten Straßennamen, unbekannten Innenstädten. Seine Eigentumswohnung war noch nicht einmal ganz eingerichtet, gemütliche Wohnaccessoires fehlten völlig. Der Friedhof, auf dem Meredith lag, war zu hell und zu heiß, sowohl am Tag ihrer Beerdigung als auch bei all seinen Besuchen danach. Unter einer Beerdigung, egal ob für seine Frau oder die eigene, hatte sich Arty etwas ganz anderes vorgestellt. Auf jeden Fall etwas mit Regen, etwas mit schwarzgekleideten Gestalten unter schwarzen Regenschirmen. Eine Trauergemeinde, die tief getroffen auf dem schlammig durchweichtem Grund verteilt stand und es einfach nicht fassen konnte. In seiner Fantasie sah er insbesondere Meredith, kniend am offenen Grab, als wollte sie zumindest eine letzte entkörperliche Erinnerung an ihn, Arty, festhalten, während seine Tochter Gina versuchte, sie fortzuziehen, beide Frauen in Tränen aufgelöst – denn in seinen Tagträumen starb immer nur er. Doch an demselben Tag, an dem sie Meredith zur letzten Ruhe betteten, zog es andere Ruheständler auf sonnenüberflutete Golf- und Tennisplätze, und die Sportfischer von Tarpon Cove angelten gut gelaunt auf den teuflischen Snook.

Zur Überraschung seiner Kinder kehrte Arty nicht nach Ohio zurück. Nach und nach gewannen sie den Eindruck, dass ihr Vater nichts Neues mehr aufnahm, dass er geistig stagnierte, ja, sogar den Rückwärtsgang einlegte und das Gaspedal durchtrat. Das alles, dachten sie, konnte nur in einer Katastrophe enden – Mutters Tod im langsamen Rücklauf sozusagen, allerdings lediglich psychisch-mental. Nach einem langen Berufsleben fehlte Arty der eine Mensch, die eine Gefährtin und Meckertante, die es schaffte, ihn aus dem Fernsehsessel zu bewegen und hinaus in die Welt zu scheuchen. So ergriffen die schlechtesten Eigenschaften von ihm Besitz. Er begann einen Kleinkrieg mit Mrs. Zegerman, seiner Nachbarin im Bequia Cove Towers, einer fünfzehnstöckigen Luxusresidenz mit Blick über Naples Bay und in unmittelbarer Nähe zum Tamiami Trail. Arty schob ihr einen Zettel unter die Tür, auf dem stand, dass Mrs. Zegermans dauerkläffender Shih Tzu, ein Tier namens Cookie, eigentlich verdiente, von Nazis erschossen zu werden. Worauf ihn Mrs. Zegerman des Antisemitismus beschuldigte. Worauf Arty wiederum erklärte, er sei kein Antisemit, wohl aber ein Antischizo – und dass Schizos, seiner Meinung nach, samt und sonders verhaftet gehörten. Einige Tage später fand Mrs. Zegerman eine ungeöffnete Packung Rattengift an dem Pflanzkübel mit dem Phlox neben der *Welcome*-Fußmatte. Die Spannungen nahmen an Schärfe zu.

Anderswo zog sich Arty eher zurück. Durch seine vergrübelte Schwermut verlor er Golfpartner und andere Bekannte und entfremdete sich gar von seinem einzigen echten

Freund, dem sportlichen und großzügigen Jimmy Denton. Jimmy war nach Florida gezogen, nachdem er in Danville (Illinois, nicht Connecticut) ein Vermögen mit Immobilien gemacht hatte. Jimmy nahm Arty immer mit zum Golfen und unterhielt sich gern über Baseball. Doch Artys Geburtstag ging bereits dem Ende zu, und weder Jimmy noch Artys Kinder hatten bisher angerufen. Er fühlte sich zunehmend ungeliebt, ähnlich wie an an seinem neunten Geburtstag, wo von den elf eingeladenen Kindern nur zwei auftauchten, Zwillinge, die später ihre Hemden auszogen und ihre Arme vorzeigten und die Stelle, wo sie einst operativ getrennt worden waren.

Ihm fiel daher ein Stein vom Herzen, als endlich das Telefon klingelte, ein alter Wählscheibenapparat, der mit der ganzen Kraft des Maschinenzeitalters rappelte. Arty ließ es mehrmals rappeln und verstummen, genau gesagt dreimal, um zu verschleiern, wie einsam er in Wirklichkeit war. Doch nach dem dritten Mal hob er ab. Er fing aber nicht gleich an zu sprechen, sondern ließ sich Zeit, ehe er dem Anrufer ein betont beiläufiges Hallo entbot. Der Anrufer war seine Tochter Gina, die allein auf einem Reiterhof in Belmont wohnte.

»Alles Gute zum Geburtstag, Daddy!«, rief sie ihm ins Ohr. »Alles Gute, alles Gute für dich!«

»Gina, bist *du* das? Ach, da freue ich mich aber, mein Kind«, sagte Arty. »Ja, alles Gute wünsche ich mir auch. Alles Gute kann dein alter Vater gut brauchen.«

»Tut mir leid, dass ich nicht eher angerufen habe, Daddy.«

»Wie? Ist mir gar nicht aufgefallen«, sagte Arty.

»Aber wir mussten heute ein Pferd einschläfern, das war nicht so leicht. Er hieß *The Jolly Bones*, und er war der absolute Liebling. Von allen eigentlich. Weil er so menschlich war. Deshalb war es diesmal ziemlich …«

»Meine Gallenblase ist hinüber«, verkündete Arty.

»Deine Gallenblase, Daddy? Wie das? Was ist passiert?«

»Ja, meine Gallenblase. Dr. Klutchmaw sagt, sie muss entfernt werden. Erst mein niedriger Blutzucker, dann das Herz, jetzt die Gallenblase. Ich habe mir nie Gedanken über meine Gallenblase gemacht, aber anscheinend nutzt sie sich ab wie ein alter Reifen. Wer hätte gedacht, dass ich einmal solche Entscheidungen treffen muss?«

»Was für Entscheidungen denn, Daddy?«

»Klutchmaw sagte, das alles wäre zu vermeiden gewesen, wenn ich die letzten vierzig Jahre nicht so fettreich gegessen hätte. Aber niemand sagt einem das, Gina. Niemand gibt dir eine Betriebsanleitung.«

»Lass doch nicht den Kopf hängen, Daddy. Nicht heute. Nicht an deinem Geburtstag.«

»Bitte tu dir einen Gefallen, Kind, und halt dich von fettreichen Nahrungsmitteln fern, denn eine kaputte Gallenblase ist kein Zuckerschlecken. Klutchmaw kennt jemanden, der sie entfernen kann, aber das bedeutet Vollnarkose, mit allen Risiken. Wahrscheinlich habe ich auch Diabetes, wir müssen noch die Laborergebnisse abwarten.«

»Na, das klingt doch erst mal nicht so schlecht. Zumindest ist noch nichts sicher«, sagte Gina. »Aber was ist mit heute, Daddy? Was hast du für deinen Geburtstag geplant?«

»Wenn ich das nur vor vierzig Jahren gewusst hätte! Dann sähe es heute anders aus. Aber damals gab einem niemand eine Betriebsanleitung. Zum Beispiel über Zigaretten. Die Zigaretten haben meine Atemwege versaut, und ich habe zwar nur zehn Jahre geraucht, bis die ersten Warnhinweise kamen. Aber wenn ich jetzt sterbe, dann an Raucherlunge oder Gallenblase und erst mal *nicht* am Herz.«

»Gehst du heute noch golfen, Daddy?«

»Ach was, für Golf bin ich doch viel zu dick«, sagte Arty.
»Trotzdem gut, dass du angerufen hast. Ich wollte gerade in
die Küche und die Oreos vernichten.« Gina blieb dran, bis sie fortgerufen wurde. Sie wollten für
The Jolly Bones eine kleine Trauerfeier abhalten. Sie redete
auf Arty ein, wenigstens ein bisschen aus dem Haus zu gehen und seinen Geburtstag zu genießen: Rad fahren, warum
nicht eine Runde Rad fahren?

Vielleicht war die Sonne nie inniger mit der Erde verbunden als in dem Moment, als ihr Kreissegment immer näher an den Horizont heranrückte, der über dem Geländer
von Artys Balkon zu sehen war. Die Sonne färbte die Wolken subtropisch, verlieh dem Himmel wieder die pastorale
Fantastik alter Genrebilder von der Erschaffung der Welt
und flutete seine Wohnung (eingerichtet bisher lediglich mit
einigen Korbmöbeln samt Polsterkissen) mit dem Licht des
schwindenden Tages.

Nachdem er zu drei Glas Milch die Oreos vernichtet hatte,
rang Arty mit sich, ob er die allzu bekannte Telefonnummer
anrufen sollte. Dr. Klutchmaw hätte abgeraten, außerdem
wollte er die Leitung nicht blockieren – falls jemand ihm
zum Geburtstag gratulieren wollte. Doch schließlich sagte
er sich, wer so alt wurde wie er, hatte auch das Recht auf
ein kleines Verwöhnprogramm. Nach einem halben Klingeln hatte er bereits die vertraute Stimme dran. Es war Brad.
Brad nahm seine Bestellung für eine große *Meatlovers*-Pizza
und eine Zweiliterflasche Sprite entgegen. Obwohl er kei-
nesfalls die Leitung blockieren wollte, gab er unmittelbar
darauf seinen Geburtstag bekannt.

»Herzlichen Glückwunsch, Art«, sagte Brad. »Wie alt
werden Sie denn?«

»Ja, mir auch einen herzlichen Glückwunsch. Danke, Brad. Meine verlebtes Nettoalter beträgt sechsundsechzig Jahre, doch das ist leider nur die halbe Wahrheit. Ich habe viel von meiner aeroben Leistungsfähigkeit eingebüßt – und das Alter der Lunge sozusagen auf hundert hochgejagt. Meine Beine stehen bei fünfundachtzig. Wie alt sind Sie, Brad? Das ist nämlich so: Sie geben einem einfach keine Betriebsanleitung mit. Ich will Sie nicht erschrecken, aber stellen Sie sich schon mal darauf ein, dass sie Ihnen eines Tages alle Zähne rausreißen wollen.«

»Okay, Arty, aber bei uns glühen gerade die Leitungen. Können wir morgen weiterreden?«

»Gut, bis morgen dann, Brad. Aber ich komme darauf zurück. Und danke für Ihren Anruf. Mir auch einen herzlichen Glückwunsch.«

»Herzlichen Glückwunsch, Arty.«

Durch einen jener seltenen Zufälle, die sich einsame Menschen erträumen, klingelte es sofort nach dem Auflegen erneut und erweckte so den Eindruck hektischer, lebenspraller Betriebsamkeit. Arty freute das, gerade an seinem Ehrentag. Wieder ließ er das Telefon drei endlose Freizeichen lang klingeln, bevor er abhob. Diesmal ging er sogar noch weiter und simulierte beim Abheben ein Gespräch im Raum. Gerade so, als wäre jemand bei ihm, sagte er, halb in den Hörer:

»… ich glaube auch, die Reds haben eine vielversprechende Saison vor sich. Hallo?«

»Dad?«

Es war sein Sohn Paul, der aus San Francisco anrief. Paul arbeitete in einem Hospiz, wo er den lieben langen Tag unter todkranken Leuten herumsaß und ihnen beim Sterben zusah. Arty war stolz auf ihn, denn Paul setzte sich für eine gute Sache ein. Allerdings wäre er noch stolzer gewesen, wenn Paul der Eigentümer einer ganzen Kette von Hospiz-Unternehmen gewesen wäre, womöglich mit einer Umsatzrendite von dreißig Prozent oder mehr.

»Oh, Pauly, danke für deinen Anruf«, sagte Arty. »Und auch mir alles Gute.«

»Ist gerade jemand bei dir, Dad? Soll ich später noch einmal anrufen?«

»Nein, nur mein Freund Jimmy Denton – du kennst doch Jimmy? Wir sitzen gerade hier und unterhalten uns über Baseball. Du weißt doch, wie gern ich mich mit einem alten Freund über Baseball unterhalte.«

»Na ja, ich wollte auch nur mal kurz anrufen und dir zum Geburtstag gratulieren.«

»Ich habe heute mit der Praxis von Dr. Klutchmaw telefoniert«, sagte Arty. »Es sieht nicht gut aus.«

»Hilf mir mal kurz«, sagte Paul. »Welcher war Dr. Klutchmaw?«

»Dr. Klutchmaw ist mein Internist. Er sagt, der Hersteller ruft den Stent zurück. Das Ding hat irgendeine Macke. Das ist nicht fair, Pauly.«

»Und natürlich geben sie dir keine Betriebsanleitung mit, ist es nicht so, Pop?«

»Genau, das machen sie nie. Da denkst du, der Stent hält ewig, und dann ruft der Hersteller das Scheißding einfach zurück.«

»Na ja, hier ist eigentlich alles okay. Den Kindern geht's gut, Dana geht's gut. Sie sitzt übrigens gerade neben mir und möchte dir gratulieren. Ich geb sie dir mal.«

»Warte, Paul, nur eine Sekunde, ehe du mir Dana gibst. Ich wollte dir noch etwas sagen, mein Sohn. Die Wahrscheinlichkeit, dass du einmal fettleibig wirst, ist ziemlich hoch. Ebenso von Gicht, Bluthochdruck und hohem Cholesterin. Und die Medikamente dagegen haben massenhaft Nebenwirkungen. Du hast Schweißausbrüche an den unmöglichsten Stellen, deine Sehschärfe leidet, und du kannst nicht mehr richtig bis hundert zählen. Deine Kinder gehen auf Distanz, Dana ist bereits tot, du selbst vereinsamst immer mehr. Vielleicht hätte ich dir das schon vor Jahren sagen sollen, damit du vorbereitet bist, aber ich wusste es selbst nicht. Also stell dich darauf ein.«

Nach einer längeren Pause meldete sich Danas Stimme: »Hallo? Bist du das, Arty?«

»Oh. Hallo, Dana.«

»Alles Gute zum Geburtstag, Arty!«

»Danke. Mir auch alles Gute zum Geburtstag.«

Eine Weile sprach Arty mit seiner Schwiegertochter über Koronarstents, Gallensteine, fäkale Impaktion, Insulininjektionen und Magengeschwüre, ehe er ihr die Mitteilung machte, dass er wegen dieses Stechens im Bauchraum demnächst zu einem Onkologen überwiesen würde, denn dieses Stechen könnte ein Indiz für einen Tumor sein.

»Uff!«, entfuhr es Dana. »Meredith, Schatz, dazu bist du schon zu schwer. Arty, Meredith kommt gerade rein und springt mir direkt auf den Schoß. Schatz, ich telefoniere mit Opa, willst du Opa hallo sagen? Er hat heute Geburtstag. Gratulier ihm doch zum Geburtstag, sei so gut.«

Hinter einem Vorhang aus Knacken und Rauschen kam es offenbar zur Schlacht darüber, wer jetzt seinen Willen durchsetzen konnte. In kurzen, erstaunlich unverrauschten Kampfpausen hörte Arty, wie Dana schrie: »Meredith Ann, zum letzten Mal: Du gratulierst jetzt deinem Opa zum …!« Worauf Meredith erst wie von Schmerzen gepeinigt aufschrie, um schließlich kleinlaut und verheult in den Hörer zu sprechen: »Hallo?«

»Hallo, Meredith. Hier ist dein Opa.«

»Hallo«, sagte Meredith.

»Mir alles Gute zum Geburtstag.«

»Alles Gute zum Burzeltag.«

Wie viele alte Menschen, die plötzlich ein Kind am Apparat haben, versuchte auch Arty, die geringe Aufmerksamkeitsspanne dadurch zu verlängern, dass er ununterbrochen redete. Arty überschüttete seine Enkelin mit Liebesbekundungen, die mit Fragen befrachtet waren. Nichts davon interessierte ihn wirklich, es sollte nur verhindern, dass Meredith absprang. Arty war nämlich überzeugt, dass Meredith nicht das geringste Interesse an ihm hatte und dass er, soweit es die Kleine betraf, schon so gut wie tot war. Das löste Panik aus und mithin den Redeschwall, der Merediths vernichtendes Schweigen überdecken sollte. Er fragte sie, ob sie wisse, was ein Internist sei.

»Ein Internist ist auch nur ein Doktor«, erklärte er ihr. »Meiner heißt Klutchmaw. Meiner Meinung nach gibt es bessere, aber er akzeptiert meine Versicherung. Eines Tages wirst du begreifen, wie wichtig das bei einem Doktor ist. Gehst du gern zum Doktor? Ich nicht, denn wenn man zum Doktor muss, hat man immer irgendwas, unter Umständen sogar etwas ganz Schlimmes. Sei froh, dass du noch nichts hast, Meredith. Du hast noch deine Zähne, kannst draußen herumtoben, und dein Darm hat sich noch nicht verflüssigt.«

Einen Moment lang war er still. Welchen Sinn hatte diese Unterhaltung? Könnten ihre Eltern etwas dagegen haben? Egal, er machte trotzdem weiter, denn wann, wenn nicht jetzt, sollte sie erfahren, wie die Jahre dahinschwanden, dem unausweichlichen Verrat des Körpers den Boden bereiteten und einer statistischen Chance reale Entfaltungsmöglichkeiten boten?

»Sie geben dir eben keine Betriebsanleitung, Meredith, deshalb muss es dein Großvater tun, nicht wahr? Ich rede auch nicht um den heißen Brei herum, wenn es um Darmentleerung etc. geht, nur weil du vielleicht noch zu jung dafür bist. Nein, denn eines Morgens wachst du auf und fragst dich, warum die Welt auch dir, einem perfekten Wesen wie dir, nichts als Lügen aufgetischt hat. Dann fällt dir vielleicht dein alter Großvater ein, der schon damals kein Hehl daraus gemacht hat, was dir alles bevorsteht. Der mit dir gesprochen hat, aber nicht wie einer dieser Propagandisten der ewigen Jugend, die leichtes Spiel mit dir haben, nur weil dein Stuhl noch glatt und fest ist. Weißt du, was Stuhl ist, Meredith? Ich sage es dir.«

Meredith ließ den Hörer fallen und lief aus dem Zimmer. Arty redete blechern in den Teppich. Nach einer Weile ging der Apparat aus. Stunden später fand ihn Paul auf dem Boden des Schlafzimmers und fragte sich, wie er ihn ausgerechnet dort liegen lassen konnte.

Artys Hoffnung war, dass Jimmy sich melden würde, aber nach dem Gespräch mit Meredith blieb das klobige Wählscheibentelefon stumm, seinem beschwörenden Blick zum Trotz. Er stellte sich die Unterhaltung mit Jimmy vor, der ihm, zumindest an diesem Tag, etwas Gutes tun wollte, zumal er wusste, dass er von Bob Sherwood und Chaz Yalinsky nicht mehr zum Golfen eingeladen wurde. Sie waren ein tolles Quartett, er und Jimmy gegen Bob und Chaz. Doch mittlerweile hatte er niemanden mehr, mit dem er Golf spielen konnte, hatte außer Jimmy auch keinen Freund, schon gar keinen Gefährten an seiner Seite, nicht eine Menschenseele, die ihn an seinem Geburtstag anrief.

Es klingelte an der Tür. Augenblicklich zerriss das schrille Gekläff von Mrs. Zegermans Shih Tzu die Luft, ein Geräusch, das Arty immer vorkam wie der Kung-Fu-Luftzug einer niedersausenden Axt. Arty versuchte jedoch, diese Assoziation auszublenden, während er sich aus seinem Fernsehsessel schwang und erst über Teppich, dann über spanische Keramikfliesen zur Tür tappte. Denn dort stand jemand nur für ihn! Eine verspätete Blumenlieferung von der Familie schloss er aus, erwartete vielmehr seinen alten Freund Jimmy Denton, der ihn auf ein Bier einladen wollte. Das war nicht selbstverständlich, denn seine vitale, fitnessbesessene asiatische Frau Jojo wachte über ihn, und sie mochte Arty nicht und ließ es ihn auch spüren. Kaum hatte er die Hand am Türknauf, verwarf er den Gedanken wieder. Vermutlich waren es weder Blumen noch Jimmy Denton, vermutlich war es nur der ausführende Arm von Brad, ein Lieferfahrer namens Dusty vom Pizzaservice mit einer *Meatlovers*-Pizza und einer Mega-Sprite.

Es war nicht Dusty.

Vor ihm, im Licht der falschen Gaslaterne, stand eine Frau in einem Stretch-Mini und einer offenherzigen Bluse aus Silberlamee. Die auffallende Blässe unter ihrem Make-up war das Werk langer, erbarmungsloser Winter. Ihre Haare, die so gern blond sein wollten, hatten offenbar aufgegeben und glichen farblich eher einem gut durchgekauten, zuckerfreien Kaugummi. In zwei krisseligen Kaskaden fiel es bis auf ihre Schultern herab. Sie trug nichts bei sich, weder Handtasche noch andere Habseligkeiten, aber sie beschirmte, als Arty öffnete, die Augen mit der Hand und zog ein letztes Mal an ihrer Zigarette, ehe diese hörbar auf den Fliesenboden fiel und von einem silbernen Stöckelabsatz ausgetreten wurde.

»Sie sind Arty Growsie?«

»Groys«, sagte Arty.

41

»Ihr Freund ist Jimmy?«

»Sie meinen Jimmy Denton?«

»Ist nicht notwendig Nachname.«

Arty war sich ziemlich sicher, eine Prostituierte vor sich zu haben. Und obwohl er im Kern ein gesetzestreuer, eher übervorsichtiger Mensch war, ließ er die Frau ohne ein weiteres Wort in seine Wohnung. Sie war eingedieselt wie für einen Abschleppabend in einem lauten Club. Als er die Tür zumachte, fiel ihm auf, dass Cookie gar nichts mehr sagte. Wahrscheinlich hing die Zegerman am Spion und hielt die zitternden Töle an ihre runzlige Brust gedrückt.

Arty schloss die Tür. Die Frau setzte sich auf das Korbsofa und bald darauf auch Arty. Um das Ansteckungsrisiko zu minimieren, blieb er auf Abstand, aber nicht so, dass es unhöflich gewesen wäre. Er war gerührt, dass sich Jimmy Denton so etwas für ihn ausgedacht hatte. Bei ihrer letzten Begegnung, auf der Hunderennbahn, sagte Jimmy, er, Arty, höre sich inzwischen so an wie sein schwuler Vetter bei Familienfeiern: nur am Lästern. Dabei hatte sich Arty nur über Bob und Chaz beschwert, aber dummerweise ging im selben Moment Jimmys Favorit als Letzter ins Ziel. Arty entschuldigte sich, kaufte sich einen Hotdog und eine Jumbo-Brezel, die er im Wagen aß, und dann fuhr er nach Hause. Seither hatten sie kein Wort mehr gewechselt.

»Erst mal danke, dass Sie gekommen sind«, sagte er zu der Frau, wollte sie anfassen, überlegte es sich im letzten Moment anders. »Ein Dankeschön an Sie und ein Dankeschön an Jimmy Denton. Heute ist mein Geburtstag, und ich fühlte mich schon etwas einsam.«

»Ist lächerlich für gutaussehende starke Mann, einsam zu fuhlen.«

»Ja, aber ich sehe nicht mehr gut aus, und stark war ich

auch nie besonders«, sagte Arty. »Ich habe Übergewicht und eine Herzschwäche, und von meinem Internisten höre ich, dass mir demnächst ein Diabetes ins Haus steht.«

Die Frau sagte: »Zwei Bedingungen wir machen weiter.« Sie griff in ihren BH und holte ein Kondom und eine blaue Pille heraus. »Kondom ist nötig für Liebemachen. Erektions-Piele ist Extra, aber voraus bezahlt von Freund.«

Arty konnte sich ein Kichern nicht verkneifen. »Na dann, Happy Birthday! Happy Birthday für den alten Arty Groys! Da fällt mir ein, das geht ja gar nicht, die Pille darf ich nicht nehmen. Hat mir mein Arzt, Dr. Klutchmaw, ausdrücklich verboten. Es verträgt sich nicht mit dem Nitrat in meinen Herzmedikamenten.«

»Mussen Sie nehmen Piele für Penisfunktion?«

Arty nickte.

»Egal, wir versuchen«, sagte die Frau und erhob sich.

Dass Arty daraufhin nach ihrer Hand griff, überraschte ihn selbst. »Warten Sie«, sagte er. »Noch nicht. Haben Sie was gegessen? Ich habe nämlich eine Pizza bestellt. Wir könnten einen Happen essen.«

»Sie essen feetige Pizza mit schlechte Cherz?«

»Bitte nehmen Sie wieder Platz.«

Die Frau setzte sich.

»Pizza gehört zu den letzten Freuden in meinem Leben«, sagte Arty. »Wenigstens muss ich dafür keine Pille nehmen. Okay, mit Ausnahme von Cholesterin- und Blutdrucksenkern, aber das steht auf einem anderen Blatt. Ich esse Pizza und nehme meine Tabletten, aber ich sterbe nicht davon. Aber wenn ich diese blaue Pille nehme, wohl. Davon kann ich einen Herzinfarkt kriegen.«

»Freundin aus meine Land hat geschluckt vierundzwanzig Pielen *und* Rohrfrei *und* Puls geschnitten mit Rasierklinge von unten bis Ellbogen«, sagte die Frau.»Jetzt sie wohnt in North Carolina und arbeitet in Holiday Inn.«

Da seine eigenen Probleme plötzlich in sich zusammenfielen, war er gezwungen, die Frau näher zu betrachten. Sie starrte mit der neutralen Unschuld eines Kindes zurück, das brav auf den Beginn der Klavierstunde wartet.

»Sie hat das überlebt?«

»Ja, ist verheiratet mit amerikanische Bestatter. Er stiehlt ihr ganzes Geld, aber wenigstens schlägt nicht, deshalb sie bleibt, erst mal. Er hat gekämpft für Amerika in Vietnam. Du warst auch für Amerika in Vietnam?«

Ihre Fragen endeten nicht wie üblich mit einer Hebung, sondern klangen eher wie eine Feststellung.

»Ich habe von 1963 bis 1966 meinen Militärdienst geleistet, ja.«

»Du warst verwundet?«

»Verwundet? Nein, verwundet war ich nie. Ich war in einer Instandsetzungseinheit, wir haben Stühle und Schreibmaschinen und dergleichen repariert. Ich bin nie aus Texas herausgekommen.«

»Auf mich wurde zweimal geschossen«, sagte sie.»Hier und … hier.« Sie zeigte ihm die beiden Narben, münzgroße gelbliche Bindegewebspartien, einmal am Bauch und einmal an einem Bein.

»Und was war *das* hier?«, fragte er.

Erneut zog sie ihre Bluse hoch.»Das? Das ist von explodierte Blinddarm. Krankenwagen macht sich Lenz. Krankenschwester und Doktor macht sich Lenz. Zur selben Zeit Bauch wird überschwemmt von Gift. Später ich war sechsundzwanzig Tage in Krankenhaus.«

»Wie alt bist du?«

»Ich achtzehn, Schätzchen.«

»Achtzehn?«

»Sorry, ich sage echtes Alter nicht mehr.«

Arty schaute sie wieder an. Obwohl sie nicht älter als dreißig sein konnte, versetzten ihre Blässe und die kaputtgefärbten Haare sie klar in den mittleren Lebensabschnitt. Er stellte sich ihre freien Tage vor. Tage in verdunkelten Zimmern, unzählige Zigaretten und der Fernseher mit seinen Daily Talks im Hintergrund. Er sah die Krähenfüße, die ihre Schönheit beeinträchtigten, aber genau deswegen sah er auch ihre Schönheit. Sie musste eine harte Konstitution haben, war vermutlich immun gegen Kälte und Verzweiflung in ihrem Überlebensdrang. Er ahnte, dass er unter denselben Umständen das zehnte Lebensjahr nicht erreicht hätte. Es gehörte zu den Sprüchen, die er sicher schon hundert oder tausend- oder hunderttausendmal gesagt hatte (wer immer gerade zuhörte), doch diesmal mit dem Gefühl, dass der schlichte Satz nichts als die Wahrheit enthielt. Sie gaben einem eben keine Betriebsanleitung,

»Eine Frage«, sagte sie. »Wenn Leben so schwer, warum du hast Angst vor kleine Piele? Wer weiß, vielleicht ich komme nächste Woche wieder. Jede Woche, wir können ein wenig Spaß haben, und du musst nicht sitzen auf Sofa und denken so: Oh, ich Armer, bin so allein, so allein.«

Sie rückte näher an ihn heran. Langsam fand er Gefallen an ihrem knalligen Parfüm. Sie platzierte die Pille auf seinem Knie. Er starrte sie an. Nie zuvor hatte er vor einer solchen Entscheidung gestanden. Neue Leute traf er kaum, zu groß war seine Angst vor Zurückweisung. Aber hier war eine Frau, die bereit war, ihn in den Arm zu nehmen und freundlich darüber hinwegzusehen, wie er sich durch die peinliche Prozedur zur Ekstase rumpelte. Und all die ausdrücklichen Hinweise an Herzpatienten, die vor diesen Pillen warnten, was stand denn anderes dahinter als die Angst der Konzerne vor Klagen?

Die Frau auf dem Sofa reckte den Oberkörper und griff hinter sich, um irgendein essenzielles Teil zu lösen. Sie hob die Bluse und enthülle die Art Busen, die nach Artys Meinung lediglich Koksdealer und Footballspieler von Nahem zu sehen bekamen. Nach einem Moment puren Unglaubens schlitterte er aus der nachvollziehbaren Welt in das sinnliche Reich von Kriegerkönigen. Dusty kam mit der Pizza. Arty ignorierte die Klingel.

Mrs. Zegerman glich einem Moskito – mit ihren langen, dünnen Gliedmaßen und dem kleinen, hochkonzentrierten Gesichtsschädel, dessen scharfe Züge wie nach vorne gesaugt aussahen und in der spitzen Nase zusammenliefen.

Den ganzen Tag schon wartete sie auf eine Entschuldigung von Ilsa Brooks, mit der sie neulich nach einem sonntäglichen Kinobesuch (Nachmittagsvorstellung) in Streit geraten war – und zwar über den soeben gesehenen Film. Ilsa nämlich hielt ihn für eine Wiederkehr der Screwball-Komödien der Dreißigerjahre. Worauf Mrs. Zegerman lediglich zu erfahren verlangte, in welcher Beziehungskomödie der Dreißiger so oft mit dem Wort *fuck* geflucht wurde. *Fuck* dieses, *fuck* jenes, so ging es in einem fort. Worauf Ilsa meinte, sie, Mrs. Zegerman, dürfe ruhig ein bisschen mit der Zeit gehen. Worauf Mrs. Zegerman entgegnete, Sitte und Anstand seien aber zeitlos. Seitdem redeten die beiden Frauen nicht mehr miteinander.

Sie machte sich gerade bettfertig, als sie meinte, noch einmal die Klingel zu hören. Erneut war ihr erster Gedanke, es sei Ilsa, die endlich kam und sich entschuldigte. Es wäre so eine Erleichterung gewesen, ihre Kinofreundin wiederzuhaben. Doch schon als ihre nackten Füße vom Perser auf die spanischen Fliesen überwechselten, fiel ihr ein, dass Ilsa bereits am Mittwoch nach Chillicothe im Norden abgereist war. Sie erneuerte daher ihre erste Einschätzung, dass die Ansichten ihrer ehemaligen Freundin bezüglich Kino und Moral zu wünschen übrig ließen.

Durch den Spion beobachtete sie, wie der Pizzabote vergeblich bei Arty klingelte. Irgendwann hielt sie es nicht länger aus und trat hinaus auf den offenen Lichtgang, um ihm den Sachverhalt zu erklären: Arty Groys hatte eine halbnackte Frau zu Besuch, jedenfalls hatte sie eben noch vor seiner Tür gestanden. Mrs. Zegerman war überzeugt, dass es hinter dieser Tür zu Intimitäten kam. Es war ekelhaft und eine Schande. Und schadete überdies der lokalen Wirtschaft, wie man sah.

»Was, Arty ist da mit einer Frau zugange?«, fragte der Bursche. »Unser Arty?«

Ihr war schleierhaft, was er mit »unser Arty« sagen wollte.

»Und Sie sind sicher, dass er nicht den Löffel abgegeben hat?«

»Bestimmt nicht«, antwortete sie. »Er ist nicht tot.«

»Leck mich fett«, sagte der Bote – er war Newport-Menthol-Raucher und kam von hier. Er holte die Pizza aus der Thermobox und stellte sie zusammen mit der Sprite neben Artys Tür ab. Dann nickte er Mrs. Zegerman zu und rannte schon die Treppe hinunter. »Sagen Sie ihm, es geht aufs Haus«, rief er noch.

Sie sah diesen Boten nicht zum ersten Mal. So ein hübsch gebräunter Junge. Vielleicht Surfer. Einen Moment lang lag sie selber wieder am Strand, den Kopf auf warmen Sand gebettet, während draußen auf dem Wasser Dusty mit seinem Brett durch schaumige Wellen paddelte und ihr zuwinkte.

47

Sie kehrte in ihre Wohneinheit zurück und nahm Cookie auf den Arm. Sie wollte abwarten, bis Arty mit seinem Flittchen herauskam, und ihm gehörig die Meinung geigen. Im selben Augenblick knallte Artys Tür wie ein Schuss. Mrs. Zegerman sprang zum Spion, gerade noch rechtzeitig, um die Frau gehen zu sehen, die wie der Pizzajunge die Treppe hinunterjagte und sich dabei die Bluse zumachte, die Stöckelschuhe noch in der Hand. Mrs. Zegermann ging naturgemäß davon aus, dass die Frau von Artys Gruselpenis derart entsetzt war, dass sie nur weglaufen konnte. Sie hielt deshalb die Stellung an ihrem Spion, doch Arty kam und kam nicht heraus, um sich seine Pizza zu holen.

Mrs. Zegerman fand Arty schließlich auf dem Boden seines Wohnzimmers. Ein Anblick, der sie in unmittelbare Panik versetzte und vollkommen denkunfähig machte. Sie wusste einfach nicht, was jetzt zu tun war, denn die Szene sowie das Gefühl absoluter Hilfsigkeit erinnerte stark an das zentrale Ereignis ihrer jüngeren Vergangenheit: den Tag, an dem Mr. Zegerman beim Spazierengehen auf dem Kai erst gestolpert und dann mit dem Kopf gegen dieses idiotische grüne Metallding geschlagen war. Sie wusste noch, wie sich das warme Blut anfühlte, das damals ihr Sommerkleid tränkte, während sie um Hilfe schrie. Nun traf es ihren Nachbarn, einen Mann, den sie ebenso gut über viele Jahre hätte lieben und ehren können. Seine totale Hilflosigkeit löste bei ihr dieselbe Lähmung aus. Er war zwischen Korbsofa und Wohnzimmertisch kollabiert, die Beine haarlos und weiß wie Wachs, der Bauch eine riesige bleiche Erhebung, das Gesicht schmerzverzerrt und krebsrot.

»Oh, Gott sei Dank«, sagte Arty, als er seine Nachbarin erblickte. »Rufen Sie einen Rettungswagen, Mrs. Zeger…«

Weiter kam er nicht, denn eine brutale Schlingpflanze leg-te sich um seinen Brustkorb und erhöhte den Druck mit je-der Sekunde. Immerhin, seine Worte zeigten die gewünschte Wirkung: Mrs. Zegerman kam endlich in die Gänge. Als Erstes sorgte sie für ein gesittetes Erscheinungsbild, indem sie die Unterhose, die nur noch an einem Fuß hing, wieder an ihren korrekten Platz zog. Dann legte sie sich seinen lin-ken Arm um den Hals und stützte ihn auf dem Weg zum Aufzug. Sie wollte ihn nämlich nach unten verfrachten, um ihn mit ihrem Mazda persönlich ins Krankenhaus zu fah-ren. Der Tod von Mr. Zegerman hatte sie gelehrt, sich bei Rettungswagen niemals auf promptes Erscheinen zu verlas-sen. Doch schon am Aufzug verging wertvolle Zeit, denn sobald man den Knopf drückte, reagierte das blöde Ding erst einmal mit rumpelnder Aktivität irgendwo im Unter-geschoss. Dann tat sich lange nichts. Erst danach schoss der Aufzug in die Höhe – jedoch zuverlässig an der angeforder-ten Etage vorbei bis in die Toplagen im oberen Gebäudeteil, wo die Aussicht am schönsten war. Irgendwann musste sie Arty mitteilen, dass ihnen nichts anderes übrig blieb, als es über das Treppenhaus zu versuchen, und sie bugsierte ihre sterbende Last auch tatsächlich bis zu den Stufen, wo sie sich an den Abstieg machten. Auf der letzten Treppe jedoch verhakten sie sich, Arty stürzte und purzelte hinunter, gna-denlos, Stufe um harte Stufe. Mrs. Zegerman war froh, dass sie wenigstens noch das Geländer erwischte und Arty nicht in die Tiefe folgte. Jedenfalls kam Artys zuckende Masse ir-gendwann in einer gelblichen Notlichtpfütze zu liegen, und diesmal reichte Mrs. Zegerman ein Blick, um zu schalten. Erfüllt von der Angst, ihn womöglich umgebracht zu haben, raste sie die Treppe wieder hoch, um endlich einen Rettungs-wagen zu rufen.

Die nächsten beiden Tage war Arty nicht ansprechbar. Er war entweder im OP oder lag unter einem Beatmungsgerät. Selbst danach dauerte es noch weitere fünf Tage, ehe er auf eine Normalstation verlegt wurde. Bis dahin hatte Mrs. Zegerman auch seine Versichertenkarte ausgegraben und seine Kinder informiert.

»Und das bedeutet?«, fragte Paul.

»Kommt er durch?«, fragte Gina.

»Und wie kommt er zurecht?«

»Wer kümmert sich um ihn?«

Mrs. Zegerman versicherte ihnen, dass sie sich keine Sorgen machen sollten, weil sie sich um Arty kümmern würde. Seine Kinder hatten keine Einwände, mehr noch, man konnte den Eindruck gewinnen, dass sie in dieser schwierigen Zeit niemanden lieber an ihren Vater ließen als eben Mrs. Zegerman.

»Er hat oft von ihnen gesprochen«, sagte Paul, was zwar zutraf, aber nur im Zusammenhang mit ihrer Dreckstöle.

»Deshalb sind wir als seine Kinder ja so dankbar, zu wissen, dass *Sie* in seiner Nähe sind.«

Vor allem Artys Knie war durch den Sturz erheblich in Mitleidenschaft gezogen. Nachdem er sich von dem – wie sich zeigte, vergleichsweise milden – Herzinfarkt erholt hatte, mussten die Verletzungen an den gelenkführenden Bändern zunächst operativ abgeklärt werden, gefolgt von einer langwierigen Physiotherapie. Allerdings stand sein Übergewicht einer raschen Genesung entgegen. Der Orthopäde schätzte, dass es bis zu einem Jahr dauern konnte, bis ihr Mann die volle Gehfähigkeit wieder erreichte. Mrs. Zegerman hatte höchst erfolgreich den Eindruck erweckt, dass sie und Arty auf irgendeine Weise verpartnert seien, deshalb korrigierte sie den Orthopäden auch nicht.

Mrs. Zegerman ging über den Stationsflur zu Artys Zimmer. Rücksichtslos sandte die Sonne ihre Partikel in den kleinen keimfreien Raum und erfüllte ihn mit einem falschen Leuchten. So viel Sonne war eigentlich unnötig, denn die Blumen, die seine Kinder geschickt hatten, waren schon vor Tagen verwelkt. Außerdem schuf der unablässige Kampf der schwächlichen Klimaanlage gegen die Hitze draußen eine stickige, klaustrophobische Atmosphäre. All das wäre vielleicht unbemerkt geblieben, hätte ihr nicht bereits der erste Augenschein einen Schweißfilm auf die Stirn getrieben: Das Bett war leer. Arty war nicht auf seinem Zimmer. Hatte er einen weiteren Infarkt gehabt? War er vielleicht über Nacht gestorben? War er von jetzt an nicht mehr da, einfach so? Sie wünschte, sie hätte sich nie auf diese Sache eingelassen. Ach, verflixt, nicht schon wieder! Der Hund reichte.

Plötzlich meldete sich die Toilettenspülung, und die Tür der Nasszelle ging auf. Arty Groys humpelte hervor. Er belastete dabei primär sein gesundes Bein und fummelte am Reißverschluss der gebügelten Hose, die sie ihm tags zuvor gebracht hatte. Mrs. Zegerman war außer sich, denn hatte ihm der Arzt nicht das Laufen ausdrücklich verboten? Und jetzt das! Schimpfend eilte sie an seine Seite.

»Was hüpfen Sie hier herum, Mr. Groys? Die Belastung ist zu viel für Ihr Knie, von Ihrem Herz ganz zu schweigen.«

»Ich danke Ihnen, Mrs. Zegerman«, sagte er. »Wirklich: danke. Aber der alten Pumpe ging es nie besser, und das Knie ist nur etwas verstaucht. Wenn ich den Stock mit aufs Klo genommen hätte, wäre mir gar nichts aufgefallen. Alles im grünen Bereich.«

Jetzt erst entdeckte Mrs. Zegerman einen Spazierstock mit Elfenbeingriff in der Ecke. So überrascht, als wäre sie in seiner Sockenschublade auf etwas Unappetitliches gestoßen, nahm sie ihn ins Visier. Seit seiner Einlieferung hatte sie praktisch jede Stunde bei ihm gewacht. Wo aber kam jetzt der Spazierstock her?

»Mrs. Zegerman, wir müssen hier raus«, erklärte Arty. »Wir müssen zu Jimmy Denton.«

»Wer ist Jimmy Denton?«

»Jimmy Denton, Gott schütze ihn, ist derjenige, der an dem ganzen Schlamassel schuld ist. Aber weder war er hier noch hat er Blumen geschickt oder dergleichen, deshalb gehe ich davon aus, dass seine asiatische Frau dahintersteckt. Sie wollte nicht, dass er erfährt, dass ich keine zehn Meilen weiter im Sterben liege. Deshalb müssen wir das heimlich machen. Sind Sie bereit, Mrs. Zegerman?«

»Aber, Mr. Groys, Sie sind doch noch gar nicht entlassen.«

»Mrs. Zegerman, ich muss mit Jimmy sprechen. Nur er kennt das Mädchen, das mir das Leben gerettet hat.«

Bis dahin hatte Mrs. Zegerman sich selbst als diejenige gesehen, die ihm das Leben gerettet hatte. »Und wer soll das sein?«, fragte sie.

»Für Einzelheiten ist keine Zeit, Mrs. Zegerman. Schauen Sie mal nach, ob auf dem Flur die Luft rein ist.«

Unversehens fand sich Mrs. Zegerman als Fluchthelferin wieder – was in der Praxis erstaunlich leicht war. Sie gingen einfach zum Aufzug und steuerten auf den Haupteingang zu. Mit Hilfe des Spazierstocks war Arty ganz gut zu Fuß.

»Keine Frage, man hat mir hier wunderbar geholfen«, sagte er. »Trotzdem will ich so schnell wie möglich weg. In Krankenhäusern sterben einfach zu viele Menschen. Da ist man ja auf den Seelenverkäufern sicherer, auf denen sie in China Flussrundfahrten anbieten.« Und fügte hinzu, als sie endlich ins Freie traten: »Jetzt sieh sich einer dieses Wetterchen an. Na, ist das eine Sonne? Vor dem Infarkt war mir das alles nur zu grell und zu heiß, aber diese Zeiten sind vorbei.«

Jimmy und Jojo Denton lebten in einem geschlossenen Wohnkomplex, dessen pulsierendes Zentrum der Golfplatz mit integrierter Teichlandschaft war. Eine perfekte Oase im spanischen Kolonialstil mit dekorativen Tier-Briefkästen, dazu hurrikansicher und mit vielfältigen, altersgerechten Möglichkeiten für einen promisken Lebensstil. Arty bestand darauf, dass Mrs. Zegerman im Wagen blieb, während er vor einem farbenfrohen Palazzo ausstieg und über den samtgrünen Rasen humpelte. Allerdings kam er keine fünf Minuten später wieder zurück und schloss schnell die Wagentür.

»Jojo hat gepetzt, Mrs. Zegerman«, sagte er. »Ich wusste es, sie war immer schon eine umtriebige Zicke. Wir müssen nach East Naples, aber pronto. Offenbar sind sie alle in einer einzigen kleinen Wohnung zusammengepfercht. Es bricht mir das Herz, wenn ich nur daran denke.«

»Wovon reden Sie, Mr. Groys?«

»Von der jungen Dame, die mir das Leben gerettet hat.«

»Ich habe Neuigkeiten für Sie, Mr. Groys. Ich bin diejenige, die ...«

»Mrs. Zegerman, bitte, nicht jetzt. Jojo Denton hat jemand die Polizei auf den Hals gehetzt, jemand, der mir sehr viel bedeutet. Wir haben keine Zeit zu verlieren. Bitte, geben Sie Gas und fahren Sie nach East Naples.«

Mrs. Zegerman hielt es dagegen für unerlässlich, Arty Groys auf schnellstem Weg nach Hause zu verfrachten und mit seinem schlimmen Bein und seinem schwachen Herz auf den Fernsehsessel zu lagern, wo er Kissen und stärkende

Getränke und Fernbedienungen in Reichweite hatte. Dort könnte sie mit ihm seine Wünsche bezüglich des Ernährungsplans besprechen, damit sie wusste, was sie im Supermarkt einkaufen musste. Sie freute sich schon auf eine lange Genesungszeit. Die Gleichgültigkeit, die seine Kinder an den Tag legten, was die weitere Versorgung betraf, sicherte ihr die unangefochtene Herrschaft über den Witwer und seine mühsame Rekonvaleszenz.

Doch Artys unerwartete Mobilität nahm ihr jeden Mut. Lange Monate schleppender Besserung schmolzen binnen Sekunden dahin und rissen all ihre Träume und Hoffnungen mit sich, und durch sein mysteriöses Vorhaben in East Naples kam sie sich wie ein bloßes Taxi vor. Sie fuhren über die Betontrasse des Highways quer durchs Sumpfgebiet, vorbei an einer schizophrenen Landschaft aus Riedgras und Shoppingzeilen. Gelbe Schilder warnten hier vor freilaufenden Panthern, während Werbetafeln die Ausfahrt für das nächste Open-Air-Einkaufszentrum oder den Alligatorzoo ankündigten. Aus Artys wolkigen Erklärungen schloss Mrs. Zegerman Folgendes: Sein Freund Jimmy Denton hatte zweihundert Dollar für Artys Geburtstagsgeschenk hingelegt. Da er schlecht sagen konnte, dass er eine solche Summe bei seinem geliebten Hunderennen verzockt hatte, musste er Jojo reinen Wein einschenken. Seine Frau indes hängte sich sofort ans Telefon und ließ sich mit dem Kontaktbeamten der Collier County Task Force Initiative verbinden. Den kannte sie noch aus der Zeit ihres gemeinsamen Kampfs gegen Drogen, bei dem es hauptsächlich darum ging, die Straßen ihrer Wohngegend mit Tempolimits zu pflastern und an jeder größeren Kreuzung entsprechende Tests durchzuführen. Nachdem Mrs. Zegerman die Grundzüge begriffen hatte, hörte sie nicht weiter zu.

Arty lotste sie über eine Unzahl von Bodenschwellen bis zu einer Wohnsiedlung, wo alle Gebäude gleich aussahen, sogar gleich grau. Sie fuhren an Wertstoffcontainern vorbei und hielten vor einer endlosen Barrikade aus Postkästen, wo Arty mit verkniffenen Augen nach der richtigen Wohnung suchte. Dreimal kurvten sie um den Komplex herum, ehe Arty gefunden hatte, was er suchte, und Halt rief.

Hart trat sie auf die Bremse. Er drehte sich vom Fenster weg und blickte sie an. »Danke vielmals, dass Sie mich mitgenommen haben, Mrs. Zegerman«, sagte er. »Aber es hat keinen Sinn, Sie weiter mit dieser Sache zu behelligen. Ich nehme mir nachher ein Taxi.«

Sprachlos sah sie zu, wie er aus dem Wagen kraxelte. Sie war nicht nur beleidigt, sie verstand gar nicht, was vor sich ging, und war vor allem wütend über sich selbst und dieses überwältigende Gefühl von Verlassenheit, das sie mit einem Mal ergriff.

»Mr. Groys«, rief sie ihm hinterher. »Wollen Sie Ihren Stock nicht mitnehmen?«

»Nein, danke, Mrs. Zegerman. Ohne bin ich schneller.«

»Aber Sie sollen doch nicht laufen«, rief sie.

»Wieso? Geht doch prima.«

Er knallte die Tür zu. Sie warf sich auf die Beifahrerseite und kurbelte von Hand die Scheibe herunter. »Arty«, rief sie.

Er wandte sich mit erstaunlicher Eleganz um und blickte sie aus einer Entfernung von mehreren Metern an. »Ja?«

Sie musste, auf den Ellbogen gestützt, den Kopf stark anheben, um ihn zu sehen, und glich dadurch einer Alien-Echse. Aus dem vollen Sonnenlicht blickte er auf sie zurück.

»Arty«, sagte sie abermals. »In all den Jahren, die wir nun schon benachbart sind, haben sie mich nie nach meinem Vornamen gefragt. Warum?«

Einen Moment war er sprachlos, doch dann humpelte er zu Mrs. Zegermans Mazda und beugte sich zum Seitenfenster herunter. »Ich weiß nicht«, sagte er. »Wie heißen Sie?« »Ruth«, sagte sie. »Obwohl, meine Freunde nennen mich Ruthie.«

»Darf ich Sie Ruthie nennen?«

Aber da hatte sie sich bereits wieder gerade hingesetzt und das Steuer fest im Griff. Sie starrte geradeaus durch die Frontscheibe, während er sie weiter ansah. Schließlich sagte sie: »Ja, das wäre nett.«

Da er absolut keine Ahnung hatte, was ihn in der Wohnung erwartete, stellte er sich irgendeine Art Zuhälter vor. In Frage kam die sinistre dunkelhäutige Puffmutter oder ein Schlägertyp im Jogginganzug. Tatsächlich öffnete ihm ein zierliches schwarzes Mädchen und fragte, bei wem er einen Termin habe. Nachdem er die Frau beschrieben hatte – er kannte ja nicht einmal ihren Namen –, führte sie ihn in einen schummrigen Raum mit einem Zweisitzer, wie er ihn vom Wartezimmer des Zahnarztes kannte, und einem gerahmten Poster des Budweiser-Logos an der Wand. Das Mädchen verschwand in den Tiefen einer Wohnung, die unter normalen Umständen wohl eine WG für Nachdiplom-Studenten abgegeben hätte: Eine/r bereitet ihre/seine Schauspielkarriere vor, eine/r hängt ein Jurastudium dran, eine/r macht was mit Wirtschaft, und Nummer vier steckt sich in einer Tabledance-Bar die Dollarscheine unter das Bündchen ihres Strings. Die offene Freudlosigkeit dieser Örtlichkeit deprimierte ihn und bestärkte ihn in seinem bald nach dem Erwachen aus dem Koma gefassten Entschluss, das Mädchen wiederzusehen. Es war doch wahr: Jahrelang hatte er wie ein Toter existiert. Ohne sie, ohne ihr Erscheinen in seiner erstickenden Klause, wäre er auch als Toter gestorben. Doch sie hatte ihn mit ihrer neckisch-provokanten Art ins Leben zurückgelockt, und dafür wollte er jetzt ihre Schulden begleichen und den finanziellen Rahmen für ihre Ausbildung bereitstellen. Oder war das zu abstrus und am Ende nur albern? Würde sie ihm ins Gesicht lachen?

Irgendetwas veranlasste ihn, aufzustehen und ans Fenster zu treten. Er schob die Lamellen der billigen Jalousie auseinander und blinzelte in die Sonne. Unter ihm lag der gesamte Parkplatz, und kaum hatten sich seine Augen an das grelle Licht gewöhnt, erkannte er Mrs. Zegermans Kleinwagen. Er stand unmittelbar neben einem schwarzglänzenden Motorrad. Was machte Mrs. Zegerman noch hier? Er kniff die Augen zusammen und versuchte festzustellen, was da unten los war. Sie weinte. Sie hatte ihr Kinn auf dem Steuer abgelegt und ließ die Tränen über ihr desolates Gesicht laufen. Er hatte sie noch nie weinen sehen. Möglich, dass er sie nie wirklich angesehen hatte. Kurz darauf straffte sich ihr Körper, sie holte sich ein Kleenex aus dem Handschuhfach und schnäuzte sich.

Seine Aufmerksamkeit wurde aber von Mrs. Zegerman abgezogen durch zwei Streifenwagen, die kurz hintereinander unten vorfuhren. Ihre blitzenden Blaulichter bemerkte in der Sonne wohl nur er. Sein vorgeschädigtes Herz erstarrte zu Stein und zerplatzte in tausend Stücke, als es wieder ansprang. Jojo Denton hatte offenbar mehr Einfluss als gedacht. Vier Polizisten stiegen aus, besprachen sich kurz und gingen dann auf das Haus zu. Er ließ die Lamellen der Jalousie zurückschnappen und lief in den hinteren Teil der Wohnung.

Er fand sie im Badezimmer, wo sie sich vor dem Spiegel die Haare bürstete. Sie wandte den Kopf, sah ihn im Türrahmen stehen – und wich entsetzt zurück. Seine Augen waren von dem Sturz nach wie vor bläulich umschattet, die Stirn wies zahlreiche rosa Schrammen auf, eigentlich war seine gesamte bleich-verschwitzte Erscheinung furchterregend.

Sie reagierte mit einer kurzen Schreckensäußerung in einer Sprache, die er nicht identifizieren konnte und sagte dann: »Das glaube ich doch nicht! Letztes Mal du warst hundert Prozent toter Mann.«

»Du erinnerst dich also an mich«, sagte er erfreut, wenn auch etwas kurzatmig. »Ja, ich habe überlebt, und ich wollte mich bei dir bedanken. Aber zuerst müssen wir hier weg. Jojo Denton hat dich verpfiffen, die Cops stehen schon vor der Tür.«

»Die Cops?«

»Gibt es hier noch einen Hinterausgang?«, fragte er.

Ohne die Antwort abzuwarten, packte er sie am Handgelenk und zog sie mit sich fort. Behände humpelte er zu einer gläsernen Schiebetür in einem der Schlafzimmer, bekam jedoch die schwergängige Verriegelung nicht auf. Während er sich abmühte, sagte er zu ihr: »Erinnerst du dich an die Pille?«

»Pille?«

»Die Pille, die ich erst nicht nehmen wollte«, sagte er. »Du hast mich überredet, weißt du noch? Woher wusstest du, dass ich genau das brauchte? Woher wusstest du, wie man mich ansprechen muss?«

»Du Dummkopf!«, rief sie und schob ihn zur Seite. »Tür ist offen. Permanent. Ganze Zeit.«

Sie verließen die Wohnung im selben Moment, als die Vordertür unter den Schlägen der Polizisten erzitterte, was sich bis in den hintersten Winkel bemerkbar machte. Ohne Rücksicht auf sein Knie stürmte er voran. Erst im rückwärtigen Treppenhaus fand er die Zeit, wieder mit ihr zu reden.

»Woher wusstest du das alles?«, fragte er.

»Wusste was?«

»Wer hat dir beigebracht, so mit mir zu sprechen? Damit ich die Pille nehme.«

»Du bist dumm? Ich bin Hure.«

»Nein, nein, es war mehr als das.« Als sie unten ankamen, zwang er sie anzuhalten und sagte: »Hör zu, ich kümmere mich um dich. Ich bezahle deine Schulden, und wenn das erledigt ist, finanziere ich dir das College.«

»Der Spruch ist alt«, sagte sie. »Außerdem falsches Timing.«

Von oben hallten die Geräusche einer Erstürmung durchs Treppenhaus. Über einen baumlosen Grünstreifen liefen sie nach vorn zur Straße. Autos rauschten vorbei. Arty ließ sich nicht von seinem Knie ausbremsen und hielt wacker mit. Er war froh, dass er der Frau seinen Dank überbracht hatte, darüber hinausgehende Absichten verfolgte er nicht. Was sie aus seinem Angebot machte, blieb ihr überlassen.

Schon nach kurzer Zeit lagen mehrere Blocks hinter ihnen, weit und breit kein Cop oder Streifenwagen. So gesehen hätten sie auch stehen bleiben und durchatmen können. Aber das tat Arty nicht, nicht einmal als er Mrs. Zegerman sah. Mrs. Zegerman war ihnen mit dem Wagen gefolgt und rollte nun langsam neben Arty her. Sie kurbelte die Seitenscheibe herunter und rief Arty etwas zu, das dieser wegen seines starken Keuchens nicht hören konnte. Aber er lächelte ihr zu. Er ließ die Hand der Frau los und winkte. Er wollte ihr so vieles sagen, zum Beispiel, wie leid es ihm tat, dass er so gemein zu ihrem Hund war, und wie prima sein Bein durchhielt. Vielleicht war seine neugewonnene Energie auch nur reine Einbildung, wie damals in seiner Jugend, in dem einen Sommer, als er noch versuchte, mit einer Grätsche die zweite Base zu stehlen, ehe der Ball im Handschuh des Feldspielers landete. Der Feldspieler erreichte den Ball am Ende nicht mal, der Ball flog glatt vorbei, und für ihn, Arty, war plötzlich der Weg zur dritten Base frei. Er sprang also noch einmal auf und rannte weiter, trotz eines Ermüdungsbruchs im Mittelfußknochen, den er sich bei der Aktion zugezogen hatte. Die Schmerzen kamen erst später, zusammen mit der Vorahnung all der Beschwerden, die darüber hinaus auf ihn warteten, waren jedenfalls noch nicht da, als er am dritten Base-Coach vorbei war und bereits die Arme noch oben riss wie ein Irrer, denn was jetzt kam, das war der Homerun, aber leicht, locker wie ein Tänzer, alles an ihm war schwerelos, alterslos, unsterblich, wie es nur bei einem Jungen an einem solchen Sommertag sein kann, mit einem Herzen, so groß wie die Sonne, wenn Sorgen und Nöte, herbe Verluste noch weit, weit weg sind, irgendwo im Unbekannten, und noch nicht die Macht besitzen, auf dieses goldüberstrahlte Spielfeld ihren unbesiegbaren Riesenschatten zu werfen, um alles zu verdüstern.

Der Pilot

Seit zwei Wochen hatte Leonard nichts mehr von Kate Lotvelt gehört. Nicht, dass es unbedingt nötig gewesen wäre. Er und Kate waren nicht einmal befreundet. Oder doch? Nun ja, zumindest kannte man sich. Leonard war ihr schon bei zwei Gelegenheiten begegnet, einmal bei der großen Sause von Producer Sydney Gleekman, einige Monate später noch einmal auf der Dinnerparty des Schauspielers.

Kates Einladung kam per Mail. Sie war so diskret (oder so schlau), die Mailadressen der anderen Geladenen auszublenden, indem sie die Mail an ihren Mann schickte und alle anderen nur eine Blindkopie bekamen.

Von: Kate Lotvelt
An: Eaton Aiken
Betreff: Death ist im Kasten! Jetzt trinken wir einen – oder hüpfen in den Pool.

Er hatte nicht sofort zugesagt, sondern zwei Tage gewartet. Zwei Tage und eine Stunde etwa. Seine Zusage lautete folgendermaßen:

Kann's kaum erwarten! Ich selber muss demnächst ins steuergünstige Winston-Salem, um diesen verdammten Achselschweiß-Spot zu drehen. Erinnerst du dich noch an diese Kreuzwegstation? Na ja, muss ja nicht sein. Und ansonsten:

Job ist Job. Aber der Pilot, von dem ich dir erzählt habe, er macht sich. Gleekman war begeistert, jedenfalls kriege ich das von Pleble gesagt. Aber die traurige Realität ist und bleibt eben Reality-TV. Deshalb fand ich ja *Death* so großartig. Es ist Woche für Woche so etwas wie ein kleines, abgedrehtes *Fuck you* an all die Frauentausch-Dramen und *Hilfe, ich muss kotzen: Leute, die Taranteln essen.*

Als Leonard zehn Minuten darauf seinen Text noch einmal durchging, konnte er nur sagen: O Gott, was für ein Gelaber.

Übrigens, Glückwunsch zu eurer Sendung! Drei Staffeln! Wie macht ihr das bei dieser Lage? Kannst du so viele Komplimente überhaupt noch hören? Aber im Ernst: Ich dachte schon, nach *The Wire* käme nichts mehr, alles auserzählt. Aber du hast noch einmal ein ganz neues Fass aufgemacht! Freue mich deshalb besonders, dich wiederzusehen. Also, betrachte dies als Zusage. Die Nacht der Nächte, wichtigster Termin des Jahres. Keine Frage, dass ich da komme! Hurra! GLG, Lx.

Er erwartete darauf keine Antwort. Es war letztlich nur eine Rundmail, sie konnte nicht allen persönlich antworten. Sie hatte zu tun, sie war mitten im Finale der dritten Staffel ihrer Sendung. Allerdings hätte er eine Antwort schön gefunden. Einige Tage später hätte er eine Antwort sogar sehr schön gefunden. Oder war seine Mail wieder zu verlabert? War es falsch, ihre Sendung als »kleines, abgedrehtes *Fuck you*« zu bezeichnen? Vielleicht waren sie mit dem Dreh noch gar nicht durch. Ja, das musste es sein. Knapp wurde hier leicht was. Warum hatte er sich selber nicht kürzer gefasst, vielleicht nur geschrieben: »Danke für die Einladung, Kate. Bis dann.« Die Antwort darauf wäre dann ebenso kurz ausgefallen, und er hätte die Bestätigung gehabt, dass sie seine Zusage erhalten hatte. Aber so? Wusste sie überhaupt, dass sie ihn eingeladen hatte? Solche Sachen kamen vor. Man klickte auf »Alle Kontakte« und hatte plötzlich Leute eingeladen, die man gar nicht sehen wollte. Doch das konnte er sich hier nicht vorstellen. Nein, die Einladung hatte schon ihre Richtigkeit. Nur dass er keine Bestätigung hatte, das nervte. Man durfte sich aber auch nicht verrückt machen. Vor allem wenn man es zu Ende dachte: Musste er ihre Bestätigung anschließend abermals bestätigen? Nicht wirklich zielführend. Nur irgendwie … beruhigend. Okay, sie steckten mitten in der Postproduction, und er hätte sie nicht volllabern sollen. Besonders das »kleine, abgedrehte *Fuck you*« konnte man leicht … nein, das ging in Ordnung. Wirklich? Oder war es nicht doch, zumindest ein bisschen, beleidigend? Nee, Quatsch. Andererseits, wer wusste das schon? Er nicht. Er hatte keine Ahnung.

Auf der Dinnerparty des Schauspielers hatte man sie direkt nebeneinander gesetzt. An besagtem Abend hatten sie auch ihre Mailadressen ausgetauscht. Es dauerte fast zehn Minuten, bis sein Puls sich beruhigte. Zunächst sprachen sie nur über die Probleme der Autorengewerkschaft in Zeiten von Streamingdiensten und Serienboom. Als er fand, sie sei so weit aufgetaut, löcherte er sie mit Fragen zu ihrer Serie: Wie war das, wenn man einen ganzen Writers' Room unter sich hatte, und was für Schreibgewohnheiten hatte sie selber so? Dabei ließ er immer wieder seine Bewunderung einfließen, hütete sich nur vor Übertreibung. Er wusste, dass er zur Lobhudelei neigte, selbst gegenüber bloßen Kameramännern, und hätte, wenn er später zu Hause den Abend Revue passieren ließ, diese Seite von sich am liebsten erschlagen.

Nach dem Dessert, als sich die anderen Gäste den teuren Portweinen zuwandten (er selbst war seit sechzehn Monaten trocken), zog Eaton Aiken seine Schuhe aus und machte sich mit einem eingetrockneten Pinsel und einem Eimer alter Fassadenfarbe daran, die Esszimmerwand mit einem Action Painting zu verschönern. Die Leute waren begeistert, trotzdem hatte man vorsichtshalber Zeitungspapier ausgelegt.

In den ersten Tagen nach der Einladung musste er öfter daran denken, wie anders er dieser Party entgegensähe, wäre *er* Eaton Aiken. Zunächst einmal wäre es *seine* Party. Er müsste sich keinerlei Gedanken machen, ein Blick auf das, was er besaß, genügte. Die Villa in Griffith Park mit Blick auf L. A., mediterraner Stil aus den Zwanzigerjahren, überdachte Auffahrt und Infinity-Pool mit marokkanischen Keramikfliesen. (Er hatte ungewollt Bilder davon in *People* gesehen, als er im Zeitungsladen an der Kasse stand.) Immer genug Geld für Schnaps im Haus, plus eine Dienerschaft, die ihm die Drinks hinterhertrug, plus Einzelausstellung im Getty Museum (und er war nicht mal vierzig), plus eine Frau wie Kate Lotvelt als Lebenspartnerin. Eaton Aiken hatte eben nicht bloß im steuergünstigen Winston-Salem eine Werbung für ein Deodorant abgedreht.

Der Abend der Party rückte näher, und Kate hatte noch immer keine Erinnerungsmail geschickt: »Für den unwahrscheinlichen Fall, dass du es vergessen hast: Ich freue mich wirklich, dich bei meiner Feier am soundsovielten um soundsoviel Uhr zu sehen etc.« Was für ihn die Frage nahelegte: Fand die Party eigentlich noch statt, oder war sie längst abgesagt? Hundertprozentige Sicherheit gab nur eine Erinnerungsmail, und es war bereits nach Mittag, besser: mitten am Nachmittag. Er saß in seinem verdunkelten

Zimmer (draußen hinter der Jalousie die gnadenlose Sonne von L. A., drinnen ungewaschene Laken, die nach Zigarettenqualm stanken) und sah sich die Sendungen an, die sein Fernseher während des Drehs in W.-S. aufgezeichnet hatte. Immer wieder checkte er seine Mails. Natürlich fand die Party statt. Eine Kate Lotvelt hatte es nur nicht nötig, ängstlich für zahlreiches Erscheinen zu sorgen oder die Mail-Etikette einzuhalten wie Normalsterbliche. Man war geneigt, sie auch dafür zu bewundern. Endlich jemand, der einen nicht mit elenden Updates bombardierte. Doch Leonard verunsicherte auch dies. War es nicht denkbar, dass sie nach Abschluss der Dreharbeiten noch einmal ihre Kontakte durchforstete und nur an erwünschte Personen eine Erinnerungsmail schickte?

Immerhin bekam er Antwort von Pleble.

Yo Bro, wie lief der Dreh? Bin gerade in Indio. Mach das bloß nicht, fahr nie ins Coachella Valley. Früher gab es hier mindestens hundert gute Bands und zehn Leute, die den Durchblick hatten. Heute ist Indio ein großes Flüchtlingslager für irgendwelche Retro-Hirnis, die ihren Hippietraum leben wollen. Was genau meinst du mit Erinnerungsmail von Kate Lotvelt? Sie sollte sich endlich von ihrem Balkan-Borat trennen und zu mir kommen. Bin Montag zurück, falls du reden willst. Vielleicht hat der Pilot dann den letzten Schliff? Verbleibe bis dahin ... dein ergebenster Pleeb.

Das half ihm auch nicht weiter. Am liebsten wäre ihm gewesen, Pleble käme ebenfalls zu der Party, dann könnten sie zusammen gehen. Zumindest hätte er dann jemanden gehabt, den er kannte. Aber vielleicht war Pleble gar nicht eingeladen. Nein, das ging eigentlich nicht. Denn wenn er,

Leonard, eingeladen war, dann Pleble auch. Kate und Eaton kannten Pleble viel besser als ihn, Leonard. Oder nicht? Leonard war inzwischen überzeugt, dass es sich bei der Einladung nur um ein Versehen bei den Kontakten handeln konnte. Deshalb wäre es auch schön gewesen, wenn sich Pleble zu der Einladungsfrage geäußert hätte. Aber Pleble war schlau. Angenommen, er wäre *nicht* eingeladen, dann hätte er nie im Leben geschrieben: »Wie? Party bei Kate, und ich bin nicht eingeladen?« Er hätte sich, im Gegenteil, geäußert wie in der Mail, nämlich so gut wie gar nicht. Vielleicht *war* er ja eingeladen, konnte aber nicht wegen Indio, was blöd war. Weil es schön gewesen wäre, wenn jemand mitgegangen wäre. Oder wenn zumindest jemand da war, den er kannte. Vielleicht war Pleble aber auch *nicht* eingeladen. In diesem Fall war es höchst unwahrscheinlich, dass er, Leonard, eingeladen *war*. Viel wahrscheinlicher dagegen irgendein Versehen bei den Kontakten. Wie auch immer. Jetzt, nach Plebles wenig hilfreicher, womöglich sogar rein taktischer Mail, war seine Unsicherheit größer denn je. Vielleicht war Pleble auch gar nicht in Indio, sondern Gott weiß wo. Er war versucht, bei Gleekman selbst anzufragen, ob er, Gleekman, eine Einladung erhalten habe, und wenn ja, auch eine Erinnerungsmail. Er, Leonard, wollte nur nicht den Eindruck erwecken, dass er seine Daseinsberechtigung auf Kates Party in Zweifel zog, das wäre eindeutig das falsche Signal. Der Pilot stand kurz vor der Vollendung, es fehlte nur der letzte Schliff.

Kate Lotvelt war Schöpfer und Showrunner von *Death in the Family*, das heißt, sie war nicht nur Chefautorin, sondern übernahm sogar eine tragende Rolle in der prominent besetzten Serie. In eher locker zusammengefügten Episoden ging es um die Familie Bonfouey: mit den Eltern Connor und Jean, ihrem erwachsenen Sohn Mike (mit Ehefrau Sally), Teeny-Tochter Irene und dem koreanischen Adoptivkind Koko. Der Hund der Bonfoueys hieß Revolution, ihre Nachbarn waren die Wilkes-Barres, und in jeder Folge starb jemand. Connor ermordete Jean, Jean setzte Sally in Brand, Mike wurde unschuldig hingerichtet, Irene bekam einen tödlichen Schnupfen, Koko fiel in den Pool, Revolution wurde abgeknallt, und die Wilkes-Barres gingen an einer Lebensmittelvergiftung zugrunde, nachdem sie Sallys Bohnenauflauf gegessen hatten. Alle Tabus rund um das Thema Tod wurden eingehend beleuchtet: Krankheit und Krankenhäuser, die keimfreie Atmosphäre einer Schwerverbranntenabteilung, Begräbnisinstitute und schier grenzenlose Trauer. Doch pünktlich zur nächsten Folge standen die Toten von den Toten auf, und alle Beteiligten waren wieder gesund und munter und lustig und fidel wie eh und je. Keine Spur von dem Verhängnis, das sie in der letzten Folge befallen hatte. Und die ganze Familie wie immer ahnungslos, was ihr jetzt bevorstand. Nur der Zuschauer fragte sich, wen es diesmal erwischen würde. Vor allem wie. Die besten Folgen der Serie waren geradezu atemberaubend gut. Das lag nicht nur an dem satirischen Blick, sondern auch an der speziellen Metaphysik, die sagte: Nix passiert, alles nur Spaß. Dennoch, wie gelang es Kate Lotvelt bloß, aus den düstersten Ecken menschlichen Daseins allwöchentlich so viel Komik zu ziehen? *Death in the Family* war mit Abstand das Witzigste, das das Fernsehen aktuell zu bieten hatte.

Er hoffte, mit *Life of the Party* dasselbe zu erreichen, aber es fehlte, wie gesagt, der letzte Schliff. Es brauchte den frischen satirischen Blick. Jemand, der wusste, wie man so etwas anpackte. Zwei Augen wie die von Kate Lotvelt. So gesehen ließ er die Party besser sausen, blieb zu Hause und verpasste dem Pilotscript tatsächlich den dringend erforderlichen letzten Schliff. Dann konnte er Pleble am Montag etwas präsentieren, das dieser dann an Gleekman weitergab, wodurch er einer echten Zusammenarbeit mit den großen Jungs endlich näherkam. Wenn er zu Hause blieb und dem Pilotscript den letzten Schliff verpasste, musste er außerdem nicht länger darüber nachdenken, ob er nun zu Kates Party eingeladen war oder nicht, ob er dort jemanden kannte oder warum er keine Erinnerungsmail erhalten hatte.

Aber Networking war die halbe Miete und die Frage also berechtigt: Was war besser? Sich auf der Party des Jahres sehen zu lassen, wo er jede Menge Schauspieler und Produzenten treffen würde, oder zum Sterben nach Atlanta zurückzukehren? Letztlich, so kam es Leonard vor, gab es nur diese beiden Möglichkeiten. Unwichtig dagegen, dass er bis heute das Bussi-Ritual nicht beherrschte und vor den *beautiful people* regelmäßig erstarrte. Scheißegal, wenn er später zu Hause (und endlich ohne Sonnenbrille) den Abend zwanghaft rekapitulierte und sich seine zahlreichen Patzer vorhielt. Hätte er sich lockerer geben sollen? Oder irgendwie intensiver, mit mehr Persönlichkeit? Hätte er mehr schleimen sollen? Oder besser so getan, als sei er von alledem gänzlich unbeeindruckt? Oder glücklicher? War glücklicher eine Option?

Auf jeden Fall brauchte er zwei neue, frische Augen, die sich sein Pilotscript ansahen. Jemanden, der wusste, wie man so etwas anpackte. Jemand wie Kate Lotvelt. Außerdem brauchte er eine neue Sonnenbrille. Solange er denken konnte, war er hinter einer Brille in Deckung gegangen, die ursprünglich von einem Vorstadtmafioso aus New Jersey stammte und so zum Statement wurde. Das heißt, eigentlich stammte sie ja von dem kleinen Versager von Cousin des Vorstadtmafioso. Dem Cousin mit Schauspielerambitionen, der in der letzten Staffel umgenietet wird – von ihm hatte er die Sonnenbrille. Wie oft hatte diese Brille Leonards Alkoholpegel kaschiert oder ihn später vor der allzu grellen Realität abgeschirmt. Doch dann hatte er sie in dem Country Air-Motel in W.-S. liegenlassen und seither keinen echten Ersatz gefunden, da die fragliche Serie schon vor Jahren an ihr Ende gelangt war und mit ihr dieses einzigartige Brillenmodell.

Dann überlegte er, ob er nicht seinen Mitbewohner einladen sollte, dann hätte er eine Begleitung. Nachteil: Sein Mitbewohner war Musiker, und gegen das fantastische Nachtleben von Musikern, so seine Angst, kam er selbst mit einer Party bei Kate Lotvelt nicht an. Allein die Vorstellung ließ ihn zittern: Was, wenn er nein sagte? Sein Mitbewohner ging fast jeden Abend aus, hatte fast immer etwas vor, das deutlich aufregender und exklusiver war als die müden Veranstaltungen, die er, Leonard, besuchte. Besser, er hielt sich mit einer Einladung zurück, statt eine Abfuhr zu riskieren, auch wenn diese nur dem Umstand geschuldet war, dass sein Mitbewohner bereits andere Pläne hatte. Es war schwer, solche anderen Pläne *nicht* persönlich zu nehmen. Denn was wäre zum Beispiel, wenn sein Mitbewohner insgeheim froh über seine anderen Pläne war? Weil er Leonard damit zeigen konnte, um wie viel besser sein eigenes Partyleben war, wenngleich es in diesem Fall bedeutete, auf eine Party bei Kate Lotvelt zu verzichten. Wie gesagt, falls die Einladung überhaupt noch galt. Wenn sie nämlich nicht mehr galt, wollte er dort auf keinen Fall mit seinem Mitbewohner aufkreuzen. Welche Blamage, wenn sich Kate nicht mehr daran erinnerte, dass sie sich bereits bei Gleekman und auf der Dinnerparty des Schauspielers begegnet waren. Schlimmer:

wenn sie mit ihm, Leonard, überhaupt nichts anfangen konnte, und das in Gegenwart seines Mitbewohners, der ohnehin lieber in der Musikszene unterwegs war. Er entschied sich schlussendlich also gegen eine Einladung seines Mitbewohners.

Allerdings wollte er sich dessen Jacke ausleihen.

Das tat er eigentlich nicht gerne: anderer Leute Klamotten ausleihen. Doch diese Jacke hatte etwas, das dem Auftritt bei Kates Party viel von seinem Schrecken nehmen könnte. Was genau? Er war sich nicht sicher, aber dem Gefühl nach war dies eine Jacke, wie sie nur die ganz Harten trugen. Nicht dass er auf Fashion allzu viel Wert legte. Vielleicht hatte er das Teil an anderen gesehen. Ganz bestimmt an seinem Mitbewohner, dem Musiker, der auf jeden Fall zu den Ultracoolen gehörte. Wenn er schon ohne Sonnenbrille zu Kate Lotvelt musste (die Sonnenbrille, seine Allroundkrücke, die jede soziale Interaktion vereinfachte und den Grad seiner Trunkenheit vernebelte, die er aber in W.-S. liegengelassen hatte), dann trug er zumindest diese krasse Jacke.

Sein Mitbewohner saß, versunken über seiner Gitarre, auf dem Sofa. Er trug kein Shirt, nur weiße Sportshorts und Cowboystiefel. Über ihm an der Wand ein Hirschkopf, der mit Papierblumen und Glaskettchen dekoriert war, an einem Ende des Geweihs ein Stahlhelm aus dem Zweiten Weltkrieg. Als er seine Improvisation unterbrach, um etwas auf einem Notenblatt festzuhalten, das in einem Wust anderer Notenblätter auf dem Sofatisch lag, steckte Leonard von der Küche her den Kopf durch die Tür und sagte: »Hey, Jack, was läuft bei dir heute Abend?«

Er war nach wie vor unentschieden. Vielleicht sollte er ihn doch einladen? Denn wenn er, Leonard, *nicht* eingeladen war, wäre es, bei aller Blamage, zumindest tröstlich,

jemanden wie Jack bei sich zu haben, jemanden, der sozusagen noch weniger eingeladen war als er selbst. Wenn er
aber doch eingeladen war, so hatte er allemal mehr Spaß, als
wenn er allein zwischen den Gästen umherirrte.

»Heute Abend? Heute Abend läuft mein Ultimatum aus.
Wenn ich bis dahin nicht drei Songs fertig habe, gebe ich mir
die Kugel.«

Leonard war die (für ihn wenig schmeichelhafte) Kon-
frontation mit Jacks Arbeitsmoral nicht unbekannt. Er sah
Jack zu, wie er nach dem kleinen Bleistift griff und erneut
etwas aufschrieb. Jacks Beispiel ließ wenig Spielraum. Auch
er, Leonard, blieb besser zu Hause und gab seinem Text den
letzten Schliff, eine andere Option gab es nicht. Was wollte
er auf einer Party, meinetwegen sogar einer Party von Kate
Lotvelt, wenn er in derselben Zeit seinen Piloten in eine
präsentable Form bringen konnte, um sie später Pleble vor-
zulegen? Es bedeutete vielleicht das Ende der namenlosen
Drehs in steuergünstigen Provinzkäffern und ein völlig neues Kapitel in seinem Leben: Meetings mit Entscheidern aus
den großen Studios. So weit war also alles klar: Bleib zu
Hause, klemm dich dahinter. Bring den Piloten zu Ende oder
gib dir die Kugel.

»Und bei dir? Was läuft bei dir heut Abend?«

»Ach, ich gehe zu dieser Party«, sagte er und schlenderte
mit seinem Kaffeebecher zu dem Gartenliegestuhl, der den
beiden in ihrem gemeinsamen Wohnzimmer als Fernsehsessel diente. »Aber ich weiß noch nicht. Vielleicht sollte ich
besser hierbleiben und an dem Piloten arbeiten. Hättest du
Lust auf eine Party?«

»Wie läuft's denn mit deinem Piloten?«

»So gut wie fertig. Fehlt nur noch der letzte Schliff. Deshalb sollte ich ja auch besser hierbleiben, aber ich weiß nicht.

Sag mal, nur für den Fall: Könnte ich mir heute deine Jacke ausleihen? Falls ich doch gehe. Oder willst du auch weg?«

»Ey, Mann, das war ernst gemeint eben. Wenn ich heute nicht noch drei Songs fertig kriege, findest du mich im Wald, mit einer Kugel im Kopf. Dieses Scheiß-L. A. ... schlimmer als Nashville! Aber keine Sorge, ich erschieße mich nicht hier im Haus. Was für eine Jacke?«

Er beschrieb ihm die Jacke, und Jack stand auf und holte sie aus seinem Zimmer. Passte wie angegossen! Er fragte Jack, wie sie ihm stand.

»Passt wie angegossen«, sagte Jack. »Wenn du sie haben willst, sie gehört dir.«

»Willst du sie nicht mehr?«

»Ich trage sie sowieso nie.«

»Wieso nicht?«

»Keine Ahnung. Aber seit dieser eine Kerl so ein Ding anhat, tragen es plötzlich alle – und ich habe keine Lust mehr.«

»Wen meinst du?«

»Na, dieser, wie heißt er noch gleich, dieser Cop von der Antiterroreinheit, hab den Namen vergessen.«

»Ach, der«, sagte er, als er von Cop auf Jacke und von der Jacke auf die Serie schloss. »Ich weiß, was du meinst. Und der trägt auch so eine Jacke?«

»Versteh mich nicht falsch«, sagte er. »An der Jacke liegt es nicht. Die Jacke an sich ist klasse.«

Leonard kehrte in sein Zimmer zurück, zog die Jacke aus und breitete sie auf dem Bett aus. War das zu glauben? Sie passte ja wirklich. Er war mittlerweile entschlossen, nicht zu der Party zu gehen, zumindest nicht in dieser Jacke. Dann konnte er ja gleich als Terminator gehen. Nein, das ging gar nicht. Er setzte sich an den Schreibtisch. Sein Entschluss stand fest: Er wollte dableiben und seinem Piloten den letzten Schliff geben. Er rief das Dokument auf seinem Computer auf. Bring den Piloten zu Ende oder stirb. Bring den Piloten zu Ende … oder sei verdammt, auf ewig in trostlosen Käffern Werbeclips für morgenfrische Deoroller zu drehen – jetzt neu mit Anti-unschöne-Flecken-Funktion.

Er saß in seinem Wagen und rang noch mit sich, als seine Mutter anrief. Es war ein seltsamer Zeitpunkt für einen Anruf, deshalb wollte er erst nicht drangehen. Ihre täglichen Anrufe waren anfangs eine große Stütze gewesen, mittlerweile aber nur noch von liturgischer Absehbarkeit und so nervig, als hätte sich das schlechte Gewissen selbst gemeldet. Seit sechzehn Monaten hatte sie keinen Tag ausgelassen, und ihr Gespräch verlief erwartungsgemäß: sehr förmlich und ohne jede Bedeutung. Doch war ihr Anruf auch jetzt bedeutungslos, da er mit seinem Wagen auf dem Parkplatz einer Bar stand und mit sich haderte? In Atlanta war es drei Stunden später, der Tag dort so gut wie zu Ende. Normalerweise wartete sie nicht so lange. War das ein Zeichen? Er hätte, wie so oft, gern gewartet, bis die Mailbox ansprang, aber an diesem Abend zögerte er. Vielleicht war es klüger dranzugehen. Vielleicht sagte sie etwas, das ihn bewegte, diesen Parkplatz zu verlassen und bei seiner Linie zu bleiben.

Er tat es, er ging dran, und nach dem üblichen Geplänkel sagte sie, wenig überraschend: »Tust du mir einen Gefallen, Leonard?«

Er ging darauf ein. »Was für einen Gefallen, Mom?«

Der Gefallen war nämlich immer derselbe. »Würdest du heute bitte nichts trinken?«

»Ich werde heute nichts trinken.«

»Versprichst du mir das?«

»Versprochen, Mom.«

»Danke«, sagte sie.

»Okay. Danke für den Anruf, Mom.«

»Ich liebe dich, Leonard«, sagte sie.

»Ich liebe dich auch, Mom.«

»Dann reden wir morgen weiter«, sagte sie.

Sie gab sich wirklich alle Mühe. Sie tat ihr Möglichstes. Aber das reichte offenbar nicht. Und so stieg er aus, ging in die Bar und setzte sich vor die bekannten Etiketten seines Elends.

Er starrte auf die verspiegelte Regalwand voller Flaschen. Rasch füllten sich seine kleinen gelaserten Augen mit Tränen. Die Etiketten verloren ihre klaren Konturen, die Flaschen zerflossen zu glitzernden Strahlen aus reinem Himmelslicht. Der Barmann durchbrach diesen tranceartigen Zustand, indem er ihm einen Bierdeckel zuwarf wie eine Frisbeescheibe. Der Deckel landete direkt vor ihm auf dem zerkratzten Tresen. »Was kann ich Ihnen bringen?«, fragte er. Leonard tat so, als müsse er ernsthaft überlegen, ehe er den Whiskey mit Begleitung bestellte, der ihn hergeführt hatte. Ein Whiskey und ein Bier waren alles, was er brauchte, um auch ohne Sonnenbrille und Jacke bei Kate Lotvelt zu erscheinen und sie bei der ersten sich bietenden Gelegenheit zu fragen, ob sie einen Blick auf seinen Piloten werfen könne. Es waren nur vierundzwanzig Seiten. Und es waren nur ein Whiskey und ein Bier.

Während er auf seine Drinks wartete, drehte er sich von den anderen Trinkern an der Theke weg. Jetzt bloß keine Unterhaltung anfangen. Er wollte bei seinem Rückfall weder angeschaut noch angesprochen werden. Das, was er jetzt tat, war das der Rückfall? Klar. Aber sein Hirn brachte ihn noch um. Er brauchte etwas, das sein Hirn abschaltete, sonst fand er nie den Mut, Kate anzusprechen. In seiner ganz privaten

Schande ging er auf Distanz zu den anderen Trinkern und blickte verloren in den angrenzenden Speiseraum, der offenbar außer Betrieb war.

Die roten Kunststoffpolster in den Sitznischen lagen im fahlen Licht einer Notbeleuchtung, ebenso wie die alte silberne Registrierkasse, neben der sich eine Schale mit Pfefferminzbonbons und ein Zahnstocherspender befanden. Es hatte vielleicht damit zu tun, dass er den ganzen Tag ferngesehen hatte. Einer diffusen Intuition folgend, verließ er seinen Platz an der Theke und steuerte auf die Zahnstocher zu. Er nahm sich einen davon und besah ihn eingehend. Steckte ihn in den Mund und kaute darauf herum, bis er einen leicht minzigen, hauptsächlich aber holzigen Geschmack auf der Zunge spürte. Dann nahm er den Zahnstocher aus dem Mund und stieß damit mehrmals in die Luft, wobei er mit zusammengekniffenen Augen eine lautlose Zurechtweisung von sich gab. Alles an dieser Geste signalisierte, dass der Rüffel zu Recht erfolgte. Dann steckte er den Zahnstocher wieder in den Mund und fixierte mit seinem Zornesblick ein imaginäres Gegenüber. Erneut diese mahlende Mundbewegung, dieser zornige Blick, der anzeigte, dass er nicht mehr derselbe war.

Wer machte das?

Das war der Coach. Jeden Freitagabend lief *The Coach*. Der Coach gewann jedes Spiel und brachte seinen Jungs bei, zu handeln wie ein Mann.

Er nahm den Zahnstocher aus dem Mund und stand weiter nur da. Eigenartig, erst der Anruf von seiner Mutter, jetzt das hier.

Als er sich wieder umdrehte, stellte der Barmann gerade seine Drinks hin. Er ging an die Theke, zahlte und sagte, er könne wegen eines Anrufs leider nicht bleiben. Er hinterließ aber ein ordentliches Trinkgeld. Auf dem Weg nach draußen sackte er noch eine Handvoll Zahnstocher ein.

Kurzfristig verlassen wir nun Leonards Gedankenwelt, dachte er, und wenden uns stattdessen einem anderen Reich zu. Dem Reich der hochgemuten Geistesverfassung, dem Reich der sparsamen Worte und der besten Absichten. Denn gab es für einen Mann überhaupt etwas Höheres, als der Coach sein zu wollen? Der Zahnstocher wies ihm den Weg. Der Zahnstocher legte frei, was an Coach in ihm steckte. Zwar war der Charakter des Coach etwas eindimensional, das musste man zugeben, doch das lag an der emotionalen Schlichtheit von Männern des Sports generell, ihrer mangelnden Neugier, ihren klar definierten und somit beschränkten Zielen. Was aber wettgemacht wurde durch ein starkes, stets positives Kämpferherz, das dafür sorgte, dass der große Coach sogar aus der Niederlage einen Sieg machte.

An einem Sportgeschäft hielt er an, kaufte, passend zu seinem Zahnstocher, eine blaue Trainingsjacke und, passend zur blauen Trainingsjacke, eine blaue Baseballkappe, dessen steifen Schirm er während der Fahrt zu Kate in Form knautschte.

Wie daneben war es eigentlich, vor allen Leuten den Coach zu spielen? Leonard war in seinem ganzen Leben kein Coach gewesen, nicht einmal Übungsleiter. Nein, er lieh sich diese Persönlichkeit von einem Charakterkopf der gescripteten TV-Realität, von einem Autorengeschöpf, und das war schon ein bisschen krass. Nur krass oder bereits ein klein wenig … erbärmlich? Quatsch, es war nicht erbärmlich. Der Coach war ein großer Mann. Er wusste stets, was er wollte, bewies Rückgrat und war kein Freund von großen Worten. Er versuchte nie, irgendwen zu beeindrucken, es ging ihm ausschließlich um das nächste Spiel. Selbst sein begrenzter Intellekt war letztlich eine beneidenswert Eigenschaft. Die Leute dachten immer, Alkohol wäre der Feind. Doch der Alkohol war es gar nicht, es waren die Gedanken, unablässig nagende, destruktive Gedanken. Die Trinkerei war eher die Therapie. Eine Therapie, die am Ende schlimmer war als die Krankheit. War die Imitation eines fähigen Mannes nicht besser, als sich mit Alkohol zu zerstören? Eindeutiges Ja, auf jeden Fall. Aber nicht auch irgendwie traurig und jämmerlich? Okay, Schluss jetzt, du denkst wieder zu viel. Er bog auf das Grundstück von Kate Lotvelts Villa ein, stieg aus und ließ die Wagentür offen, während der Einarmige vom Valet-Parking auf ihn zukam. Angezogen von den Geräuschen der Party ging er ohne seinen Parkschein auf den Eingang zu und war höchst überrascht, als der Einarmige ihm mit dem Schein hinterherrannte.

Die Villa aus den Zwanzigerjahren lag festlich erleuchtet in der milden Abendbrise. Lichterketten schraubten sich an den rosa Säulen der überdachten Vorfahrt empor. Ein Barockbrunnen plätscherte laut vor der Bougainvillea, während entferntes Gelächter sich mühelos in die gepflegte Musikauswahl des DJ integrierte. Offenbar war die Party schon in vollem Gang. Da er sich ausgeschlossen fühlte, verlangsamte er seine Schritte und fragte sich: Hatte er sich etwa mit der Uhrzeit vertan? Oder hatten sie den Beginn geändert, womöglich in jener Erinnerungsmail, die er nie erhalten hatte? Er wollte schon den Rückzug antreten, bloß weg hier und nichts wie nach Hause, als einer von Kates Co-Stars aus *Death in the Family* (attraktive Silberlocke im Kilt) zusammen mit seiner Begleitung im langen Abendkleid um die Ecke kam, Leonards Fluchtweg blockierte und ihn wie ein Schneepflug vor sich herschob. Ihr gemeinsamer

Weg führte, ungewollt, soweit es Leonard betraf, seitlich am Haus vorbei bis zum Pool und einer terrassierten Gartenanlage, von wo man einen atemberaubenden Blick auf die glitzernde Stadt hatte. Das Sprungbrett hallte nach wie eine Stimmgabel, eine Sekunde später schlug die Arschbombe ein, und der Arschbomber tauchte kichernd aus dem feinperligen Schaum auf.

Inmitten von hundert fremden Gesichtern wagte Leonard maximal, flach zu atmen. Gerade noch rechtzeitig erinnerte er sich an den Coach und daran, dass der Coach es nicht nötig hatte, irgendwem zu gefallen. Er war hier, um sich unters Volk zu mischen, Flagge zu zeigen und links und rechts den Leuten mehr knapp als freudig zuzunicken, wobei seine Finger den Zahnstocher nie losließen. Und wenn sich die Gelegenheit ergab, würde er sie nutzen, wie nur der Coach es konnte, klaren Blicks und frischen Mutes. Er würde an Kate Lotvelt herantreten und sagen, was er auf dem Herzen hätte. Das Script mit dem Piloten trug er, sorgsam der Länge nach gefaltet, in der Gesäßtasche.

Er betrat das Haus. All die schicken, schönen Gäste standen in Paaren und Dreiergrüppchen zusammen. Wenn gelacht wurde, dann intim, im kleinen Kreis. Er kannte niemanden, tat aber entspannt, während er an ihnen vorbeidriftete. Gut, er wirkte so fehl am Platz, wie auch der Coach fehl am Platz gewesen wäre, doch das focht ihn nicht an, er würde sich nie so weit den Schneid abkaufen lassen, dass er allein und demoralisiert das Feld geräumt hätte. Irgendwann setzte er sich auf ein freies Stück Sofa. Links von ihm eine zierliche Blonde, deren angeregtes Schulterblatt Zeugnis davon ablegte, wie blendend sie sich unterhielt. Auf der rechten Flanke sah es nicht besser aus, dort hatten zwei weitere Rücken mit insgesamt vier Schulterblättern alles dichtgemacht. Er kaute nervös auf seinem Zahnstocher, bis er selber merkte, wie das aussehen musste. Jeder aufmerksame Beobachter hätte in ihm den nächsten Amokläufer erkannt, der ohne Vorwarnung alles niederballern konnte. Deshalb stand er auf und begab sich auf die Suche nach einer Toilette. Zehn Minuten später, nachdem er sämtliche Medikamente im Spiegelschrank begutachtet hatte, betätigte er die Spülung und verließ die Toilette wieder. Versuchte herauszukriegen, wo in diesem riesigen Haus die Küche war – und vielleicht etwas zu trinken, das keinen Alkohol enthielt. Als er sie gefunden hatte, sahen ihn die Cateringleute aber so sprachlos an, dass er ohne Getränk wieder abzog. Durch eine offene Tür blickte er in einen ochsenblutroten Salon und sah zwei Männer bei einer Partie Pool. Schließlich wanderte er in den großen Raum zurück, der auf die Sonnenterrasse führte. Dort entdeckte er Kate.

Wow, war die groß! Das hatte er ganz vergessen: wie groß sie war. Er ging direkt auf sie zu, vielmehr auf ihren Kreis, denn eine Schar Bewunderer hing soeben an ihren Lippen. Gegeben wurde eine Anekdote über Kleiderbügel, die er aber nicht verstand, weil er den Anfang verpasst hatte, was seine Nervosität steigerte.

»So war das mit dem Mann, bei dem ich immer meine Kleiderhänger kaufe«, sagte sie. »Travis am Hollywood Split, mein Lieferant für Kleiderhänger und sozusagen einer meiner treuesten *Anhänger* ...«

Jemand fragte, wie viele Kleiderhänger sie bei ihm gekauft habe.

»Zwanzig Stück für vier Dollar.«

»Wieso vier? Erst hieß es doch fünf Dollar.«

»Na ja, der Kerl ist obdachlos und verkauft die Dinger auf der Straße«, sagte sie. »Da muss man doch feilschen, oder?«

79

Alle lachten.

»Entschuldigung«, sagte er. »Kate?«

Sie wandte sich um. Alle anderen auch, alle sahen ihn an. Er fasste an seinen Zahnstocher, nickte dem Mann rechts von ihm zu, dann auch Kate. »Hast du einen Moment Zeit?«, fragte er, wobei seine Stimme von einem gänzlich uncoachgemäßen Zittern ergriffen wurde. Er hatten den Zahnstocher aus dem Mund genommen und zeigte mit dem feuchten Ende auf Kate. Dieses hatte sich inzwischen in eine faserige Pulpe verwandelt, was nicht nur unappetitlich aussah, sondern geradezu obszön. Schnell zerdrückte er das Ding in seiner Hand.

»Klar«, sagte sie und berührte die Person zu ihrer Rechten leicht am Arm. »Entschuldige mich für eine Sekunde«, sagte sie.

Er nutzte die Gelegenheit, den alten Zahnstocher in seiner Hosentasche verschwinden zu lassen und umgehend durch einen neuen zu ersetzen, ihn demonstrativ hin und her zu kauen. »Tut mir leid, wenn ich dich auf diese Weise entführe«, sagte er. Er kam aus Atlanta, was nicht gerade Texas war, Heimat des Coach, doch immerhin im Süden, so dass der breite Akzent, den er plötzlich angenommen hatte, sogar halbwegs seiner Rolle entsprach.

»Alles in Ordnung bei euch?«, fragte sie, als hätte sie einen von der Cateringmannschaft vor sich, der sie über die Lage an der Buffetfront informieren wollte.

Nein, sie hatte keine Erinnerung mehr an ihn, hatte vergessen, dass sie sich bereits bei Gleekman bzw. bei dem Schauspieler begegnet waren, hatte ihn auch nie explizit eingeladen und wusste daher nicht, was er hier wollte. »Ähm …«, sagte er. »Entschuldigung, ich … ähm …«

Ebenso überrascht wie erleichtert bemerkte er dann, wie

sich die Verwirrung auf ihrer Miene zu jenem allumfassenden Lächeln glättete, das er aus dem Fernsehen kannte. »Warte, sag nichts ... Leonard?«, rief sie. Ihre Hand schnellte vor und riss ihm die Baseballkappe vom Kopf. »Tatsache! Er ist es wirklich! Was machst du unter so einer Cap, Leonard?«

»Stimmt, ich trage eine Cap«, sagte er.

»Du siehst aus wie der ... wie hieß er noch mal ...«, sagte sie. »... wie der Coach. Kennst du den Coach?«

»Den Coach?«

»Aus dem Fernsehen. Du kennst doch die Serie, oder? Falls nicht, unbedingt gucken. Richtig gute Serie«, sagte sie. »Na egal. Was ist *deine* Lieblingsserie, Fremder?«

»Habe ich eine Einladung bekommen?«, fragte er.

»Wie?«

»Hast du mich für heute eingeladen?«

»Aber sicher«, sagte sie. »Ich verstehe die Frage nicht. Du bist hier, oder nicht?«

»Ich habe mich nur gefragt, ob die Einladung ernst gemeint war.«

»Natürlich war sie ernst gemeint«, sagte sie.

»Nein, ich dachte, es wäre irgendein Versehen mit den Kontakten.«

»Was verstehst du unter ›Versehen mit den Kontakten‹?«

»Na ja, wenn man ›Alle auswählen‹ drückt, aber es gar nicht so meint.«

»Wäre mir neu«, sagte sie. »Egal. Schön, dich zu sehen. Wie läuft dein Pilot?«

»Mein Pilot?«, sagte er, denn mit dieser Frage hatte er gar nicht gerechnet. »Mein Pilot ist kurz vor dem Abschluss. So gut wie fertig.«

»Das freut mich«, sagte sie. »Glückwunsch.«

»Es fehlt nur noch der letzte Schliff.«

»Fantastisch.«

»Hey, Glückwunsch aber auch an dich …«

»Danke«, sagte sie.

»Zum Abschluss der dritten Staffel.«

»Danke. Ja, ich mache ebenfalls drei Kreuze. Immer schön, wenn man etwas zu Ende gebracht hat.«

Sie redeten noch über den Abschluss der dritten Staffel, dann wurde sie fortgerufen. Sie ging, aber nicht, ohne vorher ganz leicht seinen Arm zu berühren, dies mit dem Versprechen, gleich wieder da zu sein. Er verspürte eine ungeheure Erleichterung. Er ging direkt an die Bar und verlangte einen Whiskey. Während der Whiskey eingeschenkt wurde, fragte er sich zwar, was er da gerade tat, brachte sich aber sofort zum Schweigen. Das erste Glas war nicht mal ausgetrunken, da hatte er sich schon das zweite gesichert.

Von diesem Moment an bewegte er sich völlig ungezwungen von Raum zu Raum, von einer Gruppe zur nächsten. Er gab und empfing Luftküsschen von *beautiful people* und war später selbst dann nicht zu stoppen, wenn seine Annäherung erkennbar unerwünscht war. Einmal bekam eine Person versehentlich seinen Zahnstocher in die Backe, worauf er floh. Insgesamt jedoch erwies sich die Party als ziemlich lockere Angelegenheit. Nur über sich selbst war er enttäuscht, doch das verdrängte er. Er ging auf Eaton Aiken zu, sprach ihn von hinten an, wodurch Aiken gezwungen war, sich von seinem Kreis abzuwenden. Er trug ein bordeauxrotes Samtsakko und dazu knallrote Sportslipper. »Ja?«, sagte er.

Leonard streckte ihm die Hand entgegen. »Leonard«, sagte er, und der Südstaatenakzent des Coach erhielt einen britischen Einschlag. »Wir sind uns auf der Dinnerparty von Neil Connell begegnet.«

»Neil wer?«

»Connell. Schauspieler, verdammt guter sogar. Er spielt in … besser, er *spielte*. Bis sie die Sendung abgesetzt haben. Zurzeit ist er nur …«

»Connell?«, sagte Eaton. »Meinst du diesen kleinen, hirnlosen Wichser, der so von sich eingenommen war?«

»Eingenommen? Neil?«, sagte er. »Keine Ahnung. Kann sein.«

»Das war ein ziemlich toter Abend, den wir uns da angetan haben. Du hast die ganze Zeit die Sonnenbrille aufbehalten. Und bist nüchtern geblieben. Bist du Alkoholiker? Kann eigentlich nicht sein, denn jetzt trinkst du ja was. Ich war auch mal eine Weile trocken. Danach wurde ich zu dem Alkoholiker, der ich heute bin.« Er ließ die Eisstückchen in seinem Glas klingeln. »Hochprozentiges ist fast ein Stück Heimat, weißt du? Cheers.«

»Cheers«, sagte er.

»Aber nur mit Eis? Ein Trinkspruch mit leerem Glas bringt Unglück.«

»Richtig, ich wollte gerade zur …«

»Du hast neben meiner Frau gesessen. Und sie den ganzen Abend angeschmachtet, als wäre sie die schöne Helena. Ich habe dem Schwanzlutscher die Wand verschönert, Wertsteigerung der Immobilie: hunderttausend Dollar. Und was hatte ich davon? Nur sein dämliches Gelaber. Meinst du *diesen* Abend?«

»Möglich, ja.«

»Na also«, sagte er. »Und wie war es für dich?«

»Eigentlich ganz okay.«

Eaton entschuldigte sich, um sich den nächsten Drink zu holen.

Leonard zog sich für längere Zeit auf das Sofa zurück

und suchte anschließend die Toilette auf, um sich vor dem Spiegel zu stabilisieren. Danach schlenderte er hinaus auf die Terrasse, wo er systematisch weitertrank. Gegen Ende des Abends folgte er dem Producer Sydney Gleekman bis vors Klo und wartete dort, bis dieser wieder herauskam. Ungefragt erhielt Gleekman die Information, dass der Pilot kurz vor dem Abschluss stand, dass der letzte Schliff nur einen Piloten weit entfernt war und auch dass er, Gleekman, einen ersten Entwurf pünktlich am Montag über Pleble erhalten würde.

»Helfen Sie mir mal«, sagte Sydney. »Wer ist Pleble?«

»Mark Pleble? Mein Agent. Wir waren letztes Jahr bei Ihrer großen Party.«

»Arbeitet er für CAA?«

»Nein.«

»William Morris?«

»Nein.«

»UTA?«

»Ich glaube, er ist bei einer unabhängigen Agentur.«

»Jetzt weiß ich, wen Sie meinen«, sagte Sydney. »Also von mir aus gern. Er soll mir das Material schicken. Ah, da ist sie ja. Wenn Sie mich jetzt entschuldigen wollen.«

Sydney ging, und Leonard steuerte erneut die Bar an. Ging der Party langsam die Luft aus? Konnte man so sagen. Die Reihe der Gäste hatten sich gelichtet. Ihm war klar, dass auch er langsam gehen sollte, aber einen letzten Drink wollte er noch, denn er hatte gerade jemanden getroffen, der womöglich prominent war. Danach ging er nach draußen und legte sich auf einen Liegestuhl am hinteren Ende des Pools.

Er zog seinen Piloten aus der Gesäßtasche und fing im Unterwasserlicht des Beckens zu lesen an. Er steckte sich eine Zigarette an. Er war nicht sicher, ob er gerade in der besten Verfassung war, seinen Text zu beurteilen, aber er las trotzdem weiter. Er las und rauchte und las, und plötzlich kam ihm eine Idee. Sein Pilot war eine Komödie. Darin ging es um einen Exalkoholiker, der in jeder Folge mit alkoholisierten Partygästen konfrontiert ist. Wobei die einzelnen Folgen nicht einmal ansatzweise existierten. Die Grundidee war auch eher der Kampf gegen die Versuchung, und dieser Kampf fand in der Hauptfigur statt, dem »Mittelpunkt jeder Party« oder *Life of a Party*, wie die Serie einmal heißen sollte. Dieser Titel war natürlich hochironisch, und die Komik des Ganzen beruhte auf den zahlreichen angetrunkenen Leuten, die den Weg der Hauptfigur kreuzten. Die Frage war jetzt: Ließ sich dieses Konzept eine ganze Staffel lang durchhalten? Oder – hier kam seine neue Idee ins Spiel – sollte die Hauptfigur, quasi als Leitmotiv, jedes Mal rückfällig werden? So stünden die Zuschauer (idealerweise jeden Donnerstag, idealerweise auf CBS) immer wieder vor der spannenden Frage: Tut er es oder tut er es nicht? Ähnlich wie in *Death in the Family*, wo die Frage lautete: »Wer kratzt diesmal ab?«, hieße es in *Life of the Party*: »Wie kackt er diesmal ab?« – mit Betonung auf dem *Wie*.

Er entschlief, und die Zigarettenglut griff auf sein Manuskript über. Die ersten Seiten schwärzten sich qualmend und standen Sekunden später in Flammen. Er hustete und riss sich aus dem Schlaf. Blickte an sich hinunter und stellte fest, dass seine neue Trainingsjacke Feuer gefangen hatte. Er wischte sich die brennenden Seiten vom Leib und sprang aus dem Liegestuhl, versuchte, die Flammen zu ersticken, was nicht funktionierte. Im Gegenteil, sie breiteten sich nur noch weiter aus. Bis er selber nicht mehr wusste, wo das Feuer begann und wo es aufhörte. Er selbst war das Feuer, er selbst brannte. Schließlich hüpfte er in den Pool.

Irgendwann tauchte er wieder auf. Er hustete, aber diesmal nicht vom Rauch, sondern von dem Wasser, das er geschluckt hatte. Wo waren die Leute alle hin? Und das Licht droben am Himmel, war das schon das Morgengrauen? Das Wasser war tückisch, alles entglitt ihm, er fand nirgendwo Halt. Nun ja, von Zeit zu Zeit schlug auch der Coach über die Stränge und trank einen über den Durst. Und wenn es passierte, dann stand ihm die Reue über den Fehltritt ins Gesicht geschrieben. Er versuchte, um Hilfe zu rufen, was von dem nächsten Schwall Wasser vereitelt wurde. Abermals erhielt er eine ernüchternde Dosis Chlorwasser. Detox total. Verzweifeltes Husten in die riesige Stille ringsum, während seine Augen schier aus den Höhlen springen wollten. Greif nach dem nächsten rettenden Ufer! Aber wo war das? Panisch drehte er sich im Kreis, bis ihm schwindlig wurde und er noch mehr Wasser schluckte. Wie schnell der neue Morgen vor seinen Augen entschwand! Anfangs schien er noch schimmernd den ganzen Horizont zu füllen. Doch er, Leonard, er sank, er ging unter und tauschte die schimmernde Oberfläche gegen die Tiefe. Um dort was zu tun? Unten aufzusetzen. Gab es eine bessere Position, um sich selbst ins Leben zurückzukatapultieren? Wenn nur das Wasser nicht so unfassbar schwer gewesen wäre. Ein heftiges Zittern durchlief seinen Körper. Gleichzeitig standen seine Augen weit offen, er sah alles so klar wie lange nicht. Natürlich fand die Party von Kate Lotvelt statt, sie stand zu keinem Zeitpunkt in Frage, Erinnerungsmail hin oder her. Warum beschäftigten ihn solche banalen Fragen überhaupt so? Die Selbstzweifel quälten ihn auf so vielen Ebenen, dass er das Entscheidende glatt übersah. *So konnte man nicht leben!*

Das, was hier gerade ablief, es war genau wie in dem Piloten. Nicht *sein* Pilot natürlich, Kates Pilot. *Sein* Pilot brauchte noch den letzten Schliff. Doch zumindest hatte er das Kernproblem geknackt. Ehe er einschlief, wusste er, welchen Weg er von nun an einschlagen würde. Oder war alles nur ein Traum? Unten am Boden des Pools vollführten seine Arme weiterhin kleine, beinahe friedliche Schwimmbewegungen. Hier endlich näherte er sich den grundlegenden Wahrheiten, die nur durch echtes Verständnis des Ganzen sichtbar wurden. Es hatte zum Beispiel keinen Sinn, sich wegen einer Einladung zu einer Party derart verrückt zu machen. Und auf seine Poser-Kostümierung konnte er künftig ebenfalls verzichten. Es wurde Zeit, das Leben ernsthaft anzugehen. Deshalb wollte er morgen zu Hause bleiben und endlich den Piloten zu Ende schreiben. Ab morgen würde er auch nie wieder etwas trinken. Gleich als Erstes am Morgen wollte er seine Blockaden aus dem Weg räumen und seine Scham in den überfälligen Ruhestand schicken. Und wenn er dann an Kate Lotvelt schrieb, um sie um ihre Meinung zu seinem Piloten zu bitten, würde er (scheißegal, ob es sich anhörte wie die typische Fanpost) freimütig bekennen, wie sehr er sich in die tiefe Wahrhaftigkeit ihrer Serie verliebt hatte.

Im Lauf des Abends

An der Station West Fourth Street warteten Tom und Sophie geschlagene zwanzig Minuten auf ihre Weiterfahrt. Der U-Bahnhof war eine wahre Sauna, doch der Zug, in den sie schließlich einstiegen, war keinen Deut besser. Sie gingen bis in den hinteren Zugteil durch, aber kein Wagen verfügte über eine Klimaanlage, und überall roch es nach ungewaschenen Socken. Sie gingen wieder ganz nach vorn, dort schien es etwas kühler zu sein, doch der Hitze an sich konnten sie so nicht entfliehen.

Als sie sich die Ausgangstreppe hochschleppten, kamen sie an einer dicken Frau vorbei, welche die Passanten um eine kleine Spende bat. Unwillkürlich rieb Tom die zerschlissene, kleingefaltete Dollarnote zwischen den Fingerspitzen. Die Angewohnheit war neu, doch seit sie in Cobble Hill zugestiegen waren, malträtierte er den Geldschein auf diese Weise.

»Die sah aber auch nicht gut aus«, sagte er dann auf der Straße, nur um das Thema zu wechseln. »Was war das auf ihrem Gesicht, ein Abszess?«

»Wer war diese Frau?«, fragte Sophie.

»Wer, die Obdachlose?«

»Nein«, sagte sie.

»Ach, du meinst Clara«, sagte Tom. »Wie kommst du jetzt auf Clara?«

»Wer ist Clara?«

»Clara? Hab ich dir doch erzählt«, sagte er. »Die Analystin, die erst nicht entlassen werden sollte – und dann doch.«

Sophie sagte nichts darauf. Aus dem Augenwinkel sah Tom zu seiner Frau, die mit gesenktem Kopf und gekreuzten Armen neben ihm herging, als bliese ihr kalter Wind ins Gesicht. Sie fror. Sie gingen über dampfende Abluftschächte, und Stadtbusse bliesen ihren heißen Ruß in die Luft, doch Sophie fror.

Tom seufzte. »Hör mal«, sagte er nach einer Minute, aber sie war nicht mehr bei ihm.

Er wandte sich um. »Sophie?«

Sie war ein paar Meter hinter ihm stehen geblieben, einfach so. Erst dachte er, sie starre ihn auf ihre vorwurfsvolle Art an. Aber nein, ihre Augen blickten buchstäblich ins Nirgendwo. Sie war in ihrer eigenen Welt.

»Sophie«, sagte er.

Im selben Moment drehte sie sich um und ging weg.

»Sophie!«

Was, verdammt, war jetzt schon wieder los? Verständnislos, durchgeschwitzt und genervt stand er da, ein Mann, der eigentlich Wichtigeres zu tun hatte. Sie jedoch ging an der Treppe zur Subway vorbei, bog um die Ecke und verschwand.

Es war diese erste Minute des Zögerns, die ihm später fehlte. Als er sich schließlich in Bewegung setzte und an der Ecke ankam, sah er gerade noch, wie sie (weiße Beine, schwarze Boots) bereits um die nächste Ecke bog. Wie war sie so schnell vorangekommen? Hinter der zweiten Ecke verschwor sich fehlende Straßenbeleuchtung mit einer Überzahl an Bäumen zu intensiver Verschattung. Er drückte sich durch die dichtgeparkten Autos hindurch, lief auf die andere Straßenseite und rief immer wieder ihren Namen. Nach einem halben Block fing er an zu rennen und erreichte die nächste Ecke, als gerade ein Taxi losfuhr. Mit brennendem Schweiß auf der Stirn sah er dem Taxi hinterher, blickte sich um, links, rechts, vor und zurück. Sie war weg.

Vom oberen Absatz einer Eingangstreppe verfolgte sie, wie er an ihr vorbeilief, und ging denselben Weg zurück, den sie gekommen war, bis sie wieder den hellen Eingang der Subway erreichte.

Mit Ausnahme einer Frau mit Kinderwagen, die auf einer der Bänke saß, war der Bahnsteig für die nördlichen Stadtteile leer. Das Lied eines Straßenmusikers schwoll an, als sie die Treppe zum Bahnsteig der Gegenrichtung hinunterging. Dort hatte schon länger kein Zug mehr angehalten, und die Fahrgäste standen dichtgedrängt und wie weggetreten vor Erschöpfung. Clara, die Analystin, war trotzdem nicht zu übersehen. Es war die Dünne mit dem kohlrabenschwarzen Haar, die soeben ein Paperback aus ihrer Handtasche mit Leo-Print zog. Sophie entdeckte sie, als der Mann mit nacktem Oberkörper endgültig ausrastete und sich auch die Jogginghose vom Leib riss. »Das hält ja kein Mensch aus, diese Hitze«, rief er und warf die zusammengeknüllte Hose hin. »So was wäre in Frankreich undenkbar!« Während alle nur auf den Mann starrten, nutzte sie die Gelegenheit und huschte an ihm vorbei. Der Mann stieg wieder in seine Chucks und setzte, nun in der Unterhose, die Tour über den Bahnsteig fort.

Als Clara, die Analystin, sich von dem Mann ab- und ihrem Buch zuwandte, näherte sich Sophie von hinten.

Sie wusste nicht, woher sie es wusste. Sie wusste es eben. Tom wollte sie erst nicht gesehen haben, änderte aber dann seine Meinung, grinste und rief laut: »Clara!« Clara war überrascht, ihn zu sehen, oder tat zumindest so. Tom stellte seine Frau vor. Clara lobte Sophies Handtasche. Ihre kleine Unterhaltung auf der Treppe behinderte jedoch die anderen Fahrgäste, die nur vorbeiwollten, daher verabschiedeten sie sich rasch. Clara ging hinunter zur Subway, Tom und Sophie mischten sich unter die Fußgänger auf der Straße. Im nachfolgenden Schweigen begriff Sophie, dass auch diese Begegnung etwas war, das sie wohl hinnehmen und in ihre Versöhnung miteinbeziehen musste.

Der Zug kam. Die Wartenden auf dem Bahnsteig stauten sich vor den offenen Zugtüren, angelockt von der kühlen Luft, die ihnen mit den aussteigenden Fahrgästen entgegenschlug. Clara gehörte zu den Ersten, die einstiegen. Sophie sah ihr nach, bis sie im Wagen verschwunden war, und suchte danach noch einen letzten Blick durch das unzureichende Fenster zu ergattern. Aber wozu? Für mehr gegenseitiges Verständnis? Oder als erneuten Nachweis, dass sie auch weiterhin jedes Recht hatte, den Verstand zu verlieren?

Sie hatten vorgehabt, bei ihren Eltern zu Abend zu essen. Dumm von ihr, einfach wegzulaufen. Jetzt würden sie sich verspäten. Trotzdem, als die Türen sich schlossen, stieg sie zu.

Tom schimpfte leise vor sich hin und warf hilflos die Arme in die Luft. Ging ein paar wütende Schritte in die eine Richtung, nur um dann stehen zu bleiben, die Arme in die Hüften zu stemmen und anschließend denselben Weg zurückzugehen. Er holte ein Papiertaschentuch aus der Tasche, ein sprödes Ding, das, wie der Dollarschein, schon einmal im Trockner gewesen war und beim Kontakt mit seiner schweißnassen Stirn sofort zerbröselte. Er warf es in Richtung des Mülleimers an der Ecke und verfehlte ihn. Er versuchte, sie auf dem Handy zu erreichen. Sie ging nicht dran.

Er kehrte zur Subwaystation zurück, verbrauchte seine letzte verfügbare Fahrt auf der Metrocard, um durch das Drehkeuz zu kommen, sah erst auf dem Bahnsteig Richtung Norden nach (der nicht mehr ganz so leer war) und ging dann auf den anderen. Als er ankam, sah er gerade noch die Rücklichter des ausfahrenden Zuges im dunklen Tunnel.

Mit Höchstgeschwindigkeit ratterten sie dahin.

Vor den Türen in der Wagenmitte traten drei Jungs mit Ghettoblaster unruhig auf der Stelle. Dann sagte der dunkle, hübsche in dem übergroßen Muskelshirt: »Ladys und Gentlemen, wir bitten die eventuelle Lärmbelästigung zu entschuldigen. Danke.« Die beiden anderen johlten und klatschten, um das müde Wagenpublikum anzuheizen, das das Geschehen gespannt verfolgte. Ihr Klatschen wurde rhythmisch, sobald der Ghettoblaster einsetzte und der erste Junge in der Ausstiegszone seine Moves hinlegte. Dann übernahm der Shorty unter ihnen. Er hechtete an die obere Haltestange und hielt die Beine so locker in der Schwebe, als könnte er bis Far Rockaway durchhalten.

Sophie beachtete sie nicht. Clara, die Analystin, saß direkt neben dem Mann, der eine Stehlampe in den Zug gebracht hatte und diese keine Sekunde lang losließ. Nur die Zugschnur pendelte träge im Takt des Geruckels hin und her.

Okay, sie war schöner, das stand fest. Was noch?

Dass sie nach der langen Fahrt in die Upper West Side sofort wieder zurückfahren würde, war keineswegs geplant. Was kam als Nächstes? Für gewöhnlich neigte Sophie nicht zu überstürzten Handlungen. Sie hatte in Oberlin ihren Bachelor gemacht, anschließend in Harvard Medizin studiert und befand sich nun im ersten Jahr ihrer Facharztausbildung am Lenox Hill Hospital. Als Ärztin in der Notfallambulanz hatte sie oft Rufbereitschaft, und wenn sie keine Rufbereit-schaft oder normalen Dienst hatte, war sie bei ihrem Mann Tom. Sophie, wie man sie kannte. Die berechenbare, allzeit zuverlässige Sophie.

Die Breakdance-Show endete damit, dass Shorty von den Leuten Geld einsammelte. Der Zug fuhr in die nächste Station ein, und die Jungs stiegen aus. Ein Mann mit einem Mountainbike stieg zu. Er hielt sein Rad am Sattel fest und sich selbst mit den Fingerspitzen an der Haltestange. Es schien, als glotzte das Vorderrad die Stehlampe an, bis es sich, zusammen mit dem Lenker, hochnäsig abwandte. Als der Zug wieder anfuhr, saß Sophie unmittelbar neben Clara.

Sie war aber auch wirklich attraktiv, sogar im Profil. Süße Stupsnase, weiche Haut, Schwanenhals. Auf jeden Fall etwas Besonderes. Was sollte Sophie tun, jetzt, da sie direkt neben ihr saß und eigentlich alles tun konnte? Vielleicht gar nichts? Oder ihr nur eine Frage stellen? Aber welche? Nichts, was zu kompliziert war. Zum Beispiel: »Meinst du etwa, du bist etwas Besonderes?«

Manche Fahrten erledigt ein Mann unter Ausschluss seiner Umwelt. Das Wetter oder das Geschehen hinter der Seiten-scheibe des Taxis interessieren ihn nicht. Draußen, hinter der Scheibe, tobt das Leben, aber der Mann folgt nur sei-ner eigenen blinden Ungeduld und schließt alles, was nicht Fahrtziel ist, von der Wahrnehmung aus. Ein Mann ist ein Ungeheuer. Er ignoriert die Menschenmassen auf der Stra-ße ebenso wie Gebäude und Brücken, als brächte dies allein ihn weiter. Und leider drängt er auch den Taxifahrer, es ihm gleichzutun.

Auch Tom machte es so, wenn er Melissa einen Besuch abstattete.

Melissa wollte Schauspielerin werden (und verdiente vorerst ihren Lebensunterhalt als Kellnerin). Sie wohnte in einem winzigen Apartment in Queens, gleich hinter der Brücke. Von seinem Büro in Midtown war Tom in zwanzig Minuten da, je nach Verkehr. Rückblickend betrachtet war es wie eine Reise durch ein Zeitportal. In der einen Minute befand er sich noch in seinem Büro im 18. Stock, dann – *whoosh!* – war er in Melissas zerwühltem Bett und nahm sie von hinten. Oder: Er stand gerade mit Kollegen in der Lobby einer großen Kanzlei zusammen, und schon eine Sekunde später – *whoosh!* – fickte er Melissa auf dem Waschbecken des Gästeklos in irgendeiner versifften Bar im East Village. Oder: Er ging mit Melissa durch den Central Park, ehe ihre Arbeit begann, und – *whoosh!* – schon lag er wieder zu Hause im heimischen Ehebett und rief hallo, als sie durch die Tür kam.

Es gibt nämlich etwas, das zeitreisende Männer noch weniger kümmert als die Außenwelt vor der Scheibe, und das sind die Gefühle von anderen.

Doch am Columbus Circle, wo Taxis an ihm vorbeirauschten, war Tom plötzlich selbst Teil dieser Außenwelt. Er reiste nicht mehr durch ein Zeitportal, er lief eher im Kreis – und bei dieser Hitze war das ein Kreis der Hölle.

Dennoch, viel mehr als sonst nahm er auch jetzt nicht wahr, obwohl es diesmal nicht um sein persönliches Vergnügen ging. Es ging um den Mann, der er früher einmal gewesen war. Tom war nicht irgendein Straßenköter. Er besaß nicht das Recht, jede zu vögeln, die ihm gerade über den Weg lief. Er war ein verheirateter Mann. Sein Ehegelöbnis band ihn an seine Frau und an die Gemeinschaft anständiger Männer. Und es gab Dinge, die taten anständige Männer nicht.

»Hey, ich bin's«, sagte er in sein Handy und stützte den Fuß auf einen Hydranten – genau in dem Moment, als ein Feuerwehrfahrzeug an ihm vorbeiheulte. »Hör zu, um sie geht es nicht. Die Frau, die du meinst, war keine Arbeitskollegin, sondern von einer Cateringfirma. Ruf mich doch bitte an.«

Sie hatte, als er endlich mit der Sprache herausrückte, auf Einzelheiten verzichtet, ein Wunsch, den er ihr gerne erfüllte.

Seiner Meinung nach gab es in dieser Sache nur zwei Lösungen. Entweder sie verabscheute ihn und ging. Oder sie verzieh ihm und blieb. Dass es irgendwie beides sein würde, hatte er sich nicht vorgestellt.

Tom beendete den Anruf und blickte genervt weg, wischte sich mit dem Ärmel den Schweiß von der Stirn. Der Mann, der vor dem Minimarkt auf einem Eimer saß, beobachtete ihn. Tom spürte das und rieb erneut an seinem Dollarschein.

»Das könntest du sein«, sagte der Mann.

Es stand außer Zweifel, wen er damit meinte. »Wie bitte?«, sagte Tom.

»Das könntest du sein«, wiederholte der Mann und deutete knapp an Tom vorbei.

Die Haltestellenwerbung hinter Tom zeigte lediglich eine Zahl. Es war der Jackpot der nächsten Powerball-Ziehung, 347 Millionen Dollar. Richtig, das könnte er sein. Der Lotto-King. Warum nicht?

»Klar«, sagte Tom. »Könnte aber auch jeder andere sein.«

»Ich nicht«, sagte der Mann. »Ich habe nie Glück.«

Bei der ersten Entlassungswelle in seiner Firma musste einer von fünf Analysten gehen. Danach waren erfahrungsgemäß weitere Kündigungen erst einmal unwahrscheinlich. Doch ein paar Monate später traf es abermals jeden Fünften, nur diesmal aus einer kleineren Belegschaft. Darunter war wie gesagt seine Arbeitskollegin Clara. Tom überlebte selbst die fünfte Kündigungswelle. Er hatte immer Glück.

Einmal mehr schaute er in beide Richtungen die Straße hinunter, ging dann an die Ecke, um auch die Querstraße zu überblicken. Die grellweißen Scheinwerfer der Taxis schwammen ihm entgegen, als hätte sich der Asphalt gewellt. Er gab auf und ging in eine Bar.

Er setzte sich an die Theke, stützte die Ellbogen auf und gab dem Bartender ein Zeichen. Der Geruch von abgestandenem Bier, die Phalanx der Flaschen, die Sitznischen im Halbdunkel, all das erinnerte ihn an die verbotenen Nachmittage mit Melissa. Aber daran wollte er gerade nicht erinnert werden, sondern wünschte sich raus, raus aus seinem Zeitportal und, zusammen mit Sophie, hin zum Abendessen mit seinen Schwiegereltern in diesem gemütlichen kleinen Restaurant in der Upper West Side. Als der Barkeeper kam, bestellte er ein Bier und erkundigte sich nach Name und Anschrift der Bar. Was vor kurzem noch undenkbar schien, das tat er jetzt: Er gab per SMS seinen Standort durch. Aus einer Bar.

Vorsichtig stellte die Barfrau das Glas ab und schnappte fast gleichzeitig den feuchten Geldschein von der Theke. Dasselbe beim Wechselgeld. Während eine Hand Münzen aus der Kasse raffte, schenkte die andere Mineralwasser in ein Glas.

Die kleine intime Bar bestand nur aus einem einzigen Raum. Die Teelichter an der roten, mit Bildern vollgehängten Wand vermittelten fast den Eindruck eines Privatgemachs. Über der Bar hing, leicht nach vorn geneigt, ein zerschrammter Antikspiegel, in dem Sophie sehen konnte, was sich hinter ihrem Rücken abspielte. Ganz links geriet immer wieder ein Mann in den Rahmen, je nachdem, ob er redete (und sich dabei zurücklehnte) oder (nach vorn gebeugt) zuhörte. Clara selbst saß in der entgegengesetzten Ecke des Spiegels, in der Nähe eines kleinen, runden Zweiertischs, vor sich ein Glas goldenen Weißwein, hinter sich das große Fenster mit der Straße in Brooklyn. Sophie musste sich ganz nach links lehnen, um mehr zu sehen als ihre Hand und den Stiel des Glases.

Die Barfrau kam mit Sophies Wechselgeld, legte es auf die Theke, aber nicht, ohne vorher mit einem zerschlissenen weißen Lappen die Feuchtigkeit wegzuwischen.

So war das also. Wenn man allein im Dunkel einer Bar, Drink in der Hand, auf einen Unbekannten wartete. Sie verstand auf einmal den Reiz daran.

Jetzt meldete er sich schon wieder mit einer SMS. Wie aufmerksam!

Tatsächlich war es eine ganze Salve kurzer Panik-SMS. Die Nachrichten in der Mailbox konnte sie mit einem Tastendruck löschen, die SMS waren schwerer zu ignorieren. Sie glitt von dem Barhocker und ging vor die Tür.

Hallo Tom

S! Wo bist du? Was ist passiert? Ich habe dir auf die Mailbox gesprochen.

Und du?

In einer Bar. Kannst du herkommen oder soll ich?

Was hast du bestellt?

Nur ein Bier, ich muss es aber nicht trinken. Sag mir nur, wo du gerade steckst?

Mit einem Bier in einer Bar. Na ja, aufmerksam ist etwas anderes.

Toms Display erlosch. Sophie war eine Sekunde lang aus der Deckung gekommen und ebenso schnell wieder verschwunden. Trotzdem rührte er sich volle zwanzig Minuten lang nicht von der Stelle und versuchte, sie per SMS, wenn nicht einzufangen oder umzustimmen, so doch in eine Kommunikation zu verwickeln, die ihm irgendeinen Ausweg aus diesem Albtraum zeigte. Die Schwiegereltern warteten.

Die Rockhymne im Hintergrund wurde mittendrin hochgedreht, als der nächste Schwung Leute in die Bar drängte. Der Barmann erhielt Verstärkung hinter der Theke, und eine Kellnerin ging mit einem Korktablett herum, um Bestellungen für Shots entgegenzunehmen. Sie fragte Tom, ob er noch etwas haben wolle. »Nein, danke«, sagte er. Sie lächelte höflich und wollte schon weiter, als er sagte: »Oder doch. Einen Jameson. Setzen Sie ihn auf meine Rechnung.« Sie ging, und er stand auf. Die freien Hocker an der Bar, eben noch so zahlreich, waren inzwischen besetzt, und Tom hatte das Gefühl, nicht mehr in derselben Bar wie vorher zu sein. Er lehnte seinen Hocker gegen die Theke zum Zeichen, dass hier besetzt war. Er war im Zweifel, ob er zahlen und seine Suche nach Sophie fortsetzen oder lieber noch ein Bier lang warten sollte. Er ging hinaus vor die Tür, in diese unglaubliche Hitze, aber da war sie natürlich auch nicht. Der Eindruck von Verlorenheit verstärkte sich noch, als er bemerkte, dass nicht nur die Fassade der Bar, sondern das ganze Gebäude unter einem Baugerüst steckte, an das er sich gar nicht erinnern konnte. Er musste länger gucken, bis er hinter einer orangefarbenen Netzplane den Namen der Bar erkannte – Sophie, wenn sie denn kam, würde es nicht anders gehen. Außerdem war es nicht derselbe Name, den ihm der Barmann genannt hatte. Und als er wieder an seinen Platz wollte, hing er in einer Gruppe von mindestens zwölf Leuten fest, die einen Junggesellinnenabschied feiern wollten.

Als er dann wieder auf dem Hocker saß, sah er sich von beiden Seiten eingekeilt. Er kippte seinen Jameson und wollte eigentlich schon gehen. Doch als es ihm gelungen war, den Barkeeper auf sich aufmerksam zu machen, verlangte er nicht nach seiner Rechnung, sondern fragte ihn stattdessen noch einmal nach dem Namen. Diesmal erhielt er, mit einem nonchalanten Achselzucken, die richtige Antwort. Dann wollte er zahlen.

Aber der Bartender reichte ihm die Kreditkarte zurück, zusammen mit dem Hinweis, dass sie abgelehnt wurde.

»Abgelehnt? Das kann nicht sein«, erwiderte Tom und griff sofort nach seiner nächsten.

Auch diese Karte kam zurück. Als er daraufhin in seiner Brieftasche nachsah, stellte er fest, dass er gar kein Bargeld bei sich hatte.

Wenn Sophie in der Vergangenheit erfahren hatte, dass jemand, den sie persönlich kannte, fremdging, äußerte sie sich meist ehrlich geschockt, geschockt im Sinne von enttäuscht. Als dann Toms Affäre aufflog, reagierte er nur im ersten Moment mit demonstrativer Reue. Sehr bald schon (dies vielleicht als Rechtfertigung für sein eigenes Verhalten) verwies er auf die zahllosen Seitensprünge, von denen andauernd zu hören war, sei es bei seinen Arbeitskollegen oder im gemeinsamen Freundeskreis. Von diesem Moment an schaute sie genauer hin. Im Krankenhaus hatten die Schwestern etwas mit Ärzten, MTAs etwas mit Krankenpflegern und der Verwaltungsangestellte etwas mit der Pharmareferentin. Freundinnen aus Highschoolzeiten ließen sich reihenweise scheiden, meist wegen derselben Dummheiten. Wie naiv sie gewesen war. Doch Toms Seitensprung hatte ihr die Augen geöffnet, und kurze Zeit später war sie sogar zu der Überzeugung gelangt, dass hinter der anständigen Fassade jeder jeden fickte. Die ganze Welt feierte eine Orgie, nur sie, Sophie, war so blöd und hielt sich an die Spielregeln.

Sie für ihre Person hatte sich ja an die Regeln halten wollen, oder nicht? Regeln gaben Sicherheit und sorgten für Ordnung.

Durchs Fenster beobachtete sie, wie die Geliebte ihres Mannes aufstand und dem Mann die Hand gab, den sie dort treffen und mit dem sie vielleicht ficken wollte. Was war ihr, der unschuldigen, nur allzu berechenbaren Sophie, in dieser Zeit nicht alles entgangen? Wie war das, mit einem Unbekannten zu ficken? Das fragte sie sich. Sie war nicht sie selbst. Normalerweise war sie kein rachsüchtiger Mensch. In den letzten zehn Minuten aber schon. Als sie vor der Bar stand, zu der Clara sie geführt hatte, und die gemeinsamen Kreditkarten sperren ließ, da agierte sie ausgesprochen rachsüchtig. Tom stand plötzlich ohne eigene Geldmittel da und war von allem abgeschnitten. Endlich hatte sie sich von ihm getrennt. Das hätte sie schon vor einem Monat tun sollen. Wer war Tom, wenn seine Frau verschwunden, sein Geld eingefroren war und die Geliebte kurz davorstand, sich in einer Bar mit einem anderen zu treffen?

Nicht ihr Problem. Sie ging zurück in die Bar und bestellte einen weiteren Martini.

Toms Schwiegervater ließ seine Frau allein in dem gemütlichen kleinen Restaurant in der Upper West Side sitzen, ging sechs Blocks bis zu einer überfüllten Bar am Columbus Circle und kaufte seinen Schwiegersohn aus einer mehr als blöden Situation frei. Sid war ein Schwergewicht mit einem kleinen Vermögen und schätzte solche Überraschungen nicht, schon gar nicht, wenn er dabei seinen Cocktail stehenlassen musste. Vom ersten Tag an hatte Tom sich bemüht, seine Gunst zu gewinnen.

Während die beiden Männer den Columbus Circle hinter sich ließen, wartete Tom auf Fragen, die gar nicht kamen. »Nochmals danke, Sid«, sagte er, als sie sich dem Mann näherten, der vor dem Minimarkt auf seinem Eimer saß.

»Da ist er ja wieder, Mr. Lucky Strike!«

Tom nickte ihm im Vorbeigehen zu.

»Die könntest du locker haben, Lucky!«

»Sag mal, redet der mit dir?«, fragte Sid.

»Wir haben vorhin miteinander gesprochen«, sagte Tom.

»Schuldest du ihm ebenfalls Geld?«

Tom hatte gehofft, wenigstens im Restaurant wieder auf seine Frau zu treffen. Der Laden war brechend voll, doch Emily saß allein und verloren an einem Vierertisch und hielt sich an ihrem Manhattan fest, umgeben von unberührten Vorspeisentellern.

»Ich musste irgendetwas bestellen, Sid. Sie haben schon böse geguckt. Wo ist Sophie?«

Sie sah erst Sid an, dann Tom und schließlich wieder Sid. Sid legt sich die Serviette auf den Schoß und trank ein volles Glas Eiswasser aus. Sein Kinn glänzte feucht, und er hatte noch einen Eiswürfel im Mund, als er zu Tom sagte: »Vielleicht würdest du uns langsam sagen, was hier eigentlich gespielt wird?«

»Es hat wohl eine Art Fehlkommunikation gegeben«, sagte Tom. »Das ist alles.«

»Fehlkommunikation worüber?«

Sid und Emily starrten ihn an und verlangten eindeutig eine bessere Erklärung. Wo war ihre Tochter?

Er hätte, genau wie bei Sophie, alles beichten können. Aber gegenüber einem Schwiegervater wie Sid? Sid würde ihm noch weniger verzeihen als seine Tochter. Und Sid war ein Softie, verglichen mit seiner Frau.

Ihre fragenden Blicke wurde langsam bohrend. Von jetzt an würde der Druck nicht mehr nachlassen. Wo war sie hin? Was hatte er getan?

»Sid, Emily«, begann er. »Zwischen Sophie und mir hat es eine kleine Streitigkeit gegeben. Es tut mir leid, dass es genau vor dem Abend mit euch war, aber solche Dinge hat man nicht in der Hand. Wir werden uns auch wieder vertragen. Doch in der Zwischenzeit«, sagte er, »wäre ich euch sehr verbunden, wenn ihr euch einfach heraushalten würdet.«

Danach schwitzte er noch stärker als vorhin auf der Straße. Gegen seine Schwiegereltern hatte er bisher noch nie etwas gesagt. Er erhob sein Wasserglas, trank, wartete auf eine Reaktion von Sid und Emily. Die beiden blickten sich an. Ihre Absprache vor dem Gegenschlag.

Sid lehnte sich zurück. »Du hast recht, Tom«, sagte er. »Es geht uns nichts an.«

»Stimmt«, sagte Emily. »Solange es ihr gut geht. Geht es ihr gut, Tom?«

Tom setzte das Glas ab. »Danke«, sagte er zu seinem Schwiegervater. »Und, ja, es geht ihr gut, Emily. Sie ist nur sauer auf mich, das ist alles.«

Seine Schwiegermutter nickte und blickte auf ihr Getränk.

Tom war erleichtert. Womöglich auch ein wenig überrascht. Und … eigenartig berührt. Gehörte er etwa mit zur Familie? War er jetzt verwandt mit diesen beiden hier? Er hätte das nicht gedacht. Bis jetzt jedenfalls. Aber ganz unmöglich war es nicht. Zumindest respektierten sie ihn, behandelten ihn als ihresgleichen, wie es sich gehörte. Wer hätte das gedacht? Er nicht. Genau deshalb durften sie auch den wahren Grund nicht erfahren.

»Also, wenn ihr es unbedingt wissen wollt«, sagte er. »Wir haben uns über ihre langen Arbeitszeiten im Krankenhaus gestritten. Ich meine nämlich, dass es langsam zu viel wird mit ihren Überstunden. Sie kommt ja fast gar nicht mehr nach Haus.«

»Nicht wahr, das meine ich auch«, sagte Emily. »Sie arbeitet sich noch tot. Hoffentlich hört sie auf dich, Tom.«

»Warten wir's ab.«

»Wir sollten aber langsam essen, meine Herren. Die Vorspeise wird nicht mehr kälter.«

Sid trank seinen Martini. »Ich könnte noch einen gebrauchen«, sagte er. »Wo steckt diese Kellnerin?«

Tom schaute auf sein Handy. Immer noch nichts von Sophie. Keine noch so dringliche SMS hatte sie zur Vernunft gebracht. Jetzt versuchte er es anders. »Es wird langsam kindisch«, schrieb er aus der halben Privatsphäre unter der Tischkante. »Deine Eltern machen sich ernsthaft Sorgen. Wir sitzen hier wie doof und warten nur auf dich. Kannst du deine Strafmaßnahme nicht eine Stunde unterbrechen und herkommen?«

Das müsste reichen, dachte er, als er auf Senden drückte. Er seufzte tief, als er der allgemeinen Unterhaltung mit seinen Schwiegereltern wieder zur Verfügung stand. Doch seine Erleichterung war abrupt zu Ende, als sein Blick auf Melissa fiel. Sie war die Kellnerin für ihren Tisch und stand jetzt mit blauer Schürze und schwarzer Krawatte zwischen Schwiegervater und -mutter. Ihr feines rötliches Haar hatte sie zu einem Knoten gebunden.

»Kann ich noch einen hiervon haben?«, sagte Sid zu ihr.

»Na, sieh mal einer an, wer da ist«, sagte sie.

Er hatte sie nie gefragt, wo sie arbeitete, wenn sie gerade nicht bei der Cateringfirma aushalf.

»Wie geht's denn so, Dylan?«

Und seinen richtigen Namen hatte er ihr auch nicht gesagt.

»Sind das deine Eltern?«, fragte sie.

Das Blut wich ihm aus dem Gesicht. »Ja«, antwortete er schwach.

»Wir sind die Eltern seiner Frau«, sagte Emily. »Kennt ihr beiden euch?«

»Die Eltern deiner Frau«, sagte Melissa zu Tom.

»Wie sagten Sie gerade zu ihm? Dylan?«, sagte Sid.

»Äh, kann ich das kurz klären?«, sagte Tom und legte die Serviette weg. Doch eigentlich war er in seiner Panik völlig handlungsunfähig und vermochte nicht einmal mehr aufzustehen.

Melissa lächelte ihn schadenfroh an und sagte zu Emily: »Ja, wir kennen uns. Bis vor einem Monat haben wir uns sogar regelmäßig getroffen. Aber dann war er plötzlich verschwunden, und ich habe nichts mehr von ihm gehört.«

»Tom, was darf ich mir unter ›regelmäßig treffen‹ vorstellen?«, fragte Sid.

Auch Emily wandte sich zu ihm, die Hand bereits vor dem Mund.

»Ich weiß nicht«, sagte Tom. »Nichts.«

»Du Arschloch«, sagte Melissa.

»Sid, Emily«, sagte Tom. »Ich glaube, wir gehen besser.«
Er wollte aufstehen, aber eine feste Hand drückte seine
Schulter nach unten. Er erstarrte und sah zu Sid hinüber, der
ihm auf einmal viel näher war, als er dachte, beinahe Auge
in Auge.

»Hiergeblieben«, sagte Sid.

Tom ließ sich nach hinten sacken.

Sid erhob sich. »Nimm deine Handtasche«, sagte er zu
Emily.

»Wollten Sie nicht noch einen Martini – so als Dylans
Schwiegervater?«, fragte Melissa.

»Wir gehen«, sagte er.

Der Mann war ihr vollkommen fremd. Nie zuvor war sie in
Versuchung gewesen, in einer Bar einen unbekannten Mann
aufzugabeln. Vielleicht hielt sie sich nicht für attraktiv genug. Außerdem fehlte ihr der Mut, sie fürchtete die Zurückweisung. Die Wahrheit war, sie hatte bisher auch nur zwei
Lover gehabt – in ihrem ganzen Leben. Ihr Mann kam allein
im vergangenen Monat auf zwei Lover.

Sie stand auf, ging zu seinem Tisch und setzte sich mit
ihrem Drink direkt vor ihn. Er erwiderte ihr Lächeln, sah
sie jedoch gleichzeitig etwas verwundert an. Was hatte diese unbekannte Frau vor? Seine Begleitung konnte jederzeit
zurückkommen.

»Wer ist das?«, fragte Sophie.

Halb verwirrt, halb amüsiert fragte der Mann zurück:
»Wer?«

»Die Frau, die gerade auf der Toilette ist. Die Frau, mit der
du seit einer halben Stunde redest.«

»Äh … eine Freundin.«

»Eine gute Freundin?«

»Gut … nicht direkt«, sagte der Mann. »Eher die Freundin einer Freundin von mir. Und du, wer bist du?«

Sie sagte, ihr Name sei Melanie. Über den Tisch streckte sie ihm die Hand entgegen, und er nahm sie.

»Gehst du nachher mit ihr nach Hause?«

»Wie bitte?«

»Ich spreche von Clara«, sagte Sophie. »Willst du sie später mit nach Haus nehmen?«

»Kennst du sie?«, fragte der Mann.

Er blickte sich um, als sei er Objekt einer größeren Scherzaktion, ahnungsloser Mitspieler in einem Stück, das er nicht kannte.

»Sie sieht besser aus als ich«, sagte Sophie. »Aber ich bin eine sichere Nummer.«

»Sichere Nummer?«

Sie erklärte, wie es lief: Sie würde jetzt gehen und draußen auf ihn warten. Er konnte sich in Ruhe von Clara verabschieden und sie dann mit nach Hause nehmen und mit ihr tun, was er wollte.

»Ich bin verheiratet«, sagte der Mann.

»Ich auch«, sagte sie.

»Ich soll dich also … einfach so … mitnehmen? Und dann was?«

»Was du willst«, sagte sie.

»Verstehe ich nicht. Was meinst du damit?«

»Du kannst mit mir machen, was du willst«, sagte sie.

Der Mann wirkte nicht so, als fände er das Spiel noch lustig.

Melissa brachte Tom die Rechnung für die Drinks und die Vorspeisen, die seine Schwiegereltern bestellt hatten, aber Tom konnte natürlich nicht zahlen. Ihm blieb nichts anderes übrig, als den Geschäftsführer kommen zu lassen, der sich seine Geschichte mit versteinerter Gleichgültigkeit anhörte. Er wies Tom an, nahe des Eingangsbereichs zu warten, wo er allen Ankömmlingen im Weg stand. Wenn Tom gerade nicht damit beschäftigt war, beiseitezutreten, musste er Melissa zusehen, wie sie die peinliche Geschichte nach und nach an ihre Kollegen weitergab, meist indem sie mit dem Finger auf ihn zeigte. Irgendwann wollte es ihm vorkommen, als wüsste der ganze Saal, was es mit dem komischen Typ am Eingang auf sich hatte.

Er war einverstanden gewesen, Handy und Führerschein als Pfand dazulassen. Sobald er seine Schuld beglichen hätte, bekäme er beides zurück. Mehr konnte der Geschäftsführer nicht für ihn tun. Das oder die Cops, dann sollten die sich mit ihm herumärgern, er hatte die Wahl.

Er war schon einen halben Block gegangen, als er hörte, wie hinter ihm jemand seinen Namen rief. Es war Melissa, die ihm mit seinem Führerschein winkte. »Schön, dass wir uns endlich kennenlernen, Thomas!«

Er bog in die 82. Straße ein, Richtung Subway, die Hitze wie eine starke Strömung, gegen die er anwaten musste. Er hätte gern ein Taxi genommen, aber ohne Geld? Sophie hatte die Wohnungsschlüssel. Wie sollte er jetzt in die Wohnung kommen? Anrufen ging nicht, denn das Restaurant hatte sein Handy. Und ohne Führerschein konnte er nicht einmal beweisen, dass er dort wohnte.

»Hey, guck mal, wer da ist! Mr. Könntest-du-sein!«

Er antwortete nicht, sondern malträtierte stattdessen den Dollarschein in seiner Hosentasche. Aus Nacht wurde heller Tag, als er die Treppe zur Subway hinabstieg. Die Obdachlose mit dem Abszess war immer noch da. Seine Metrocard hatte kein ausreichendes Guthaben mehr.

Er ging an den Automaten, wo man neue Karten kaufen und alte Karten aufladen konnte. Die Anzeige informierte ihn, dass er noch einen Dollar und fünf Cent zu zahlen hatte. In diesem Moment sprengten die angestauten Demütigungen des Abends seinen letzten Rest Selbstbeherrschung. »Verdammtes *Scheiß*ding!«, brüllte er und schlug mit der flachen Hand gegen das Display. Die Stationsaufsicht sah zu ihm herüber. Er atmete schwer. Dann entsann er sich des Dollars in seiner Tasche. Glück musste der Mensch haben! Er strich den Schein glatt und schob ihn in den Automaten. Doch natürlich fehlten noch fünf Cent. »Das darf doch wohl nicht wahr sein: wegen fünf Cent!«, schimpfte er. Impulsiv fuhr er herum, um einzelne Leute zu finden, die es um diese Zeit in die U-Bahn verschlug. »Hat jemand vielleicht fünf Cent?«, rief er. Niemand meldete sich. »He, Sie da, können Sie mir fünf Cent geben, damit ich nach Hause komme?« Der Mann ignorierte ihn. Was für ein Arschloch! Was waren schon fünf Cent! »Hat wirklich niemand fünf Cent für mich?«, sagte er. Seine ins Leere laufende Bitte beschämte ihn, also fragte er nicht mehr. Nur schimpfen konnte er noch. »Nur ein blödes Fünfcentstück«, sagte er und begann gleichzeitig, den Boden nach verlorenen Münzen abzusuchen.

Sophie verfolgte genau, wie sich der Mann von Clara verabschiedete. Ein verheirateter Mann, der sich mit einer Frau in einer Bar trifft, aber mit einer anderen Frau nach Hause geht, weil sie sich ihm praktisch an den Hals geworfen hat. Waren eigentlich alle so verkommen, oder hatte sie nur Glück gehabt?

Clara war hübscher, aber nur sie war eine sichere Nummer. Offenbar lag in der Sicherheit mehr Macht als in Schönheit. Sophie hatte das nicht gewusst.

Schließlich kam er heraus, und sie gingen die Court Street entlang.

»Was hast du ihr gesagt?«

»Dass ich noch einen Termin habe«, sagte er. »Maile ihr später. Ist auch egal, sie will lediglich einen Job.«

Sie verließen die Court Street, gingen Richtung Gleise. Die Straße endete in einiger Entfernung an einer graffitibeschmierten Betonwand, hinter der die Trasse in einem Tunnel verschwand.

War er wenigstens attraktiv, der Mann, mit dem sie gleich …? Sie hatte gar nicht darauf geachtet. Jetzt sah sie ihn an, aber die Straßenbeleuchtung hinter ihnen war zu schwach, und vor ihnen kam nichts mehr. Am stärksten war noch das matte Mondlicht. Er war … ganz okay. Korpulent. Aber eindeutig nicht ihr Typ. Egal. Was spielte das für eine Rolle? Sie hatten das Ende der Sackgasse erreicht, hier ging es nicht weiter.

»Wohin bringst du mich?«, fragte sie.

»Nirgends. Ich habe nichts, wohin ich dich bringen könnte.«

»Und wo gehen wir dann hin?«

Er antwortete nicht.

Wie hatte sie sich genannt? Melanie? Melinda? Sie fragte sich, ob er ihren Namen noch wusste.

»Hey, wie heiße ich?«, fragte sie ihn.

Er blieb stehen, blickte sich auf der Straße um. Die eine Richtung führte zurück zu den Restaurants und Bars des Viertels. In der anderen, dort, wo der Asphalt in Unkraut überging, lag nichts als öde Brache hinter Maschendrahtzaun. Fast auf ganzer Länge bog sich der obere Teil des Zauns wie der Deckel einer aufgerissenen Sardinendose. »Dorthin«, sagte er.

»Wohin?«

Er zeigte ihr, wo. »Dahinter.«

Sie spähte in das Niemandsland. Auf der schütteren Gras-
narbe stand ein Radlader und, kreuz und quer, ein halbes
Dutzend weiterer Fahrzeuge. Alles merkwürdig und nicht
geheuer. Und bestimmt nichts, wovon Mädchen träumen.
Aber schon sehr nah dran am verborgenen Lauf der Welt ...
das sagte sie sich jedenfalls, als sie die Hand des Mannes ergriff und den ersten Schritt tat.

Die Brise

Sie war auf der Brücke, als ihr Mann von der Arbeit kam. Unten vor dem Haus saßen die Nachbarn auf ihren Eingangstreppen und lachten und warfen mit unbeschwerten Rufen und Juchzern den Winter ab. Jemand, den man nicht sah, fegte seinen Hof. Das regelmäßige Besengeräusch war der Rhythmus der alten Brownstones im Frühling.

»Ich bin auf der Brücke«, rief Sarah und blickte mit leicht geneigtem Weinglas weiter auf ihre Umgebung hinab. Die Brücke, so nannten sie ihren handtuchgroßen Betonbalkon auf der Straßenseite.

Die blaue Luft trug Kindergeschrei von weit her. Dann kam die Brise. Sie fuhr ins Geäst der Bäume, blätterte durch das junge Laub, dass die silbrige Unterseite sichtbar wurde, und machte Gänsehaut, als sie auf Sarah traf. Diese Brise, Gott, diese Brise! Wie oft im Leben erlebte man so eine Brise? Vielleicht ein Dutzend Mal … denn schon ist sie vorbei, einen Block weiter, wo sie an Fahrt gewinnt oder entkräftet in sich zusammenfällt. Wie auch immer, vorbei ist vorbei. Was blieb, waren jene kurzzeitige Erregung und ein Gefühl wie leichtes Grauen. Was, wenn sie es nicht schaffte, aus diesem perfekten Frühlingstag das Maximum herauszuholen?

Sie trank den Wein aus und ging hinein. Jay sah lustlos die Post durch.

»Hey«, sagte er.

»Jay, was machen wir heute Abend?«, fragte sie ihn.

Er war gerade abgelenkt von einem supergünstigen Kreditkartenangebot. »Ist mir gleich«, sagte er. »Was willst du denn machen?«

»Gibt es etwas, das du gerne machen würdest?«

»Ich will, was du willst«, sagte er.

»Also muss *ich* wieder etwas vorschlagen?«

Endlich blickte er von der Post auf. »Du wolltest, dass ich nach Hause komme, damit wir etwas unternehmen können.«

»Ja, weil ich wieder mal was machen will.«

»Ich will auch was machen«, sagte er.

»Gut«, sagte sie. »Dann machen wir es doch.«

»Okay, machen wir es«, sagte er. »Was sollen wir machen?«

Sie wollten ein Picknick im Central Park machen. In einem nahegelegenen Laden kauften sie Sandwiches und nahmen den Zug nach Manhattan. In der Brise entfaltete er eine karierte Decke und breitete sie unter einem Baum aus, dessen Krone halb so groß war wie ihre Wohnung. Die neuen Blättchen, sofern vorhanden, zuckten im lauen Wind wie der Sekundenzeiger einer kaputten Uhr. Sie trug ein grünschimmerndes Sommerkleid mit einem dünnen weißen Gürtel, das sie in der selbst verursachten Eile übergeworfen hatte. In den Shorts vom letzten Jahr wirkten seine Knie blass wie zwei Monde. Sie aßen ihre Sandwiches und tranken etwas Wein. Dann standen sie auf und spielten Frisbee, bis nur noch ein bleicher, flacher Schemen durch die hereinbrechende Dunkelheit segelte. Ehe sie den Park verließen, gingen sie noch in ein kleines Wäldchen und brachten sich nahezu lautlos und binnen zwei Minuten zum Höhepunkt. Anscheinend waren sie beide nicht mehr davon ausgegangen, dass ihr Verlangen die Winterstarre überlebt hatte. Aber jetzt war alles wieder gut, und sie konnten eigentlich nach Hause gehen. Doch dazu war es noch zu früh, und er schlug den Biergarten vor, wo sie im vergangenen Sommer öfter mit Freunden gewesen waren. Einige Handyanrufe und SMS, und es dauerte nicht lange, bis die nette Clique wieder vereint war: Wes und Rachel. Und Molly mit ihrem Hund. Sie tranken und quatschten, bis der Biergarten zumachte. Auf dem Weg zur Subway lief Sarah ausgelassen voran und wieder zurück, um ihm in die Arme zu springen. Es blieb die ganze Nacht so warm.

Auf der Fahrt nach Manhattan sagte er ihr, er habe noch Karten fürs Kino. Genauer gesagt für die 3-D-Version einer Superhelden-Fortsetzung. Tags zuvor war er deswegen im Internet gewesen – nur um zu erfahren, dass die IMAX-Vorstellungen alle ausverkauft waren. Er fand das unglaublich. Zum einen, wie weit im Voraus man diese IMAX-Tickets vorbestellen konnte, zum anderen, welche Tricks man anwenden musste, um dann tatsächlich welche zu ergattern. Er hatte eine lange Woche hinter sich, er war müde, und da sollte er für einen einfachen Kinobesuch sozusagen einen Termin machen? Es war nur ein Scheißfilm, keine …

Sie hielt ihm den Mund zu. »Ach, Schatz«, sagte sie. »Das geht sowieso nicht. Ich will heute nicht ins Kino.«

»Wieso nicht?«

»Es ist doch immer dasselbe«, sagte sie. »Hast du nicht auch langsam genug davon? Den ganzen Winter lang haben wir nichts anderes gemacht als immer nur Kino.«

»Aber ich habe Karten gekauft. Und bezahlt ebenfalls schon.«

»Ich werde dir den Eintrittspreis erstatten«, sagte sie. »Bloß heute Abend kein Kino, okay?«

»Du sagst mir immer, du findest es gut, wenn ich Sachen im Voraus plane.«

»Es ist nur ein Film, Jay, kein Wochenende in Paris. Ich drehe durch, wenn ich mich heute Abend in ein Kino setzen muss.«

»Aber er fängt erst um elf an. Der Abend, wie du es nennst, ist da so gut wie vorbei.«

»Wessen Abend?«, sagte sie. »Wer bestimmt, dass ein Abend um elf vorbei sein muss?«

»Worüber regst du dich denn so auf?«, fragte er.

Zugleich rückte etwas anderes in den Vordergrund. Der Zug wurde immer langsamer und stand schließlich ganz. Warum hielten sie an? Jetzt steckten sie in dieser Röhre fest, während die letzten schönen Sonnenstunden (doch eigentlich nicht mal das, höchstens die letzten schönen Strahlen des Sonnenuntergangs), während also nur noch diejenigen den fantastischen Sonnenuntergang mitkriegten, die nicht so dämlich gewesen waren, ausgerechnet jetzt die U-Bahn zu nehmen. Denn die U-Bahn verkörperte die Schattenseite dieser unglaublichen Stadt mit ihrem vielfältigen Angebot. Die Schattenseite in Form von Betriebsstörungen, Verspätungen, Stockungen, Staus und ganz allgemein der Angst, nie das zu erreichen, was immer haarscharf unerreichbar war. Es konnte einen wahnsinnig machen, am liebsten hätte man geschrien und gegen die Türen getreten. Wären sie in ihrem Ehrgeiz nur ein bisschen bescheidener gewesen. Ja, dann. Dann wären sie einfach zu Fuß über die Brooklyn Bridge gegangen und hätten mitten über dem East River erlebt, wie die Sonne hinter Manhattan versank.

Sie stand von ihrem Platz auf.

»Sarah?!«, sagte er.

Der Zug ruckte an. Nicht stark genug, um sie ins Wanken

zu bringen, aber doch so, dass sie sich wieder hinsetzte. Sie schenkte ihm weder eine Antwort noch einen Blick.

Sie stand vom Tisch auf und ging zur Damentoilette des Biergartens. Sie ging unter einer durchhängenden, verblichenen Wimpelkette hindurch, wie man sie auch bei Gebrauchtwagenhändlern findet, vorbei an einem Mülleimer mit ausgedienten, zerkleinerten Bambusfackeln. Eine dicke Staubschicht lag auf den zwei schiefen Türmen von Stapelstühlen an der Wand – die umso schiefer wurden, je mehr sie in die Höhe wuchsen. Der Biergarten war erst seit zwei Wochen geöffnet und sah doch schon aus wie am Ende einer ereignisreichen Saison.

Zwei Stunden zuvor, auf ihrer Brücke, hatte sie noch geglaubt, dies sei ein Tag, wie sie ihn so lieblich und lind nicht erlebt hatte, seit sie in diese Stadt gezogen war. Von fern schallten Kirchenglocken. Das Blau des Himmels hatte sie tief berührt. Eine einzelne Wolke zog vorüber wie ein Eisberg auf glatter See. Sie sah hinab auf die Straße und den Baum vor ihrem Haus, seine Zweige, an deren Spitze alte, runzlige Fäustchen das Leben noch umfangen hielten. Jetzt brach es hervor, strebte mit blassen Blüten blind dem Licht, der Wärme entgegen. Selbst hier, in einem Viertel aus Asphalt und rostigen Kanalgittern, hatte der Frühling Einzug gehalten. Die Frühlingsbrise hatte ihre Haut berührt. Ein Schauer lief ihr über den Rücken, direkt in die Seele, und ihre Augen füllten sich mit Tränen. Hatte sie eine Seele? In Augenblicken wie diesen auf jeden Fall. Diese Brise! Normalerweise saß sie den ganzen Tag an ihrem Arbeitsplatz und bemühte sich, nicht aufzufallen. Die Tüte mit Keksen, der Energy-Drink, die Tatsache, dass sie während der Arbeitszeit im Internet Schuhe bestellen konnte, ohne dass es jemand merkte, all das konnte sie durchaus mit ihrem Dasein versöhnen. Doch dann dieser kleine Wink, diese unerwartete Botschaft aus heiterem Himmel, erregend wie ein erster Kuss. Dies war das einzige Leben, das sie hatte! Es würde ihr einiges abverlangen, so ihr Vorsatz auf der Brücke, sich dieses Tages würdig zu erweisen. Und jetzt, da sie sich im Spiegel der Damentoilette ansah, vor allem das Weiße in ihren Augen (bereits jetzt verkatert, wie es schien), wurde ihr klar, dass sie durch eine Reihe von Fehlentscheidungen ihrem eigenen Anspruch nicht gerecht geworden war und den lauen Frühlingsabend durch zu viel Alkohol vergeudet hatte. Sie hatte versagt.

Sie verließ die Toilette. Jay war umringt von Tischen, an denen mehr los war. Ihre Freunde hatten so kurzfristig doch nicht kommen können.

»Sollen wir gehen?«, fragte sie.

Ehe sie die Brücke erreichten, war sie im Taxi eingenickt.

Als sie endlich die Subway hinter sich hatten und in den Himmel sahen, wusste sie, dass es im Grunde schon zu spät war. Die Fahrt hatte einfach zu lange gedauert, und jetzt dämmerte es bereits. Da sie auch noch die Sachen für das Picknick besorgen mussten, fand das Picknick selbst sehr wahrscheinlich im Dunkeln statt.

»Was rennst du denn so, Sarah?«, fragte er.

Sie erkannte, dass die Ampel gleich umspringen würde. »Komm, wir rennen schnell rüber«, sagte sie.

»Aber wenn wir nicht in den Park gehen, wofür habe ich dann die blöde Decke mitgenommen?«

Sie hatten erst eine Hälfte der Straße geschafft, als die Ampel auf Rot sprang und sie sich auf der Mittelinsel einer vierspurigen Straße wiederfanden. In einem endlosen Strom rauschten die Autos vorbei und ließen nicht die geringste Lücke, die sie hätten nutzen können. Sie wandte sich zu ihm um.

»Und jetzt?«

»Was fragst du mich?«, sagte er. »Du hast soeben das Picknick gecancelt. Du bestimmst, was weiter passiert.«

»Ich habe das Picknick *vorgeschlagen*, weiter nichts«, sagte sie.

Trotzdem brauchte sie eine Alternative, irgendetwas, das diese alles entscheidende Stunde retten konnte. Aber was? Vor allem bei diesem Scheißverkehr! In dieser Stadt gab es hundert Millionen Ampeln, und jede einzelne davon war gegen sie.

»Was ist eigentlich mit diesem Hotel?«, fragte sie.

»Hotel?«

»Du weißt schon, das mit der Wahnsinnsaussicht.«

Die Drinks waren überteuert, und es gab auch keine Brise, doch die Lounge bot einen spektakulären Blick auf den Central Park. Immer noch besser, als in einem schlecht beleuchteten Minimarkt etwas zu essen zu kaufen und dann im Dunkeln zu picknicken. Essen konnten sie später.

Das Hotel lag nicht weit und war schnell erreicht. Sie nahmen den Aufzug nach oben. Die Hotelhalle wie die Lounge befanden sich im fünfunddreißigsten Obergeschoss. Der Park vor dem großen Fenster war zweigeteilt. Die Bäume auf der Westseite, ohnehin wenig eindrucksvoll, verglichen mit den umliegenden Gebäuden, lagen bereits im Schatten, aber die andere Hälfte erglühte im Abendlicht. In der Brise wirkte das junge Laub eher grün als silbern.

Sie mussten kurz an der Bar warten, dann kam die Kellnerin zu ihnen. Als sie schließlich auf einer der verschiedenen Ebenen der Lounge Platz gefunden hatten, saßen sie dort wie in einem Pariser Straßencafé und sahen zu, wie die Dämmerung auch den hellen Teil des Parks übernahm. Dazu tranken sie leichten, frischen Weißwein. Majestätisch rückte die Nacht heran.

Unten in der Subway fühlte es sich nach wie vor wie Winter an. Es gab warme Strömungen neben tückischen Kälteinseln, und über dem Bahnsteig lag wie immer der toxische Feinstaub der Wagenbremsen, doch die Brise reichte nie so weit. Nichts, das so klar und sanft war, konnte je in U-Bahn-Schächte vordringen. Sogar im Zug selbst atmeten sie Luft aus dem vergangenen Jahrhundert. Noch sah man Streusalzschlieren auf dem Boden, doch sehr bald schon würde hier die Höllenhitze stehen – die zwei Jahreszeiten der Subway.

Der Zug fuhr in die Station ein. Die Glücklichen erhoben sich von ihren Sitzen und standen wartend vor den silberfarbenen Türen – die jedoch nicht aufgingen. Sie warteten und warteten. Irgendwann konnten sie dann doch aussteigen, es war wie eine Begnadigung. Sie hingegen hatte, zwei Stationen vor ihrem Ziel, noch Zeit abzusitzen. Als auch der allerletzte aussteigende Fahrgast an ihrem Fenster vorbeigegangen war, war der Bahnsteig menschenleer, aber die Türen wollten einfach nicht zugehen. Diese Strafe von Zug schien außer Betrieb zu sein, stand nur da und lüftete aus und tat ansonsten nichts. Eine automatische Stimme sagte: »Meine Damen und Herren, die Fahrdienstleitung teilt soeben mit, dass sich die Weiterfahrt um einige Minuten verzögert.« Fahrdienstleitung! Ein affiger kleiner Gott, der an seinen Knöpfen spielt.

Endlich ertönte das elektronische Türsignal, doch es geschah auch weiterhin nichts. Der Zug stand, und sie war mit ihren Nerven am Ende.

Sie sagte: »Eher bringe ich mich um, als heute Abend ins Kino zu gehen.«

Seine Augen weiteten sich, als wäre an einem verschlafenen Mittwochnachmittag im Büro der Feueralarm losgegangen. Sprach sie mit ihm oder nur mit sich selbst? Beängstigend war vor allem, wie gleichmütig sie das sagte.

»Okay«, sagte er. »Wir gehen ja auch nicht ins Kino.«

Irgendwann ließ der Verkehr doch etwas nach, und sie konnten ihre Mittelinsel verlassen. Sie rannten auf die andere Seite. Wo sie erst einmal im Schatten eines großen Gebäudes stehen blieben, da sie nicht wussten, was sie nun tun sollten, nachdem das Picknick abgeblasen war. Die vielen Fußgänger ignorierten sie in ihrem definierten, zweckgerichteten Vorwärtsdrang. Acht Millionen Seelen, die sich verschworen hatten, allein sie, Sarah, von etwas Wichtigem und Geheimnisvollem auszuschließen.

»Sarah«, sagte er. »Bleib doch mal stehen. Was willst du denn jetzt tun?«

»Ich weiß nicht«, sagte sie. »Aber red nicht so.«

»Wie soll ich denn reden?«

»Die Frage ist, was *sollten* wir tun, Jay«, sagte sie dezidiert. »Nur was wir tun *sollten*.«

»Ist das nicht dasselbe?«

»Nein, ist es nicht.«

Zehn Minuten lang suchte sie auf ihrem Smartphone nach etwas. Er ließ sie allein, hockte sich neben ein kümmerliches Bäumchen, das man in eine kleine Umzäunung gepflanzt hatte. Auf ihr Zeichen stand er wieder auf und folgte ihr mit einem Meter Abstand. An der nächsten Ecke mussten sie warten, während Taxis mit federnden Stoßdämpfern an ihnen vorbeirollten. Von da an wurden sie an jeder Kreuzung von einer roten Ampel aufgehalten. Schließlich aber standen sie vor dem gewünschten Gebäude – das mit der Lounge und der Superaussicht auf den Park. Sie drückte immer wieder auf den Knopf, während sich der Aufzug von weit oben zu ihnen bewegte.

Als schließlich die Türen aufgingen, verließen sie als Letzte die Kabine. Das Fenster neben der Rezeption zeigte die Hochhäuser der 59. Straße und das riesige Stratego der angehenden Lichter. Alles Banker auf ihrer Brücke, dachte sie. Ein großes Verdeck aus Schatten schob sich langsam über die Baumwipfel und tauchte alles in silbrige Nacht.

Es war kein Tisch frei. Die Mitarbeiterin am Empfang nahm aber Jays Namen entgegen.

»Sind wir hier richtig?«, fragte Sarah.

»Du wolltest doch hierher.«

Die Empfangsdame beobachtete sie. »Setzen Sie sich doch einen Moment an die Bar«, sagte sie.

»Danke.«

»Wie lange dauert es, bis ein Tisch frei wird?«, fragte Sarah.

Das konnte die Empfangsdame nicht sagen, auch konnte sie keine Garantie abgeben, dass überhaupt ein Tisch frei würde.

Sie gingen an die Bar und tranken schweigend.

Sie hatte sich nur ein Picknick gewünscht, doch die Subway hatte ihr einen Strich durch die Rechnung gemacht. Danach hingen sie auf dieser Verkehrsinsel fest und zankten sich wegen nichts, das heißt über die alles beherrschende Frage, was sie jetzt tun sollten. Lag es nur an ihr, dass diese Frage an manchen Abenden so unergründlich, so vorwurfsvoll klang, als zeigte ein unbekannter Dritter mit dem Finger auf sie? Oder war es nur die Folgeerscheinung eines komplizierten Lebens und der Tatsache, dass sie nie genau wusste, was Jay gerade wollte, aber genau diese Unsicherheit in ihre Rechnung einbeziehen musste. Denn Jay behielt so etwas für sich – oder wusste es selber nicht. Aber wie sollte *sie* es dann wissen? Vielleicht gab es über Jay gar nicht viel zu wissen, also auch kein Geheimnis? Vielleicht war er einfach ein Mann, der nichts weiter wollte als ins Kino.

Und während sie warteten, verglomm das letzte Licht des Tages, und mit ihm die ungeheure Möglichkeit, welche die Brise an sie herangetragen hatte. Am Ende blieb ihnen wieder nichts anderes, als an der Bar einen nach dem anderen zu trinken. Als endlich ein Tisch frei wurde, war sie dem Gefühl nach blau und nicht mehr wirklich bei der Sache. Sie bestellten noch einen letzten Drink und gingen.

In einem billigen italienischen Restaurant in Downtown wollten sie etwas essen, gerieten aber in Streit und gingen wieder, ehe er einen Fuß über die Schwelle gesetzt hatte. Als sie endlich zu Hause waren, sprachen sie nicht mehr miteinander. Im Bett lagen sie lange wach, ehe er das Schweigen brach: »Ich hätte mir einen Scheißfilm ansehen können«, sagte er, wälzte sich auf die andere Seite und schlief ein.

Am unteren Absatz der U-Bahn-Treppe packte sie ihn, machte kehrt und zog ihn an der Hand wieder zurück, die Treppe hoch und hinaus ins milde Licht. Tief sog sie die Frühlingsluft ein, ließ den ganzen Mief der U-Bahn hinter sich, und der immer noch blaue Himmel gab ihr recht. Nur er verstand es nicht.

»Ich dachte, wir wollten ein Picknick machen.«

»Aber nicht mit der Subway«, sagte sie. »Da unten werde ich noch verrückt. Komm, gehen wir lieber zu Fuß, wenigstens heute.«

»Und wohin willst du zu Fuß gehen?«

Sie führte ihn zur Brooklyn Bridge. Auf dem Fußweg sprang sie ständig voraus, wartete dann auf ihn und lief sofort weiter. Schließlich drehte sie sich um und lächelte ihn an. In der Mitte zwischen Manhattan und Brooklyn blieben sie stehen, gerade als die Sonne unterging. Die kleinen Wellen auf dem East River brachen sich zu einem silbrigen Schuppenmuster, ehe sie unter der Dunkelheit zu Stein wurden. Sie blickte nach oben. Mit all ihren Elementen wiesen die beiden Brückentürme zu einem bestimmten Punkt am Himmel, so, als wollten sie Sarah versichern, dass sie von dieser Abendstunde nicht mehr verlangen konnte und in ihrem ganzen Leben nichts Vergleichbares zu sehen bekam. Mit beiden Händen griff sie nach einem Tragseil und schaute in die untergehende Sonne. Der Lichtsaum an den Hochhäusern wurde dünner, die Farben vertieften sich. Eine Minute lang schien sogar fraglich, ob die Sonne je ganz verschwinden würde. Dann war sie plötzlich weg, und ein blauer Schatten legte sich über alles und gab die kühl-metallische Haptik der Tragseile wieder. Sie ließ los, und das Blut drängte in die Hände zurück. Ihre Augen füllten sich mit Tränen.

Als auch der letzte Rest Leuchten versunken war, drehte sie sich zu ihm und sagte: »Na, was sagst du?«

Er erwiderte mit vollkommener Einfalt: »Sagen? Zu was?«

Sie mussten länger warten, bis der erste Drink kam. Die Bar lag weit weg vom Fenster – ihrer Meinung nach sogar bescheuert weit weg. Dazu kam, dass sie an der Bar dem grandiosen Ausblick den Rücken zuwandten und nichts anstarren konnten als Schnapsflaschen und Weingläser, während draußen die Sonne versank und die langen Schatten sich über die Bäume ausbreiteten.

Es war eine Scheißidee, hierherzukommen und zu glauben, ihnen würde – wundersam – sofort ein Tisch zufallen. Eigentlich hatte Sarah überhaupt nichts gegen exklusive Läden, wo nicht jeder hineinkam, vorausgesetzt, es nutzte ihr. Aber so lief es nicht in dieser bescheuerten Stadt, wo immer alles ausverkauft oder überbucht war und nie in genügender Menge zur Verfügung stand. Und als wäre die Wahl des falschen Ladens nicht schon schlimm genug, quälte sie der Gedanke, dass jetzt und nur jetzt jene unvergänglichen Momente stattfanden, welche die Alternative gewesen wären: ein Spaziergang über die Brooklyn Bridge, Drinks mit Molly im Biergarten. Lichter, Leute, Partymachen. Selbst wenn sie nur auf ihrer Brücke geblieben wäre und den Leuten auf der Straße zugesehen hätte, während die Dämmerung hereinbrach … O Gott, selbst das wäre besser gewesen!

Eingeklemmt zwischen Barhocker und Tresen, wandte sie sich zu ihm, so gut es ging, und sagte: »Tut mir leid, Jay.«

»Wofür?«

»Dass ich unbedingt rausgehen wollte. Und für mein Verhalten in der U-Bahn. Es war falsch hierherzukommen. Machen wir was anderes«, sagte sie.

»Okay«, sagte er. »Und was?«

Schon in der Sekunde, in der er fragte, überkam sie der Wunsch, jetzt im Park zu sein, irgendwo im Unterholz auf allen vieren, die Fingerspitzen in die Erde gekrallt, während er ihr den Slip herunterzog. In ihrer Vorstellung geschah dies jedoch nicht *ganz* im Verborgenen, weshalb er sich beeilen musste und sie entsprechend hart rannahm, nicht so wie bei ihrem Blümchensex am Wochenende, sie einfach nur fickte, schnell und brutal fickte. Dann konnten die Leute sie ignorieren, wie sie wollten, sogar Leute, die womöglich gerade zu einer angesagten Party unterwegs waren, es wäre ihr egal.

Sie würde sich nicht annähernd so ausgeschlossen fühlen wie jetzt. Im Gegenteil, sie würde ihr Kleid glatt streichen, sie würde ihn anlächeln, und – Simsalabim – die ganze Öde ihres Ehelebens hätte sich in Luft aufgelöst.

»Mir scheint, du führst irgendwas im Schilde, Sarah«, sagte er und griff nach ihrer Hand. »Sag.«

Jetzt sag schon, forderte sie sich selbst heraus. Du kannst es ihm ins Ohr flüstern, gleich hier an der Bar.

»Ich bin zu jeder Schandtat bereit«, sagte er.

Aber dann hatte sie doch nicht den Nerv.

»Keine Ahnung«, sagte sie. »Sag du.«

Er schlug vor, die Sandwiches für ihr Picknick noch in dem Laden in ihrer Nähe zu kaufen und dann die U-Bahn zu nehmen. Nee, nur das nicht. Nicht schon wieder in dem Laden, sie konnte den Fraß nicht mehr sehen. Seit ewigen Zeiten ernährten sie sich vom dem, was dort auf der Karte stand. Doch schon als aus sie aus der Subway kamen, wusste sie, dass dies ein Fehler war. In der Stadt etwas zu kaufen würde ewig dauern. Aber wenn sie jetzt das Picknick abblies, weil keine Zeit mehr war, was blieb ihnen dann? Zeit. Und diese Zeit musste herumgebracht werden, egal wie, bis es Zeit war, nach Hause zu gehen. So lief es ja ohnehin, Tag für Tag, bis ein ganzes Leben vergangen war. Doch der erste Frühlingstag durfte sie ruhig ein bisschen verrückt machen, sie auf den Gedanken bringen, sie habe nur die Wahl zwischen Picknick und Tod. Jay marschierte wacker voran, die Picknickdecke unterm Arm, denn er war ja noch der Meinung, jetzt sei Picknick angesagt. Da blieb sie plötzlich stehen. Er brauchte etwas länger, um diesen Umstand überhaupt zu bemerken. Dann aber machte er kehrt und kam langsam auf sie zu.

Es war ihm nicht gegeben, die Besonderheit dieses Tages zu erkennen. Er spürte es einfach nicht, er merkte nicht, wenn der Wind drehte, das Wetter umschlug. Oder es war für ihn so selbstverständlich, dass er es nicht weiter beachtete. Wenn es nach ihm gegangen wäre, hätte er auch an diesem Tag bis in die Abendstunden im Büro gesessen, gegessen wurde zwischendurch, am Schreibtisch, aus einer Styroporbox. Irgendwann, spätabends, hätten sie sich in der Stadt getroffen und wären in die letzte Vorstellung einer 3-D-Superhelden-Fortsetzung gegangen. Zu Hause dann wäre er ins Bett gefallen, todmüde, aber glücklich, als habe er den ganzen Tag nichts als 3-D-Abenteuer erlebt. Da war sie anders. Sie wollte ein anderer, besserer Mensch werden. Er war vollkommen happy mit seiner beschränkten Persönlichkeit.

Nun gut, sie hatte Fehler gemacht, eine ganze Reihe Fehler sogar, und versuchte jetzt, den Urfehler zu identifizieren, mit dem das Verhängnis begann. Es hatte auf jeden Fall nichts mit der Sandwich-Frage zu tun oder der Tatsache, dass sie zur falschen Zeit mit der Subway nach Manhattan gefahren waren. Es war auch nicht falsch gewesen, die Brücke zu verlassen, wo sie dieses allzu zerbrechliche Einssein mit diesem besonderen Tag empfunden hatte. Der Fehler war, Jay früher aus dem Büro zu holen. Das war der Fehler, der alles andere in Bewegung gesetzt hatte.

»Was ist los?«, fragte er.

Sie wollte es ihm schon sagen. Sie hatte ihre Angst besiegt und war bereit, ihn mit dieser Wahrheit zu konfrontieren, als sie sich sagen hörte: »Danke, dass du die Decke trägst.«

Er blickte auf die Decke in seinen Händen. »Aber immer«, sagte er.

Es dämmerte schon. Sie kauften Essen und trugen es in den Park. In der zunehmenden Dunkelheit erkannte sie noch, dass er es war, der die Sachen mit ihr auf der Decke ausbreitete. Doch als es Zeit war zusammenzupacken, war es so dunkel, dass es jeder x-Beliebige hätte sein können, und dafür war sie dankbar.

Der warme Abend lockte immer mehr Menschen in den Biergarten, und entsprechend schrumpften die beiden schiefen Türme aus Stapelstühlen, die sich nach und nach an den zirka zwanzig Tischen wiederfanden. Als am späteren Abend noch Molly eintraf, zusammen mit ihrem Golden Retriever Chester, war kein Stuhl mehr für sie da. Sarah stand auf, küsste ihre älteste Freundin und bot ihr ihren Stuhl an. Sagte, sie wolle nur kurz aufs Klo und käme dann mit einem weiteren Stuhl zurück. Chester, der faule Hund von Molly, legte sich bald hin und beschnaufte die Füße seiner Halterin, doch Molly selbst sprang sofort wieder auf, als sie Sarah zurückkommen sah. Nur dass Sarah nicht zurückkam. Sie marschierte direkt zu dem schmiedeeisernen Tor und verließ den Biergarten.

»Jay«, sagte sie. »Wo geht Sarah hin?«

Sarah war schon einen Block weit weg, als Jay sie endlich einholte.

»Wohin willst du, Sarah? Warum gehst du weg?«

»Es ist vorbei, Jay!«, rief sie. »Aus und vorbei!«

»Was ist vorbei?«

Schließlich gab sie nach und drehte ihm das Gesicht zu. Passanten, welche die Implosion einer weiteren Paarbeziehung mitbekommen hatten, machten zwar einen großen Bogen um sie, waren andererseits aber zu fasziniert, um nicht zu gaffen.

Sie hatte nicht den Mut für eine eindeutige Antwort und sagte nur: »Der Frühling.«

»Was meinst du damit, es ist vorbei? Der Frühling hat gerade erst angefangen.«

Doch damit lag er falsch. Der Frühling war ein flüchtiger Augenblick und wehte geradewegs an ihr vorbei wie diese Brise auf der Brücke. Dahinter kam gleich der Sommer, heiß und drückend wie Autoabgase, und einen weiteren Sommer in dieser Stadt ertrug sie nicht. Später kam es zu einem weiteren einzigartigen Moment, dem Einbruch der Kühle, wenn die Blätter ihre Farbe wechselten. Dann war es erneut Winter, einer von vielen endlosen Wintern, die sie nur ertrug und hinter sich brachte und die gleichwohl mitzählten – bis zur Stunde ihres Todes, für die sie nie bereit sein würde.

»Sag mir, dass du wenigstens das verstehst, Jay«, sagte sie. »Das musst du doch verstehen.« Sie lehnte ihren Kopf an seine Brust. »Ich habe Todesangst«, sagte sie.

»Wieso, was ist passiert?«, fragte er. »Was stimmt denn nicht?«

»Was machen wir nur? Warum sind wir hergekommen?«

»Wohin jetzt?«

»Was hätten wir stattdessen nicht alles machen können?«

»Aber das haben wir doch«, sagte er. »Erst das Picknick. Und jetzt sind wir mit Freunden zusammen. Worüber regst du dich auf?«

»Sollte ich besser nicht machen, was ich tue?«, fragte sie. »Oder sollte ich lieber genau das machen, was ich nicht tue?«

»Verstehe ich nicht. Was meinst du?«, fragte er.

Er ging zurück in den Biergarten, um sich von ihren Freunden zu verabschieden und ihnen zu versichern, dass alles okay sei. Als er aber an die Ecke zurückkehrte, saß sie bereits in einem Taxi nach Brooklyn. Sie raffte ein paar Habseligkeiten zusammen, hauptsächlich ihre Tabletten und

Kosmetiksachen, und eine Stunde später saß sie in Mollys Wohnung und erzählte ihrer Freunden, ihre Ehe sei vorbei.

Die Mitarbeiterin vom Empfang, die ihnen die Bar empfohlen hatte, kam gerade noch rechtzeitig und verhinderte so, dass eine weitere blöde Streiterei außer Kontrolle geriet. Sie führte sie an einen Tisch in der Lounge. Die frustrierende Fahrt mit der U-Bahn, das Herumgeeiere auf der Straße, ihre Selbstzweifel, all das war angesichts der grandiosen Kulisse vergessen. Selbst als das letzte Strahlen der Sonne erloschen war und der Park allmählich in der Dunkelheit versank, war es kaum möglich, sich davon nicht getröstet zu fühlen. Und da die Drinks bereits unterwegs waren und der Abend noch jung, gab sie tatsächlich einen Moment lang Ruhe und sprang nicht gleich wieder auf, aus Angst, am falschen Ort die falschen Dinge zu tun.

»Na, was sagst du?«, fragte Jay sie. »Bist du jetzt happy?«
»Ja.«
»Gut«, sagte er.
Er wünschte sich sehr, dass sie glücklich war, aber sie konnte sehr ungerecht sein. Sie verlangte immer zu viel von ihnen als Paar und rastete aus, sobald sich herausstellte, dass sich ihre Erwartungen nicht erfüllten. Dann gab sie ihm die Schuld an allem, sogar an ihrem Gemecker, ihren falschen Entscheidungen. Er war aber gar nicht schuld. Er war kein schlechter Mann. Nur ein bisschen dumm, ein bisschen langweilig. Sieh ihn dir an, wie er dich mit Nichtachtung strafen will und deshalb nur auf seine Feierabendflasche Bier stiert, womöglich auch am Etikett knibbelt, was dich schon wahnsinnig machen kann. Das allein war kein Grund, die ganze Ehe in Frage zu stellen oder gar an Scheidung zu denken, um dann noch einmal von vorn anzufangen. Sie besaß ge-

nug Selbsterkenntnis, um zu wissen, dass das Glück, das sie suchte, so wenig von einem Partner erzeugt werden konnte wie die Erlösung von Schmerzen. Selbst jemand, der viel lebendiger, achtsamer und lebensmutiger war als Jay, wäre damit überfordert gewesen. Nein, das, was sie suchte, musste sie schon in sich selbst finden. Und es war der mangelnde Mut in ihr selbst, der sie dabei am meisten beschäftigte. Wenn *sie* nur diesen Mut aufbrachte, dann hatte auch Jay keine Chance mehr, dann könnte sie ihn nach ihren Wünschen formen.

»Jay?«

»Hmmm«, sagte er.

»Sieh mich an.«

Er blickte von seinem Bier auf, aber das Geknibbel am Etikett ging weiter.

»Weiß du, was ich schon immer mal machen wollte?«

»Nein. Was?«

»Ich wollte es schon immer mal im Park, nur hinter ein paar Bäumen.«

»Was wolltest du schon mal im Park?«

»Komm mal her, Jay. Ich sage es dir ins Ohr.«

Die Mitarbeiterin vom Empfang rettete sie nicht. Die schöne Aussicht über den Park blieb für sie unerreichbar, und die Bar, an der sie wie eingeklemmt saßen, wurde und wurde nicht gemütlicher. Irgendwann gingen sie.

»Das war ja wohl ein Flop«, bemerkte Jay dankenswerterweise, als sie mit den Aufzug nach unten fuhren.

Draußen wieder die Straße. Einziger Unterschied: Jetzt war es dunkel. Schon der halbe Abend vorbei. Eigentlich ein idiotischer Gedanke, wenn es nicht einmal acht Uhr war, aber sie war machtlos dagegen. Die vergangene Stunde hatte es gezeigt: eine Pleite nach der anderen. Und lähmende Unentschlossenheit zu einem Zeitpunkt, an dem Großes hätte geschehen müssen. Diese letzte Stunde, sie definierte nicht nur diesen Abend, sondern ihr ganzes Leben.

»Auf was hättest du jetzt Lust?«, fragte er.

»Mir gleich«, sagte sie.

»Sollen wir was essen gehen?«

»Von mir aus.«

»Was jetzt, ja oder nein?«

»Ich sagte doch von mir aus.«

»Das klingt aber nicht begeistert.«

»Was willst du eigentlich von mir, Jay?«

»Der Abend ist noch nicht vorbei.«

»Gehen wir was essen.«

»Hier oder lieber Downtown?«

»Egal.«

»Sarah.«

»Downtown. Downtown. Downtown.«

Sie nahmen ein Taxi nach Downtown. Mehr fiel ihnen nicht ein an diesem ersten echten Frühlingsabend: essen gehen in Downtown. Essen gehen war ihr Standardprogramm, wenn sie die Fantasie im Stich ließ, Essen und Alkohol. Sie aßen und tranken bis zum Erbrechen und nannten es Leben.

An der Ecke Delancey und Allen Street stieg sie aus, indem sie über eine Pfütze direkt auf dem Bürgersteig grätschte. Im selben Augenblick platzte eine laute Gruppe aus einer Bar. Sie kannte die Leute nicht, hatte kaum Zeit, sie wahrzunehmen, aber sie waren offensichtlich befreundet. Was sie aber sofort wusste: *Da* hätte sie gerne mitgemacht, so einen Abend hätte sie gern vor sich gehabt, statt wieder nur essen zu gehen mit ihrem Mann, wo sie beide nur zu viel tranken, und alles aus purer Langeweile.

Jay bezahlte den Taxifahrer und stieß an der Ecke zu ihr. »Schwebt dir was Bestimmtes vor?«

»Nein.«

Sie gingen die Straßen entlang, stoppten hier und da, um sich die Karte anzusehen. »Was hältst du von diesem Laden?«, fragte er.

»Es geht.«

»Aber er reißt dich nicht vom Hocker?«

»Muss es mich unbedingt vom Hocker reißen? Wir wollen nur hier essen, dafür geht's.«

»Ein bisschen mehr dürfte es aber schon sein. Immerhin lassen wir hundert Ocken hier«, sagte er. »Für das Geld sollte einem der Laden wenigstens ein kleines bisschen gefallen.«

»Ach, hör doch auf«, sagte sie, riss die Tür auf und marschierte hinein.

Es war ein italienisches Restaurant, Typ karierte Tischdecken, also garantiert nichts Besonderes. Aber schon jetzt lief die Klimaanlage auf vollen Touren! Wer machte denn so was? Am ersten schönen Tag des Jahres? Es kam einer Beleidigung der Jahreszeit gleich, mehr noch, eigentlich war es wie Mord. Dieses Restaurant schaffte es, den sanftesten Tag des Jahres zu erwürgen. Von der zarten Brise würde hier nichts mehr zu spüren sein, stattdessen bekam man umgewälzte Brauchluft ins Gesicht geblasen. Wäre Jay neben ihr gewesen, hätte sie auf dem Absatz kehrtgemacht, aber sie wollte den kleinen Sieg von eben nicht gleich wieder hergeben.

Sie folgte der Empfangsdame zu einem Tisch im hinteren Teil. Jay stand noch immer am Fenster und weigerte sich, hereinzukommen – unglaublich! Sie schlug die Speisekarte auf, um ihm zu zeigen, dass ihr sein Theater egal war. So en-

dete also ihr großer Abend, mit einem Nervenkrieg der un-
tersten Schublade bei einem billigen Italiener! Ein größerer
Unterschied zum erträumten Picknick war nicht denkbar.

Deshalb sah sie auch nicht, wie er am Ende doch die Tür
aufstieß und über den Lärm hinweg brüllte: »Hier esse ich
nichts, verdammt ...«

Völlig überrascht sah sie ihn noch wegrennen, während
der automatische Türschließer behutsam hinter ihm zumachte. Leute drehten sich nach ihr um, und sie saß da wie
versteinert. Angegafft und ausgestoßen, zumindest dem Gefühl nach, stand sie auf und ging zur Tür, wobei ihr auffiel,
was ihr beim Hereinkommen nicht aufgefallen war. Dass
Jay nämlich das perfekte Lokal ausgesucht hatte: boden-
ständig (die karierten Tischdecken!) und gut besucht von
Leuten, die einfach nur einen unbeschwerten Abend verbringen wollten und das mit ihrem Gelächter auch zeigten. Wo
man hinsah, kleine Freundesgruppen und Liebespärchen.
Niemand, der in diesem Moment gern woanders gewesen
wäre: in anderer Gesellschaft oder gleich ganz in einem anderen Leben. Was hier auf den Tisch kam, wurde begrüßt
wie ein Geschenk des Schicksals.

Am Ende brachte sie es tatsächlich über sich, ihrem Mann
ins Ohr zu flüstern, und wie durch ein Wunder hörte Jay auf,
an dem Etikett der Bierflasche zu knibbeln, und verlangte
umgehend nach der Rechnung.

Anscheinend wollte auch er aus ihrer Blümchen-Routine
ausbrechen und wusste nur nicht, wie er das Thema ansprechen sollte. Er besaß einfach nicht die Initiative anderer Männer. Ihm fehlte jede Fantasie – oder vielleicht nur
die Unverfrorenheit. Wenigstens sagte er nicht nein, und das
war schon halb gewonnen.

Bereits im Aufzug blickte er sie mit diesem halb verschmitzten, halb unverschämten Lächeln an, das sie seit Monaten nicht mehr an ihm gesehen hatte. Allein dadurch waren sie als Paar wie neugeboren.

»Sag mal, kann es sein, dass du das schon die ganze Zeit vorhattest?«, fragte er. »Sollte ich *deswegen* früher nach Hause kommen?«

Nein, vorgehabt hatte sie es nicht. Er sollte einfach nur kommen, um so etwas wie das hier möglich zu machen. Aber das sagte sie ihm nicht.

Sie betraten den Park an der Ecke 59. Straße und Columbus Circle, gingen eine Weile auf dem asphaltierten West Drive, den sie mit den letzten Joggern und Radfahrern teilten, und folgten danach kleineren Fußwegen, bis es vollständig dunkel war. An Strawberry Fields setzten sie über einen der niedrigen Gartenzäune und schlugen sich in die Büsche.

Falls sie sich vorgestellt hatte, dass sich ihr Treiben nicht ganz im Verborgenen abspielte, müsste es Spätsommer sein, wenn die Bäume und Büsche noch ihr Laub trugen. Jetzt standen sie beinahe im Freien. Ging da gerade eine Frau mit Kinderwagen? Das Vorspiel war schon mal gestrichen, diesen Luxus konnten sie sich nicht erlauben. Hastig öffnete er seinen Gürtel. Ihr Höschen musste sie selber ausziehen.

Sie beugte sich nach vorn und wartete.

»Brauchst du Hilfe?«, fragte sie.

»Schh... hörst du das?«

»Was?«

Er sagte nichts.

»Jay?«

»Du musst mir helfen«, sagte er.

Sie tat es, ließ aber nach ein paar Minuten die Hände sinken, wartete wieder.

»Ich kann das so nicht«, sagte er.

Sie stand auf und klopfte sich die Erde von den Händen.

»Schon gut«, sagte sie. Schnell machte er seine Hose wieder zu. Dabei streckte sie die Hand aus und tätschelte ihm den Kopf.

Es gab etwas, das sie grundlegend trennte. Ihre Ruhelosigkeit, hätte er gesagt, und sie: seine Trägheit. Eigenschaften, die sich vor ihrer Heirat nicht oder nur andeutungsweise gezeigt hatten und nie für längere Zeit. Inzwischen aber drehten sich ihre ehelichen Streitereien fast nur noch um diesen großen Unterschied. Warum konnte sie nicht ein bisschen mehr so sein wie er, und warum konnte er nicht ein bisschen mehr so sein wie sie? Aber wenn es eines gab, das unabänderlich sie und gleichzeitig kritikwürdig war, dann ihre rastlose Jagd nach mehr Leben, mehr Abenteuer, mehr von dem, was zufällig gerade angesagt war. Sie war einfach kein Stubenhocker oder Kinogeher.

Doch plötzlich hielt sie inne. War sie wirklich weniger leicht vorhersehbar als er? Jeden Abend die gleiche Angst, irgendetwas zu verpassen … aber was eigentlich? Das wusste sie nicht. Es war etwas, das sie nicht definieren konnte, etwas, das immer knapp außerhalb ihrer Möglichkeiten lag. Das musste auch für ihn ziemlich ermüdend sein, dachte sie. Wahrscheinlich war ihm längst klar, dass sie es niemals finden würde, ja, dass es womöglich gar nichts zu finden gab.

Sie ging nicht mehr neben ihm her, was ihm aber erst nach einer Minute auffiel. Er wandte sich um und kam ihr langsam entgegen.

Sie nahm seine Hand und sagte: »Jay, was willst du heute Abend machen?«

»Ich dachte, wir machen ein Picknick.«

»Aber das war meine Idee«, sagte sie. »Ich meine, was *du* willst.«

»Wieso, Picknick ist doch gut«, sagte er.

»Gehe ich dir auf die Nerven, Jay? Ich meine mit meinen vielen Sachen dauernd? Macht dich das nicht wahnsinnig?«

»Was soll mich daran wahnsinnig machen, wenn du ein Picknick machen willst?«

Er legte den Arm um sie, und sie gingen gemeinsam weiter zum Park. Alles wieder gut. Und? War das so schwer? Nachdem sie gegessen hatten, lagen sie zusammen im Dunkeln auf der Decke und sprachen zum ersten Mal nach langer Zeit wieder über ein Kind.

Schon während der Taxifahrt nach Downtown war er missmutig, und das änderte sich auch nicht, als sie endlich ausstiegen. Missmutig drängte er von Restaurant zu Restaurant, während sie jedes Mal zuerst die Außenkarte studieren wollte.

»Schwebt dir irgendwas Bestimmtes vor?«

»Nein«, sagte er.

»Möchtest du lieber nach Hause?«

»Mir egal«, sagte er. »Sag du.«

»Also ich möchte auf gar keinen Fall jetzt schon nach Hause«, sagte sie.

Sie entschied sich für einen harmlosen Italiener. Sie wollte schon ihrer Empörung darüber Luft machen, dass bereits am ersten Frühlingstag die Klimaanlage lief, merkte aber, dass er jetzt nicht auf dergleichen ansprechen würde.

Im Restaurant war es lauter, als sie gedacht hatte, was sie aber erst merkten, als sie schon saßen. So blätterten sie also in ihren jeweiligen Speisekarten und behielten ihre persönliche Meinung für sich selbst. Schließlich legte er seine Spei-

sekarte weg, genau auf die Picknickdecke, die zusammen-
gefaltet neben ihm auf dem Tisch lag.

»Weißt du, was du möchtest?«

Er zuckte die Achseln.

»Jay«, sagte sie. »Es ist doch egal. Es ist wirklich nicht
wichtig.«

»Vielleicht nicht für dich«, sagte er.

»Tut mir leid, ich hätte das vielleicht gar nicht vorschlagen
sollen«, sagte sie.

»Und warum hast du mir so den Kopf getätschelt?«, fragte er.

»Was?«

»Danach«, sagte er. »Musstest du mir auch noch den
Kopf tätscheln?«

Sie wandte sich wieder ihrer Speisekarte zu. Hatte sie
ihm den Kopf getätschelt? Jedenfalls nicht *so*. Sie wollte ihn
wirklich nur trösten. Als sie kurz darauf aufblickte, sah sie,
dass Jay seine Augen ganz woanders hatte. Sie folgte seinem Blick bis zu einem Mann an einem anderen Tisch, ein
Mann, der ihr sofort als das genaue Gegenteil von Jay auffiel. Ein charismatischer Typ, der soeben das große Wort
führte und ein halbes Dutzend Leute in seinen Bann zog. Außerdem gutaussehend. Sicher der attraktivste Mann in ganz
New York. Ein solcher Mann wüsste, was er mit ihr im Park
machen müsste. Und dass Jay ihn ebenfalls anstarrte, dachte sie, zeigte doch nur, dass auch er, zumindest im Prinzip
und aus einer Position missmutiger Wut und zerfressen von
Neid, so sein wollte wie dieser Mann. Er wollte dieser Mann
sein oder wenigstens jemand in dieser Art: selbstsicher, überlegen, raubgierig. Jemand, der sich einfach nahm, wonach
ihm der Sinn stand. Jay würde sich nie ändern, aber der
Wunsch existierte, irgendwie – immerhin. Genau so, wie er

in ihr existierte, die auch immer etwas Besseres sein wollte, als sie war.

Schweigend warteten sie auf ihr Essen, vereint in sprachlosem Unglück, sie, die Ausgestoßenen in diesem lauten, unbeschwerten Restaurant. Sie aßen schnell, doch selbst das dauerte ewig, wodurch sie umso mehr trank. Sie stopfte sich voll und goss Wein darauf. Und obwohl sie doch fest vorgehabt hatte, sich bei voller Fahrt aus dem Wagen zu schmeißen, schlief sie später im Taxi ein – was zu diesem Zeitpunkt fast, aber eben nur fast dasselbe war.

Er ging ins Bett, sobald sie zu Hause waren. Sie selbst trat hinaus auf ihre Brücke. Sie war zu voll, um jetzt noch auf irgendeine Brise zu reagieren. Sie begriff aber, dass ihr Abend vorbei war, vor Stunden bereits gestorben war, als sie noch meinte, er finge gerade erst an. Als all das, was sie in der Welt suchte, aus ihr hervorströmte.

Am Ende machten sie doch kein Picknick. Der Park war voll die Pleite. Und das Abendessen riss es auch nicht heraus, sondern raubte ihnen die letzte Unternehmungslust. Gegen elf Uhr fanden sie sich in der Schlange vor dem Kino wieder. Der Abend war so gut wie gelaufen.

»Ich will dich aber zu nichts zwingen«, sagte er.

»Du kannst mich zu nichts zwingen.«

»Ich meinte nur. Vorhin hast du noch gesagt, du bringst dich um, wenn wir heute ins Kino gehen.«

»Das war vorhin.«

»Und was ist jetzt?«

»Jetzt ist es eh egal«, sagte sie.

Also gingen sie ins Kino und sahen sich die 3-D-Version der Fortsetzung des Superheldenfilms an. Jay war glücklich. Dann gingen sie nach Hause und ins Bett.

»Auf der Brücke«, rief Sarah.

Mit leicht geneigtem Weinglas blickte sie erneut auf ihre Nachbarschaft hinab. Zwei kleine, behelmte Knirpse fuhren mit ihren Tretrollern immer vor der Eingangstreppe hin und her, wo die Mütter saßen. Jemand, den man nicht sah, kehrte gleichmäßig seinen Innenhof. Dann kam die Brise. Sie war sehr milde und trug den letzten Rest Winter davon, so dass sich ein warmes Erschauern bis in ihre Seele ausdehnte. Was für eine Brise! So eine Brise erlebte man nicht oft. So eine Brise erinnerte sie daran, dass ihre Zeit lief, dass das Leben denen gehörte, die es ergriffen, und dass selbst diese Stunde für immer verloren war, wenn sie sie nicht nutzte. Sie ging schnell hinein, wo Jay gerade gelangweilt die Post durchging.

»Hey«, sagte er, ohne einen Blick für sie.

Sie stellte ihr Weinglas ab. Wozu brauchte sie jetzt noch Wein? Sie nahm ihm die Broschüre für eine supergünstige Kreditkarte aus der Hand, so dass er sie endlich ansah.

»Komm mit mir nach draußen, Jay«, sagte sie und nahm ihn an der Hand. »Draußen ist so eine schöne Brise, die darfst du dir nicht entgehen lassen.«

Ghost Town Choir

Gestern war Lawton noch mit uns beim Picknick, heute stand er vor unserem Wohnwagen und sang uns mit Ghettoblaster-Unterstützung etwas vor. Es war »What Have You Got Planned Tonight, Diana«. Kein guter Song eigentlich. Sie wollte ihn ignorieren, aber er hatte einen Fuß auf den Milchträger gestellt und hörte gar nicht mehr auf mit seiner Singerei. Sie tat gerade das, was sie immer tut, wenn sie böse auf mich ist. Sie putzte den ganzen Wohnwagen und klapperte mit den Töpfen und Pfannen. Trotzdem blieb sie kurz an der Spüle stehen, um Lawton durchs Fenster den Mittelfinger zu zeigen. Und das Gesicht, das sie dazu machte, sagte ganz klar, jetzt war endgültig Schluss mit lustig. Lawton sang trotzdem weiter: *What have you got planned tonight, Diana?* – obwohl meine Mutter gar nicht Diana heißt, sondern Sheryl. *Would you consider lying in my arms?* Worauf meine Mutter zu mir sagte: »Scheiße, was *ich* will, ist ihm doch scheißegal. Wahrscheinlich will er nur seine Platten zurück.« Ich verstand den Zusammenhang nicht ganz, aber ich schätze, die Sache mit Lawton war damit aus und vorbei. Jetzt musste ich erst einmal das schmutzige Geschirr zusammenräumen. Es war überall, mit allem möglichen Zeug dran, an das ich mich gar nicht mehr erinnern konnte. Alte Müslischalen mit Haferflocken, Löffel, an denen noch Erdnussbutter klebte, solche Sachen. »Was macht denn der Pfannenwender hier, Bob? Ich hab dir schon tausendmal gesagt, du sollst ihn nicht in der Pfanne lassen. Der pappt doch fest.« »Mom, warum bist du böse auf Lawton?« Sie riss das Fenster über der Spüle auf, worauf erst mal alle ihre kleinen Figuren ins Wasser fielen. »Weil auch *meine* Blödheit ein Verfallsdatum hat«, rief sie nach draußen. Dann ging sie zur Tür und fing an, mit Sachen nach ihm zu schmeißen. Zum Beispiel mit Einmachgläsern und kleinen Buttermessern. Die Leute guckten aus ihren Fenstern und Türen, taten aber nichts. Hier auf Stock Island rufen sie erst bei Mord die Polizei. Lawton lachte, wobei man seine Hasenzähne sehen konnte. Dabei krümmte sich sein Schnauzer wie ein Tausendfüßler. Anfangs flogen die Küchensachen auch einfach an ihm vorbei, doch dann traf ihn ein Kaffeebecher mit I ♥ Florida am Schlüsselbein. Da war es vorbei mit der Lacherei, aber *so* schnell vorbei, und er nahm seinen Ghettoblaster und stiefelte davon.

Danach zog sie sich die großen blauen Gummihandschuhe an und machte sich ans Badezimmer. Das Bad war seit sechs Monaten nicht geputzt worden, etwa seit der Trennung von dem Cop. »Ich habe keine Lust mehr, andauernd Männerkämme wegzuschmeißen«, sagte sie und schmiss Lawtons Kamm in einen von den großen Müllsäcken für Gartenabfälle. »Aber offenbar ist das alles, was sie zu bieten haben: einen Taschenkamm.« Aber sie warf auch eine Zahnbürste und eine Flasche Haarwasser weg. Als sie zur Kloschüssel kam, sagte sie: »Bin ich froh, wenn ich nur noch deine und meine Haare hier finde, Bob.« »Ich habe noch keine Haare«, sagte ich. »Du hast Kopfhaare«, sagte sie. »Und ich liebe jedes einzelne davon.« Sie wuschelte mir mit den blauen Gummihandschuhen durchs Haar, was irgendwie eklig war. »Aber kein Mann ist diese Sauerei wert«, sagte sie. Sie drehte den Schwamm um und zeigte mir die Haare darauf. »Und der Cop?«, fragte ich. »Der Cop?«, sagte sie. »Wie kommst du denn auf den?« »Keine Ahnung«, sagte ich. »Ich weiß nur noch, dass auch der Cop nicht *diese* Sauerei wert war«, sagte sie und spülte den Schwamm unter dem Wasser aus. »Und Lawton?«, fragte ich. »Ach, Bob«, sagte sie. »Was Männer angeht, hast du denselben exquisiten Geschmack wie ich. Was findest du nur an Lawton?« »Er hat heile Armvenen«, sagte ich. »Und er war mal Cowboy.« Sie hielt inne. »Und das glaubst du?« »Klar«, sagte ich. »Ich habe doch seine Karte gesehen, von der Cowboy Hall of Fame. Ich habe sie selbst gesehen. Er bewahrt sie in seiner Brieftasche auf.« »Soll ich dir mal was verraten?«, sagte sie. Sie richtete sich auf den Knien auf und ergriff mich an den Armen. »Es gibt überhaupt nur drei Dinge, die diesem Mann gelungen sind. Erstens, er nimmt kein Heroin mehr. Zweitens, er hat mal eine Vaterschaftsklage abgewehrt. Und drittens, er raucht nur noch leichte Zigaretten. Mehr hat er in seinem Leben nicht zustande gekriegt. Und ganz bestimmt war er kein Cowboy.«

Sie stand auf und ging ins große Zimmer, obwohl das Bad nicht mal zur Hälfte sauber war. Sie hob die Sofakissen hoch und fand drei 25-Cent-Stücke, zwei Fischstäbchen und ein Fläschchen Baby-Aspirin. Die Geldstücke steckte sie ein, alles andere flog in den Müllsack. »Ich schwöre bei Gott, Bob«, sagte sie. »Mir ist schleierhaft, wofür ich dir Taschengeld gebe. Du rührst keinen Finger.« Sie hielt mir eine lange Sportsocke unter die Nase. »Kannst du nicht wenigstens deinen eigenen Mist wegräumen?« »Die ist nicht von mir«, sagte ich. »So große Füße habe ich nicht.« Sie sah die Socke noch einmal kurz an und warf sie in den Sack. Sie hasste diesen Wohnwagen, vor allem weil er so klein war. Von Zeit zu Zeit bekam sie einen Rappel, dann warf sie alles weg, was ihr zufällig in die Hände geriet. So war es auch mit Lawtons Schallplatten, und davon gab es einen ganzen Milchträger voll. »Nicht wegwerfen«, sagte ich, und sie fuhr sofort wieder herum. »Jetzt verteidige ihn auch noch, Bob. Beim Picknick wollte dieser Kerl nicht mal mit dir Frisbee spielen, weil das seinen Saufplan durcheinandergebracht hätte.« »Du kannst sie aber nicht einfach wegschmeißen, Mom«, sagte ich. »Diese Platten sind sein Leben.« Sie tat es trotzdem. »So, so, sein Leben? Dann ab damit auf den Müll«, sagte sie.

Als sie von den Müllcontainern zurückkam, war Putzen aber gestorben. Stattdessen machte sie etwas, was ich noch nie bei ihr gesehen hatte. Sie schnallte sich ihren Werkzeuggürtel um und machte sich auf allen vieren und mit zirka hundert unterschiedlichen Werkzeugen an die Arbeit, so dass ihr schon bald die schweißnassen Haare an der Stirn klebten, genau so wie beim Putzen. »Mom!«, sagte ich. »Was tust du da?« »Wonach sieht es denn aus?«, fragte sie zurück. »Ich reiße den alten Boden raus.« Und das war nicht gelogen, sie tat es wirklich, Streifen um Streifen. »Aber das ist unser Fußboden!«, sagte ich. »Ich kann das alte Zeug nicht mehr sehen, Bob«, sagte sie. »Du denn? Hier, guck doch, alles ganz braun.« »Na und?« Sie wischte sich den Schweiß von der Stirn. »Sieh dich mal um, Bob. Alles bei uns ist kackbraun. Sag bloß, du findest das schön!« Ich wusste nicht genau, was sie meinte. Bei uns ist eigentlich nur der Fernseher braun und die Lampenschirme und der Kühlschrank und natürlich die Wände und der Teppich. Dass wir aber so viel Braun haben, ist mir nie richtig aufgefallen. »Warum gefällt dir denn das Braun nicht?«, fragte ich. Mit einer Art Kneifding riss sie an einem weiteren Stück. Es ging zwar irgendwie ab, dehnte sich aber wie zäher Karamell, das bis zu unserem Teppich reichte. Völlig erledigt saß sie auf ihren Knien.

»Braun ist eine Männerfarbe«, sagte sie und zählte mir an ihren Fingern die Gründe vor. »Braune Zähne. Braune Lache. Braune Schnauzer. Braune Penisse, die durch den ganzen Wohnwagen wackeln oder dir unter braunen Laken hallo sagen. Das Bettzeug mag ich übrigens auch nicht mehr«, sagte sie. »Das fliegt ebenfalls raus. Und wir kaufen schönes, neues bei Walmart, aber diesmal in Weiß.«

Sie war zwar längst nicht fertig mit dem Fußboden, aber mir war das zu langweilig. »Mom, kann ich was zu essen haben?«, fragte ich. »Hol meine Handtasche und kauf dir was an der Tanke«, sagte sie. »Ich kann Hotdogs nicht mehr sehen«, stöhnte ich. »Sie haben auch Burritos, oder?« »Ich kann auch die Scheißburritos nicht mehr sehen.« »Hey, pass auf, was du sagst, Freundchen«, sagte sie. Sie mochte nicht, wenn ich fluchte, obwohl sie es selbst andauernd tat. »Wieso wolltest du Lawton nicht heiraten?«, fragte ich. »Lawton heiraten?«, rief sie, als sei ich irre geworden. »Klar, nichts, was ich lieber täte!« »Aber wieso nicht?« »Weil die Sterne dagegen sind, Bob.« »Im Ernst, Mom«, sagte ich. »Okay, dann sage ich dir, warum ich Lawton nicht heirate«, sagte sie. »Weil ich eine Schlampe bin und er der Sohn einer Schlampe, und das zusammen funktioniert nie. Und jetzt bring mir meine Handtasche und hol dir an der Tanke was zu essen.« »Glaubst du, er ist wenigstens ein guter Fiddler?« Sie hockte vor mir auf dem Boden und starrte auf den Kühlschrank. »Ich habe ihn nie spielen hören«, sagte sie. »Jetzt hol mir meine Handtasche.« Ich brachte sie ihr, und sie kramte nach Kleingeld für meinen Burrito, fand aber ihr Schminkzeug. »Und was ist mit seiner Singstimme?«, fragte ich. »Was soll damit sein?« Sie nahm den Lippenstift, zog damit ihre Lippen nach und presste sie zusammen. »Meinst du, er ist ein guter Sänger?« »Weiß nicht. Für Klagelieder vielleicht.« Sie legte den Lippenstift wieder in die Handtasche und stellte die Handtasche auf die Küchentheke. Dann holte sie die drei 25-Cent-Stücke aus der Hosentasche, die unter den Sofakissen gelegen hatten, und gab sie mir. »Fandest du es schön, als er für dich gesungen hat?« »Bob, er hat nicht *für mich* gesungen. Es war nur ein Lied.« »Aber es hat dir gefallen?« Sie starrte immer noch auf den Kühlschrank und seufzte total schwer. »Er hat die schlechteste Stimme, die die Menschheit je gehört hat«, sagte sie. »Aber in gewisser Weise kann man es singen nennen.«

Ich nahm mein Geld und ging nach draußen. Doch statt zur Tanke ging ich zu den Müllcontainern und holte Lawtons Platten wieder heraus. Ich hatte meinen alten roten Bollerwagen mit den eiernden Rädern dabei, den man an einer Schnur ziehen musste, weil die Stange mit dem Griff kaputtgegangen war. Ich stellte sämtliche Platten ordentlich auf den Wagen und fuhr am Spielplatz vorbei, wo noch immer Überschwemmung war von dem Hurrikan, rollte über alte Hähnchenknochen und Zigarettenstummel zwischen den Holzsplittern und hinein in den Wald. Es war kein richtiger Wald, höchstens hundert Bäume, so um den Dreh, aber da lag mein Fort. Dorthin hatte ich den ganzen Kram gebracht: Gürtel, Aftershave, lange Socken, alte Taschenmesser und haufenweise Zigarettenschachteln. Alles, was die Leute bei uns liegen ließen. Mom sagte immer: »Manchmal glaube ich, mehr als eine halbe Schachtel Zigaretten haben diese Typen nicht zu bieten.« Aber wussten sie überhaupt, wie viele Zigaretten davon ungeraucht blieben – und dann in meinem Fort landeten? Manchmal probierte ich auch ihr Aftershave aus. Wenn man dann nicht dran denkt, und Mom kommt von der Arbeit nach Hause, riecht sie das natürlich sofort und fragt: »Sag mal, war jemand hier?«

In meinem Fort sah ich mir auch seine Sammlung näher an. Ganz oben war eine, die hieß *Ghost Town Choir* von Bluford Tucker and the Abandon Boys. Die kannte ich schon. Es war Lawtons Lieblingsplatte.

Der Junge von ihr kam später bei mir vorbei. Nachdem sie den Kaffeebecher nach mir geworfen hatte. Vom Sofa aus rufe ich ihm zu: »Du kannst nicht mehr herkommen, Junge!« »Aber wieso nicht«, sagt er. »Ich bin gern hier.« »Mir egal«, sage ich. »Laber andere zu.« Aber da – frag mich nicht, wie – steht er schon auf den zwei Gasbetonsteinen, über die man bei mir reinkommt. Ich muss unbedingt dran denken, hier wieder eine Tür einzusetzen. »He, hast du nicht gehört, was ich gesagt habe, Junge?« Mehr als einmal habe ich seiner Ma gegenüber geäußert, dass man den Jungen bändigen muss, entweder medikamentös oder mit dem guten alten Hundehalsband. Ich sehe auch gleich, dass er irgendwas hinter seinem Rücken versteckt hält. Als er dann endlich damit rausrückt, platzt er fast vor Stolz. So, als hätte er persönlich die Zehn Gebote gemacht. »Was hast du denn da?«, frage ich. Es ist eine von den 45ern, die seine Ma konfisziert hat als Ausdruck ihrer Rachsucht und zu meiner ewigen Bestrafung. *Ghost Town Choir* von einem gewissen Bluford Tucker. Ehrlich gesagt höre ich nicht mehr so viel Musik. Trotzdem ist seine Ma erst mal im Vorteil, wenn sie mir meine Platten nicht zurückgibt. Also nicke ich ihm knapp zu, denn er soll wissen, dass das mit der Platte schon mal nicht falsch war. Ich müsste aber lügen, wenn ich behaupte, ich könnte mich an den Sound von diesem Bluford Tucker erinnern. Sehr wahrscheinlich Hillbilly, aber genau kann ich das erst sagen, wenn ich die Scheibe auflege. Weiß gerade bloß nicht, wo ich meinen Plattenspieler habe.

Egal, ich nehme die Platte aus dem Cover, um sie auf Kratzer und Schrammen und was weiß ich zu überprüfen, da sehe ich erst, dass die Schutzhülle nicht mehr da ist. »Wo ist die Schutzhülle?«, frage ich. Aber er guckt mich an mit dieser Miene, die auch seine Ma macht, wenn ich über Musik rede. So, als wollte sie sagen: »Sorry, aber von so was habe ich überhaupt keine Ahnung.« Ich sage also: »Vielleicht ist dir schon mal aufgefallen, dass alle meine Platten diese Plastikhüllen haben, weil sie sonst schnell im Arsch sind. Ich sehe hier aber keine Plastikhülle. Also: Wo ist die Plastikhülle geblieben?« Natürlich keine Antwort. »Hat deine Ma die Plastikhülle verschlampt?« »Glaub ich nicht«, sagt er. »Du weißt doch, wie viel mir diese Platte bedeutet, Junge.« Er nickt, als könne er das wirklich kapieren. Er hat natürlich keinen Schimmer, wie auch? Doch die Musik ist nun mal der Glanzpunkt in einem ansonsten glanzlosen Leben. Ohne sie, die Musik, ist das ganze Leben sinnlos. »Weißt du, was das heißt?«, frage ich. »Es heißt, dass deine Ma mich nie wirklich geliebt hat.« Jetzt wäre eigentlich der Moment gekommen, loszulassen und in Selbstmitleid zu versinken, aber nicht mal dafür ist genug Platz in diesem Scheißwohnwagen, denn er fragt mich: »Warum seid ihr eigentlich auseinander, du und meine Mom.« Wenn er eines kann, dann Leute zum Reden bringen, da hat er echt Talent für. »Wer sagt, wir sind auseinander?«, frage ich ihn. »Stimmt es etwa nicht?« »Na ja, man könnte es so bezeichnen. Obwohl es eher nur daran lag, wie ich dich bei unserem Picknick behandelt habe.« »Wie hast du mich denn behandelt?« »Gar nicht, das ist es ja«, sage ich. »Wenn du sie hörst, hätte ich aber so tun müssen, als wäre ich dein Dad. Aber ich sag dir was, Junge, ich bin kein Daddy von niemand. Ist einfach so, klar?« Dazu fällt ihm nichts mehr ein, aber man kann förmlich spüren, wie es in ihm denkt. »Also seid ihr nur … wegen mir auseinander?« Wie ich schon sagte, den wirst du einfach nicht los. Du merkst nicht mal, wie du dich irgendwann neben ihn setzt. Aber dann fällt dein Blick auf ihn, und du denkst nur: Scheiße, was tue ich hier? Das darf doch nicht wahr sein. Und dann sagst du zu ihm: »Nee, Junge, es ist nicht nur das. Es ist die Art, wie wir die Welt sehen, deine Ma und ich, das passt nicht. Wir sehen die Dinge eben grundverschieden, selbst ein und dieselbe Sache ist bei uns nie gleich.« »Aber du magst sie doch trotzdem, oder? Oder magst du sie nicht?« »Einiges an ihr hat mir durchaus gefallen.« »Und was so?« »Sie hat ab und zu ganz gern einen gehoben, das fand ich gut.« »Was noch?« »Dass sie Dachdecker ist. Das hat man nicht so oft. Es gefiel mir, wenn sie noch mit ihren Knieschützern nach Hause kam.« »Okay, dann nur noch eins. Aber du musst ehrlich sein. Hast du meine Ma geliebt oder nicht?« »Na ja, wie kann man jemanden lieben, der einfach meine Platten einkassiert?«, frage ich. »Du weißt, wie viel mir diese Platten bedeuten. Sie sind sozusagen mein Leben.« »Und was, wenn sie die Platten zurückgibt?«, fragt er.

Was der Junge nicht weiß, ist, wie versessen ich darauf war, ihr die Platten mitzubringen. Ich wollte, dass seine Ma und ich uns einen tollen Abend machen. Auf ihrem Radiorekorder stand ja noch einer von diesen Plattenspielern. Auf dem hörten wir dann die Platten, auch der Junge, der Junge war ja ebenfalls da. Mann, das hat sich angefühlt, als hätte ich zum ersten Mal wieder ein Zuhause. Nicht verkehrt, dachte ich da bei mir, wirklich nicht verkehrt. Warum es nicht mal versuchen, dachte ich, das wäre es gewesen. Warum auch nicht? Sie hat einen Plattenspieler, der sogar funktioniert. Warum nicht? Solche Abende könnten wir öfter haben. Na ja, dazu kam es dann leider nicht. Schuss in den Ofen. Denn es kam ganz anders. Und jetzt will ich auch die Platten nicht zurück, wäre irgendwie nicht richtig. Außerdem höre ich sie ja ohnehin nicht mehr. Habe auch seit ewigen Zeiten keinen Plattenspieler mehr. Eigentlich ist mir Musik inzwischen scheißegal. Angenommen, ich kriege jetzt die Platten zurück, dann erinnern sie mich nur daran, dass es aus ist zwischen uns und dass es auch nichts weiter zu reden gibt.

Also gebe ich ihm den Bluford Tucker zurück und sage, dass ich die Platte nicht mehr haben will. Soll er sie wieder zu seiner Ma bringen. »Aber wieso?«, fragt er. »Ich dachte, du willst sie zurückhaben? Oder willst du sie gar nicht?« »Schon, aber nicht einzeln. Entweder ich kriege sie alle zusammen zurück oder gar keine.« »Aber wenn sie dir alle zurückgibt, hast du keinen Grund mehr, uns zu besuchen.« »Hast du sie nicht gehört, Junge? Sie will doch gar nicht, dass ich zu euch komme. Sie will nichts mehr mit mir zu tun haben.« »Aber das stimmt nicht!«, rief er. »Sie mag, wie du singst, weißt du das nicht? Sie meint, du hast eine echt gute Singstimme.« »Ist das wahr?«, frage ich, und beinahe möchte man ihm glauben, so, wie er jetzt nickt. »Hat sie das gesagt?« Wieder dieses Nicken. »Versuch es doch noch mal«, sagt er. »Komm zurück, nur dieses eine Mal«, sagt er. »Ihr beide könnt euch wieder vertragen, das weiß ich. Und dann kriegst du auch deine Platten wieder.« »Das glaubst aber nur du.« »Ich glaube das nicht nur«, sagt er. »Ich weiß das.«

Ich fasse es nicht. Der Kleine bringt mich schon wieder zum Reden. Und zum Nachdenken. Ist wirklich wahr. Ich schnappe ihn mir und hebe ihn an seinen dünnen Armen in die Luft.

»Deine Ma und ich«, sage ich, »wir sind fertig miteinander. Tut mir leid, wenn ich das so sagen muss. Aber solche Sachen passieren, wenn sich ein Mann auf eine Frau einlässt. Irgendwann geht irgendetwas verloren und ist dann nicht mehr da. Manchmal liegt der Grund in Äußerlichkeiten, manchmal hat es mit den Leuten an sich zu tun.« Sanft deponiere ich seinen Arsch auf den Betonklötzen vor dem Wohnwagen. »Angenommen, du wärst ihr Cousin. Dann könntest du meinetwegen ab und zu vorbeikommen – und auch nur, wenn du Bier mitbringst. Aber mit dir hat sie nun mal in ihr eigenes Nest geschissen, und diesen Geruch ertrage ich nicht. Und jetzt hau ab, hörst du?«

Ich hatte einen Wahnsinnshunger, als ich von Lawton nach Hause kam, denn zur Tanke hatte ich es nicht mehr geschafft. Aber als ich dann den Kühlschrank aufmachte, um mir ein paar Käsescheiben zu holen, fasste ich an etwas Kaltes, Nasses. Es war Farbe. Der ganze Kühlschrank war weiß angemalt. Ich konnte es erst gar nicht glauben, deshalb sah ich mir die Sache genauer an. Ich glaube nämlich, der Kühlschrank war früher einmal braun gewesen, ein bisschen von dem Braun schimmerte jedenfalls noch durch. »Mom«, sagte ich. »Hast du den Kühlschrank angemalt?« Sie drehte sich um und sah den Handabdruck am Griff. »Ach, Bob, bitte nicht!«, rief sie. »Guck, was du gemacht hast! Ich hab den Kühlschrank gerade gestrichen.« Sie holte den Pinsel aus der Spüle und strich die Stelle wieder nach. Auch auf dem Boden waren noch jede Menge Farbtropfen. »Warum hast du den Kühlschrank angemalt?«, fragte ich. »Weil ich es satthabe, unsere Lebensmittel in einen kalten Scheißhaufen zu stellen«, sagte sie. »Darf man das denn?« »Das darf man«, sagte sie. »Das letzte Mal, als ich nachgesehen habe, war es jedenfalls unser Kühlschrank.« »Aber warum hast du ihn weiß angemalt?« »Willst du nie irgendwas verändern, Bob? Und wenn es nur eine Kleinigkeit ist? Ich meine, jetzt ist er immerhin in einer anderen Farbe.« »Und was ist mit dem Fußboden?«, fragte ich. »Wann reparierst du den?« »Hey, Bob, reg dich ab. Ich habe doch gerade erst angefangen.« »Ja, und jetzt ist alles kaputt«, sagte ich. »Na und?«, sagte sie. »Wenn's dir hier nicht gefällt, dann zieh doch aus.«

Im selben Moment hörten wir Lawton von draußen. »Sheryl Lynn!«, brüllte er. »Ich will endlich meine Platten zurück, verdammt noch mal! Na los, rück sie raus!« Wir schauten uns an. Dann rannte ich zum Fenster, und sie ging zur Tür. Er fing an, sie mit allen möglichen Wörtern zu beschimpfen wie Schlampe und Fotze und Hure. Sie drehte sich um und suchte in den Küchenschränken nach irgendwelchen Fressalien, mit denen sie nach ihm werfen konnte. Am Anfang nur leichte Sachen wie die Packung Spiralnudeln mit Käsesauce oder eine Tüte Mikrowellen-Popcorn, dann auch eine Suppendose von Campbell's. Die landete zwar auf dem Kies, doch es machte ihn immer wütender. »Hör auf, mit dem Scheiß zu werfen, Sheryl Lynn! Was du tust, wird nicht besser davon, dass du den Jungen vorschickst. Gib mir meine Platten zurück, und du siehst mich nie wieder.« »Jetzt tu nicht so, als würdest du dir um den Jungen Sorgen machen«, rief sie. »Bei dem Picknick war es ja schon zu viel verlangt, mit ihm Frisbee zu spielen, du Arschloch!« Sie schleuderte ein Glas Gurkenrelish nach ihm und hätte ihn beinahe am Kopf erwischt, obwohl er sich duckte. Daraufhin nahm er sich meinen Baseballschläger von Louisville Slugger, der immer an unserem Wohnwagen lehnt. »Quatsch, ich mag den Jungen, Sheryl Lynn«, rief er. »Aber wie ich schon sagte, ich bin nicht sein Dad. Und was ich bei einem Picknick tue oder nicht, geht nur mich etwas an.« Sie warf eine Zweiliterflasche Limo, und er schlug mit dem Baseballschläger danach. Limo spritzte in alle Richtungen. »Verdammt, Sheryl Lynn!«, sagte er. »Lass den Scheiß. Was habe ich dir gesagt, weißt du das noch? Ich sagte, zumindest werde ich ihm nie das antun, was mein Vater mit mir gemacht hat. Nie nie nie nie nie! Wenn du nur wüsstest, was er – Herrgott, Mädchen, an deiner Stelle wäre ich dankbar. Echt, Sheryl Lynn, ich schwöre, du solltest Gott auf Knien dafür danken. Jetzt gib mir meine Platten zurück, und lass mich in Ruhe.« »Ich habe deine blöden Platten auf den Müll geschmissen«, schrie sie. »Jede einzelne. Da, wo sie hingehören – und du auch!« Erst dachte ich, jetzt kommt er rein und prügelt mit dem Louisville Slugger auf sie ein. Stattdessen ließ er den Schläger fallen und sank auf die Knie. »Bitte nimm mich zurück, Sheryl Lynn!«, heulte er. »Bitte, Schatz, bitte!«, sagte er. »Siehst du nicht, wie ich vor dir angekrochen komme? Bitte gib mir noch eine letzte Chance, Darling.« Aber ich schätze, sie wollte wirklich nicht mehr, denn sie warf einfach weiter mit irgendwelchem Zeug, darunter eine Dose Bohnenmus und eine halbvolle Spüliflasche, und kreischte: »Fick dich ins Knie!« Da hielt ich es nicht länger aus. »Hört auf, bitte«, schrie ich. »Bitte, nicht mehr streiten! Deine Platten sind bei mir, Lawton! Ich habe sie in meinem Fort! Ich bringe dich hin! Ich gebe sie dir alle zurück!« Er rappelte sich hoch, und mir fiel schon ein Stein vom Herzen. Offenbar war die Sache damit beigelegt. Er würde mich zu meinem Fort begleiten und bekäme seine Platten zurück. Aber noch ehe ich draußen war, hatte er wieder den Louisville Slugger in der Hand, und das ganze Theater begann von vorn. Nacheinander zertrümmerte er nicht nur die hängenden Blumentöpfe vor dem Wohnwagen, sondern auch die Pötte mit weißer Farbe, die meine Mutter für die Kühlschrank-Aktion gebraucht hatte.

Er hörte nicht auf, bis alles voller Blumenerde und weißer Farbe war. Dann warf er den Schläger hin und ging nach Hause.

Ein paar Stunden später kommt der Junge mit seinem Bollerwagen vorbei. Auf dem Wagen ein voller Müllsack, den er mit größter Vorsicht behandelt, damit ja nichts rausfällt. Ich sehe ihn schon von weitem durchs Fenster, tue aber so, als wäre ich in meine Zeitschrift vertieft. Er traut sich nicht mal bis zu den Betonklötzen an der Tür, aber ignorieren kann ich ihn da erst recht nicht. »Jetzt steh nicht so blöd rum«, sage ich. »Auf meinem Grundstück darf ich jeden Eindringling erschießen.« Zum ersten Mal kommt er nicht einfach rein, selbst auf meine ausdrückliche Einladung nicht. Stattdessen zerrt er den Müllsack von dem Bollerwagen und wuchtet ihn mit Schmackes durch die Türöffnung, wobei der Sack zur Seite kippt. Aber so kann ich wenigstens sehen, was drin ist. Tatsächlich, der Sack ist voller Platten. Er ist unmittelbar dahinter stehen geblieben, also mehr draußen als drinnen, und will gleich wieder gehen. Ich sage: »Wo du schon mal hier bist, kannst du auch reinkommen.« »Ich kann nicht«, sagt er. »Los, komm schon rein, Junge.«
Es dauert eine Weile, aber am Ende sitzt er neben mir.
»Hast mir meine Platten gebracht?«, sage ich. Er nickt. »Das ist gut«, sage ich. »Ein Mann kann nicht ohne seine Musik sein.«
Der Kleine ist wirklich ein Unglücksrabe. Das Leben hat ihn so geformt – und *sein* Leben ganz besonders. Es hat ihm noch einen Nachschlag verpasst. In so einem Leben geht nie etwas von selbst und nie etwas gut. Er bräuchte dringend einen Dad – wie ich übrigens auch. Scheiße, wer bräuchte keinen richtigen Vater? »Echt, ich bedaure, dass ich dir nicht

besser helfen konnte, Junge. Gott ist mein Zeuge, wie leid mir das tut. Aber wenn du wüsstest, wo *ich* herkomme und was *ich* erlebt habe, wärst du froh. Ja, bei Gott, das wärst du, froh und dankbar.« Darauf er: »Darf ich deine Brieftasche sehen?« Ich sage: »Meine Brieftasche? Wozu willst du meine Brieftasche sehen?« »Darf ich jetzt oder darf ich nicht?« Aber das muss ich mir erst überlegen. »Also wenn du an meine Brieftasche willst, muss ich dich enttäuschen«, sage ich. »Große Reichtümer wirst du da nicht finden.« Ich krame also meine Brieftasche hervor und gebe sie ihm. Er macht sie auf und zeigt auf etwas. »Kann ich das haben?«, fragt er.

Es ist die Cowboy-Hall-of-Fame-Karte von meinem Vater. Was scheren mich die ganzen Platten? Mit der Musik bin ich durch, das Thema ist erledigt. Aber so eine Sammelkarte von der Cowboy Hall of Fame, das ist eine ehrliche Sache, etwas von bleibendem Wert. Es ist auch das Einzige, was ich je von meinem Vater geschenkt bekam, und deshalb trenne ich mich nicht gern davon.

Aber ich glaube, es ist genau so, wie ich dem Jungen schon mal gesagt habe: Irgendwann geht irgendetwas verloren und ist dann nicht mehr da.

»Na, dann nimm sie«, sage ich. »Aber damit sind wir quitt, und ich will dich hier nie wieder sehen.«

So lange ich denken kann, fuhr meine Mutter diesen alten Fort Pinto, Coupé, braun. »Kackbraun«, wie sie gern sagte. Die Karosserie war übersät von Dellen und die Kühlerhaube so verbogen, dass der Wagen schon bei der kleinsten Unebenheit wie verrückt rappelte. Die rote Motorkontrollleuchte erlosch nie, aber das Handschuhfach und die Fußmatten zierte ein sich aufbäumender Hengst. Der Wagen war außerdem ein rollendes Kleingelddepot, und ich verbrachte ebenso viel Zeit mit der Suche nach verlorenen Geldstücken, wie ich insgesamt darin gefahren wurde. Mom hasste diese Rostlaube mehr als alles andere auf der Welt. Als ich an jenem Tag nach Hause kam, war der Wagen verschwunden. Einfach weg. Die Welt ist nur so lange stabil, wie sich nichts ändert, ein Zurück gibt es danach nicht mehr.

Sie wartete vor dem Wohnwagen auf mich, aber sie saß in einem weißen Pick-up-Truck mit blauen Rallystreifen, so dass ich sie zunächst übersah und gleich zur Tür wollte. Sie sagte: »Geh da nicht rein, Bob.« Ich bekam einen Schreck. »Ich habe da drin alles kurz und klein geschlagen«, sagte sie. »Steig einfach in den Wagen.« Ich ging zu ihrem Fenster. »Was machst du in dem Pick-up?«, fragte ich. »Das ist jetzt unserer«, sagte sie. »Gefällt er dir?« »Wo ist unser Auto?« »Ich habe mit dem Mann einen Deal gemacht«, sagte sie. »Ich dachte, so ein Pick-up-Truck sieht mehr nach Cowboy aus. Und du magst doch Cowboys.« »Wie, du hast unser Auto nicht mehr?« »Ich konnte die Scheißkarre nicht mehr sehen«, sagte sie. »Aber ich denke, ich habe einen guten Tausch gemacht. Jetzt steig schon ein.« Ich ging hinten um den Wagen herum. Das war unser Pick-up? Da fehlte ja schon die Heckklappe. Und unser ganzes Zeug war hinten auf der Ladefläche. Ich schätze, sie konnte nur beten, dass die Sachen während der Fahrt nicht runterfielen.

Als Nächstes ließ sich die Beifahrertür nicht öffnen. Meine Mom versuchte es von innen, aber auch das ging nicht. »Muss irgendwie kaputt sein«, sagte sie. »Komm auf meine Seite.« Wieder ging ich um den Pick-up herum, unser neues Auto, und krabbelte über den Fahrersitz hinein.

»Was hast du da?«, fragte sie mich. »Nichts«, sagte ich. »Ich sehe doch, dass du was in der Hand hast«, sagte sie.

»Also verkauf mich nicht für blöd.« Ich zeigte es ihr. »Verstehe«, sagte sie, »die berühmte Cowboy-Hall-of-Fame-Karte.« »Ich darf sie doch behalten, oder?«, sagte ich. »Habe ich dir nicht gesagt, du sollst da nicht mehr hingehen?« »Bin ich doch gar nicht«, sagte ich. »Ich hab ihm bloß seine Platten gebracht.« Sie konnte darüber nur den Kopf schütteln. »Bist du jetzt sauer auf mich?« »Ach, Bob, du hast ein zu weiches Herz«, sagte sie.

Sie schloss die Tür und drehte den Zündschlüssel um, doch es tat sich nichts. »Shit«, sagte sie. »Was ist denn los?«, fragte ich. »Shit Shit Shit Shit Shit«, sagte sie. Sie versuchte es noch mehrmals, dann ließ sie es bleiben. »So was passiert«, sagte sie. »Wahrscheinlich ist nur der Motor abgesoffen. Der Mann meinte, in so einem Fall muss man nur etwas warten.« Sie nahm sich eine Zigarette, drückte auf den Zigarettenanzünder, wartete. Ich sah unterdessen aus dem Fenster, wo der ganze Kies voll weißer Farbe und Blumenerde und Fressalien war. »Fahren wir irgendwohin?«, fragte ich. »Na, wie sieht das wohl aus, Bob?« »Sieht so aus, als würden wir wegfahren«, sagte ich. »Aber wo fahren wir hin?« »Ich weiß noch nicht«, sagte sie. Der Zigarettenanzünder sprang raus, aber sie zündete sich damit nicht die Zigarette an, sondern hielt ihn nur in der Hand und starrte aus dem Fenster. Das war meine Mutter, verloren seit Anbeginn der Zeit. »Hast du einen Vorschlag?«, fragte sie.

Verlassenheit
(Oder: Was war bloß mit Joe Pope los?)

Sie gehen. Ein Exodus. Raus aus den Aufzügen, hinaus auf die Straße, hinein in das sanft schwindende Sonnenlicht über dem amerikanischen Mittelwesten. Zum ersten Mal an diesem Tag atmen sie frei. Gott sei Dank, wieder ein Tag rum. Stecken sich Zigaretten an, lockern Krawatten. Stehen in Haufen an Fußgängerampeln, warten auf Grün. Joe Popes Fenster im 62. Stock überblickt lediglich einen kleinen Ausschnitt dieses manischen Freiheitsdrangs. Die Frauen wechseln zu Tennisschuhen. Männer ohne Frauen streben zu Burger King oder Popeye's Fried Chicken, um dann auf der Heimfahrt in der Schnellbahn zweifelhafte Menüs in sich reinzustopfen. Wenn sie den Zug um 18:12 nicht erwischen, bleibt ihnen nur die Vorortbahn mit Halt an jeder Milchkanne – und das geht gar nicht. Ihre Abendstunden sind zeitsensitives Material, über das sie persönlich verfügen, daher dribbeln und täuschen sie, rennen bei Rot über die Straße und nutzen jede nur denkbare Abkürzung in ihrer pathologischen Hast, endlich dorthin zu kommen, wo es immer noch am schönsten ist, nach Hause. Lediglich Joe steht noch an seinem Fenster im Büro, denn, so sagt er sich, es wartet noch Arbeit auf ihn. Als er auf den offenen Vorplatz hinunterschaut, sieht er, wie die Menschen immer den Weg des geringsten Widerstands wählen, um zu ihrem Bus oder Taxi zu gelangen. Hinter dem Vorplatz verläuft die Auffahrt zum Outer Drive, wo sich bereits ein Rückstau gebildet hat. Es ist ein ständiges Hin und Her, und gerade pumpt die Stadt ihre Arbeitskräfte zurück in die Außenbezirke. Das Licht versinkt, die Dämmerung zieht herauf und mit ihr ein Gefühl von Schwund und Verlassenheit, das binnen Minuten zur Gewissheit wird. Es ist der Point of no Return. Immerhin wartet Arbeit auf ihn, jede Menge Arbeit, und deshalb, so sagt er sich, bleibt er. Es ist nichts, das nicht auch noch bis morgen warten könnte, doch er kann sich nicht losreißen.

Genevieve Latko-Devine ist nicht mehr da. Benny Shassburger ist nicht mehr da. Auch Jim Jackers ist gegangen. Joe Popes Kollegen, seine Freunde. Zwei Türen weiter auf demselben Flur liegt Shassburgers Büro, und Shassburger hat dort ein Fernglas: zur diskreten Inaugenscheinnahme der weiblichen Gäste am und im Dachpool des Holiday Inn. Ohne Shass wirkt sein Büro stickig und still, ganz anders als zur Kernarbeitszeit. Darüber hinaus erscheint alles ziemlich anonym, trotz der Neon-Werbung für Yuengling-Bier und der Sammlung von Baseballcaps aus der World Series. Unentschlossen steht Joe Pope vor dem Schreibtisch, ehe er in die Hocke geht und systematisch die Schubladen durchsucht. Dass sein Verhalten ziemlich daneben ist, weiß er, doch die Suche zahlt sich aus. Unter einem Stoß alter *Sports Illustrated* findet er schließlich das Fernglas und begibt sich sofort wieder auf den Flur.

Er geht in das Büro mit den Schweinen. Mein Gott, wie stumpfsinnig, denkt er, nicht zum ersten Mal. Stumpfsinnig und zugleich vage bedrückend, dieser Schweine-Fanshop, mit Schweine-Wandkalender, Schweine-Postern (»Schweineheiß hier!«) und den einschlägigen Sammelobjekten mit Schweinemotiv auf ihrem Computer. Ihr Name ist Megan Korrigan, und sie liebt Schweine. Schweine-Stifte, schweinchenrosa Notizblocks, Zettelchen mit Schweine-Witzen an der Tür. Ihr Bildschirmschoner zeigt tanzende Schweine in Endlosschleife, und auf der Ablage drängen sich Schweinefigürchen aus Glas, Porzellan, Plastik und Radiergummi, dazu Spar- und Plüschschweine und ein Schweinchen namens Babe, das sprechen kann, wenn man an der Schnur zieht. Im Regal stehen zwei Exemplare von *Wilbur und seine Freunde* direkt neben Fachliteratur über Marketing und Loseblattsammlungen von Vermarktungsrichtlinien. An der Wand ein Metallschild mit einem Schwein, das nicht nur eine Serviette umgebunden hat, sondern dem geradezu das Wasser im Mund zusammenläuft angesichts der begleitenden Information: »Hier geht's zum Grillfest!« Warum ausgerechnet Schweine? An den Exponaten vorbei geht er zum Fenster. Dort stehen eine Orchidee und drei längliche Blumentöpfe mit jungen Kräutern. Das Bedürfnis nach möglichst viel Grün am Arbeitsplatz. Fallen, die das Sonnenlicht einfangen sollen. Das versteht er schon eher als die Schweine. Er hält das graue Fernglas an die Augen.

Deswegen ist er hier: Aus Megans Büro im 62. Stock auf der Nordseite des Gebäudes hat er die beste Sicht auf das gegenüberliegende Hochhaus. Dank Shassburgers Fernglas kann er in fünfzehn Stockwerke mit jeweils zwanzig Büroräumen hineinsehen, insgesamt also in rund dreihundert Fenster in der mattdunklen Fassade des Wolkenkratzers. Welche davon erleuchtet sind und welche nicht, wird von einer Art Zufallsgenerator bestimmt. Er nimmt das erste Fenster ins Visier. Was hofft er dort zu sehen? Welchen Trost, welche Belohnung hält es für ihn bereit? Zumindest in einem der Fenster muss sich doch etwas Interessantes abspielen.

Aber es herrscht die reine Verlassenheit. Licht brennt, aber keiner ist zu Hause. Er sieht das Innere von Räumen, die große Ähnlichkeit mit dem eigenen Standort haben, doch gerade das macht diese Räume in seinen Augen so exotisch und zu idealen Schauplätzen für sexuelle Begegnungen. Die Leute in den anderen Büros treiben es zum Beispiel auf Schreibtischen. Im eigenen Haus passiert so etwas nicht (oder nicht ihm), aber dass es im Nachbargebäude passiert, scheint unvermeidlich. Das Grün von Zimmerpflanzen auf Fensterbänken ergießt sich über Lüftungsschlitze. Stühle stehen auf einmal nicht mehr an ihrem Platz, Bildschirmschoner laufen ohne Ende. In einem Büro hängt ein kleines rotes Calder-Mobile an den Akustikplatten der Decke und dreht sich langsam im Höhenwind der Lüftungsanlage. Nur noch eine Handvoll Fenster sind erleuchtet, aber dort ist niemand. Allerdings entdeckt er zwei Geschosse tiefer und zwölf Fenster weiter endlich eine Frau, die ihm das Gesicht zukehrt und nah genug am Fenster sitzt. Sie ist mit irgendwelchem Papierkram beschäftigt. Er führt das Fernglas nach und stellt scharf. Nicht sein Typ. Kurze Lockenfrisur mit Wet-Look, sieht aus wie angeklatscht. Die Bluse ist auch Mist. Trotzdem sucht er nach einer eingerissenen Naht, die ihm den Blick auf ihren Körper eröffnet. Doch es gibt nicht eine undichte Stelle. Er richtet den Fokus deshalb auf den Bereich zwischen den Knöpfen, wo es zuweilen zu einem interessanten Faltenwurf kommt, mit entsprechenden Möglichkeiten. Auch hier kein Glück. Wenn man so etwas länger mitansehen muss, ist der Unterschied zu einer Bürotätigkeit nicht mehr groß. Und wo wäre da die Belohnung, der Spaß?

Er übersieht zunächst das Fenster direkt gegenüber, ein Geschoss tiefer, wo ebenfalls Licht ist. Doch kaum hat er das Fernglas darauf gerichtet, geht das Licht aus und brennt nur noch kurz als weißer Zwerg auf der Netzhaut nach. Wie, alle schon weg? Warum denn? Wohin denn? Was ist mir dir?

Was hast *du* vor? Er stellt sich einen Mann vor. Der Mann tritt auf den Flur und begibt sich zu den Aufzügen. Ein attraktiver Mann. Grauer Anzug, gestärktes weißes Hemd, das nach der Hektik des Tages lediglich *leicht* knittrig erscheint, dazu Aktenkoffer und Jackett, das er an zwei Fingern lässig über der Schulter trägt. Woher stammt dieses Bild? Existiert es im wahren Leben oder nur als Werbung auf den Innenseiten von *GQ*? Wie auch immer, irgendwer hat soeben sein Büro verlassen, Joe hat ja gesehen, wie das Licht ausging. Und nur weil er sich einen Mann im grauen Anzug und mit blau-beige gestreifter Krawatte vorstellt, heißt das nicht automatisch, dass dieser Mann nicht existiert. Er fährt nur soeben mit dem Aufzug ins Erdgeschoss und steigt kurz darauf in ein wartendes Taxi. Wohin des Wegs, mein Freund? Nach Hause? Oder triffst du dich noch mit einer Frau, vielleicht in einer Bar? Schon braust das Taxi davon. Schon verschwindet der Hinterkopf des Mannes (der Hinterkopf ist im Heckfenster sichtbar) Richtung Inner Drive, wodurch Joes Neugier einen Stich ins Neidvolle erhält. Er wird nämlich den Verdacht nicht los, dass andere Leute mit bzw. in ihrem Leben glücklicher sind bzw. mehr aus ihrem Leben herausholen als er. Denn *er* arbeitet, er arbeitet immer noch. Für ihn gibt es überhaupt keinen anderen Ort auf der Welt als die Arbeit – eben weil er dort arbeiten kann und nichts *anderes* tun muss. Trotzdem fällt es ihm zuweilen schwer. Vor allem wenn er viel lieber draußen und mit den anderen zusammen wäre. Wo fahren sie alle hin, die Leute in den Taxis?

Er dringt in weitere Büros vor, Büros mit Blick auf andere Gebäude in der Nachbarschaft. Übers Treppenhaus geht er zur Rezeption im 61. Stock, wo Calla-Lilien und Wasserkaraffen mit Gurke und Zitrone den Businessgast begrüßen. Allerdings sind die Sofas im Wartebereich unbesetzt, und das Eis im Wasser ist geschmolzen. Durch eine Glastür geht er in einen weiteren Flur, dann in das erste Büro rechts, von wo aus man nach Westen blickt. Zehn Minuten später verlässt er das Büro wieder und nimmt den Aufzug in den 66. Stock. Dort geht er (unter Mitnahme von ein paar älteren Salzbrezeln) an der Kaffeebar vorbei und weiter durch ein Großraumbüro mit Arbeitswaben, bis er in einen Konferenzraum gelangt, der ihm auf einer Seite ein breites Panoramafenster bietet. In den Ecken stehen replikantenhafte Aufsteller vom Kellogg's-Tiger und dem Teigmännchen von Pillsbury. Shass observiert von hier aus den Dachpool des Hotels. Joe versucht es ebenfalls, doch es ist bereits zu dunkel, und der Pool ist leer. Die Benutzung des Pools ist nach Einbruch der Dunkelheit aus Sicherheitsgründen nicht gestattet. Er begibt sich auf die Nordseite des Gebäudes und betritt das nächste Büro – von wem eigentlich? Richtig, wie hieß er noch gleich, der Kerl mit den Schneekugeln? Er kauft jede Schneekugel, die man von irgendwoher auf der Welt mitbringt. Ist das jetzt eine harmlose Sammelleidenschaft oder schon krankhafte Obsession? Joe ist unschlüssig. Einfach Kugel umdrehen, und schon schneit es. Und das soll Spaß machen, das soll helfen? Er tritt ans Fenster. Die Sonne ist inzwischen ganz untergegangen. Die Dächer reflektieren nur noch den schwarzen Himmel, ihre Besonderheiten verschwimmen, die Baustelle an einem halbfertigen Wolkenkratzer ist menschenleer. Reglose Kräne angeln in der Luft. Weiter draußen die blinkende Leiterplatte des Flughafens mit Fliegern in der Warteschleife über O'Hare. Auch dort dieses objektlose Verlangen. Wohin gehen die Leute, wenn sie ein Flugzeug besteigen? Wer wartet auf sie in der Ankunftshalle, in schnurrenden SUVs, in den warmen Betten dieses nachtstillen Sehnsuchtslands? Er hingegen hängt im

Büro fest, der Schreibtisch lässt ihn nicht los – wie konnte es so weit kommen? Er richtet das Fernglas auf das Gebäude nebenan und hat gleich mehrere Fenster im Blick, in denen wiederum keine einzige Menschenseele zu sehen ist.

Joe, Joseph – geh um Gottes willen nach Hause, hört er eine innere Stimme sagen. Sein Vater: »Beweg deinen Arsch nach Hause, Junge. Ruf Leute an. Tu was. Genieß deine Jugend, diese Zeit kommt nie wieder.«

Aber wen könnte er anrufen außer seine Arbeitskollegen? Es müsste zudem jemand sein, den er am nächsten Tag nicht gleich wiedersieht.

Sein Schaufensterbummel zieht sich auf diese Weise bis in den späten Abend hin. Einen Teil dieser Zeit widmet er auch Fragen, die gar nichts mit ihm selbst zu tun haben. Warum hängen sich seine Kollegen all diese Sachen an die Wand? Wie lebt es sich als jemand, der sein Büro mit Autogrammkarten oder afrikanischen Masken verschönert? Oder Janine Gorjanc, die ein wahre Gedenkstätte für ihr ermordetes Kind unterhält. Jeder im Haus kennt die Geschichte. Das Kind wurde entführt, der Täter kam durch ein offenes Fenster, die Leiche wurde erst Monate später entdeckt. Janine brauchte Monate, bis sie wieder an ihren Arbeitsplatz zurückkehren konnte, wo jetzt wie gesagt die Bilder ihrer toten Tochter hängen. Einige der Fotorahmen sind zum Aufstellen – wie die auf dem Schreibtisch, dem Bücherregal, der Ablage, dem Aktenschrank. Obwohl sie sich teilweise gegenseitig verdecken, vermehren sie sich unaufhaltsam. Dazu kommen die Fotos an der Wand: Jessica von vorn; Jessica im Halbprofil, umrahmt von hellem Gewölk; Jessica in T-Ball-Montur; Jessica auf dem Knie ihres Vaters sitzend. Janines Büro zählt zum Traurigsten, was Joe je gesehen hat, und wird von den meisten gemieden. Es erinnert an einen Heldenschrein. Er weiß noch, dass er sich inmitten der vielen Bilder kaum zu rühren wagte, als er das Büro zum ersten Mal betrat. Die Fotos hingen wie raschelnde Fledermäuse an der Wand, und er fürchtete, jede unbedachte Bewegung könne die ganze Kolonie aufscheuchen.

Was er nicht weiß: Zur selben Zeit findet unten an der Rezeption der Wachwechsel statt, dasselbe gilt für die Security-Mitarbeiter in der Videozentrale. Hispanische Frauen in einheitlicher Arbeitskleidung ziehen Putz- und Wäschewagen aus Aufzügen und rücken mit Industriesaugern an. Das ist die Kehrseite der Medaille: Das Haus ist außer Betrieb und wird wieder auf Vordermann gebracht. Die Kümmerer übernehmen den Laden, damit die Tagesbewohner nicht merken, was sie angerichtet haben und was alles für sie getan wird. Eine Mitarbeiterin für die Teppichreinigung, ein Wesen mit vollen Lippen und den traurigen Augen einer enteigneten Prinzessin, schiebt ihren Gerätewagen über einen Flur und sieht Joe. Er kommt mit seinem Fernglas gerade aus einem Büro und begibt sich zu einem anderen Büro auf demselben Flur. Er selbst sieht sie nicht. Unmittelbar darauf verlässt er auch dieses zweite Büro und läuft direkt auf sie zu. Sie erschrecken beide. Sie, weil er direkt auf sie zugeht. Er, weil sie überhaupt da ist. Er trägt, wie sie bemerkt, ein marineblaues Sporthemd, eine gebügelte Hose und hochglänzende Oxford-Schuhe, stellt also in dieser Umgebung etwas dar, das in der Hierarchie weit über ihr steht. Schnell schaut sie weg. Sie ist, wie er bemerkt, sehr schön und könnte sich fragen, was er um diese Uhrzeit noch hier treibt, anstatt wie die anderen nach Hause zu fahren. Deshalb schaut er ebenfalls schnell weg. So gehen sie aneinander vorbei.

Eine Stunde später hat er sich in Jim Jackers Büro auf dessen phänomenal bequemen Chefsessel niedergelassen, einem Spitzenprodukt in Sachen Ergonomie. Versonnen hält er den Telefonhörer in der Hand, aber nicht ans Ohr, sondern an die Halsbeuge, so dass er das Freizeichen nur von weitem hört. Ihm gefällt Jims Büro besser als sein eigenes, obwohl es sich um dasselbe Modell handelt. Grundriss, Anzahl der Deckenplatten, alles gleich. Aber irgendwie ist es Jim gelungen, sein Büro noch nichtssagender zu machen. Es gibt nichts, das nicht binnen Minuten in einem Umzugskarton verstaut wäre. Vergebens sucht er nach einem einzigen persönlichen Gegenstand. Den Leuten muss Jim ein noch größeres Rätsel sein, als es bei ihm der Fall ist. Müllen die Leute ihr Büro deshalb mit jedem erdenklichen Kram voll? Damit niemand anfängt, Fragen zu stellen? Sport, alte Filmklassiker, Schweine, jedes Hobby ist recht, um kundzutun: Hier wohnt einer, der sich zumindest für *irgendwas* interessiert. Er legt kurz den Hörer auf und nimmt sofort wieder ab, um ein frisches Freizeichen zu bekommen. Okay, soll er oder soll er nicht? Anrufen?

Ach, egal. Er wählt eine Nummer in dem Wissen, dass niemand drangeht, bis sich die Mailbox meldet. Doch es ist nicht der normale Mailbox-Roboter, der sich schließlich meldet, sondern *die Stimme*. Klang der Hoffnung mit dem Schmelz von Glück. Fast so, als könnten die Lenden einer Frau singen. Was sagt sie? »Hallo, hier ist Genevieve Latko-Devine, Brand Investment Group. Ich bin zurzeit nicht an meinem Platz, aber wenn Sie mir eine Nachricht …« Weiter kommt er normalerweise nicht. Er ruft ja an, um ihre Stimme zu hören, nicht, um eine Nachricht zu hinterlassen. Er hält die Hand über die Sprechmuschel und rutscht auf dem Chefsessel hin und her. Er könnte jetzt auflegen, erneut anrufen und die Ansage noch einmal hören. Er ist nicht stolz darauf, aber in manchen Nächten wiederholt er dieses Spiel bis zum Wahnsinn. Er ruft aus seiner Wohnung an, zwölf Uhr nachts, zwei Uhr morgens. Meistens hat er vier, fünf Bier intus, der Fernseher flackert stumm im Hintergrund, und der Wecker ist bereits auf sechs gestellt. Ein Anruf aus Jims Büro kommt ihm dagegen weit weniger krank vor. Die kühle Office-Atmosphäre verleiht seiner Aktion einen legitimen Anschein – als wollte er sie nur an das morgige Meeting erinnern oder an einige Änderungen, die sich in der Zwischenzeit ergeben haben. Legt er jetzt auf, oder was? »… wenn Sie einen Notfall melden wollen, drücken Sie bitte die Eins. Sie werden umgehend mit der Leitstelle der …« Er bleibt dran, aber er ist nervös, denn er hat Angst, dass er jetzt etwas sagen könnte, das er nicht absehen kann. Es ist ein alter Konflikt. Er hat nichts zu sagen, würde aber gerne etwas sagen. Eigentlich fürchtet er sich vor sich selbst. Sobald er ihre Stimme hört, die letztlich nur einen vorgegebenen Text herunterbetet, läuft – fühlbar, unentrinnbar – die Zeit. Spätestens nach dem Piepton ist er mit sich selber konfrontiert. Mit sich selber und einer nicht vorgesehenen Option, einem unausgesprochenen, seit Urzeiten bekannten Geständnis, das ihm keine Ruhe lässt. Zumindest dem Telefon, dieser perfekten Geisel, könnte er es jetzt hinterlassen, tut es aber, in letzter Sekunde, wieder nicht.

Piep –

»Hallo, Eve …«

Oder verraten ihn bereits diese zwei kleinen Worte? Bittersüß ist die Mutmaßung, sie kenne seine Stimme bereits so gut. Anders gefragt: Könnte er jetzt noch auflegen und morgen alles abstreiten?

»… hier ist, ähm …«

Die Antwort ist ja. Aber nur, wenn er seinen Namen nicht nennt.

»… hier ist Joe.«

Pause. Du lieber Himmel, was tue ich hier?

»Es ist jetzt … äh …«

Jetzt wenigstens nicht die echte Uhrzeit sagen.

»… es ist jetzt halb neun, halb zehn, so in etwa, und ich bin, man höre und staune, immer noch im Büro, weil ich noch ein paar Sachen nachbereiten will … jedenfalls hat sich eine Menge angesammelt, das unbedingt … aber du weißt ja, wie es ist. Jedenfalls sehe ich soeben die Kampagne, die du … also die Bannerwerbung, die du für die Handwerkermesse … und ich dachte, ich rufe mal an, weil die Werbebanner … also die Bannerwerbung, die ist wirklich … kaum zu glauben, dass wir nur Hämmer verkaufen. Wir sollten lieber – keine Ahnung, was – verkaufen, zumindest wenn man die Werbebanner sieht, so gut sind die. Mich persönlich erinnern sie stark an die Siebdrucke, die wir im MOCA gesehen haben, weißt du noch? Wir waren zum Lunch da mit dieser … wann war das noch gleich? Vor sechs Monaten ungefähr, der Name der Frau ist mir entfallen. Aber als ich gerade die Werbebanner sah, fielen mir gleich diese Siebdrucke ein. Sag mal, weißt *du* noch, wer das war? Hahaha und jetzt quatsche ich dir den AB voll.«

Es folgt eine längere Pause. Unangenehm. Er sollte es nicht noch schlimmer machen, als es ist, und das Gespräch sofort beenden. Doch in der sich dehnenden Zeit hat er eine Eingebung. Es müsste doch möglich sein, denkt er, das, was er jetzt sagt, von der beängstigenden Vorstellung zu trennen, dass sie es Tags darauf anhören wird. So, als existiere überhaupt kein Zusammenhang zwischen der Nachricht, die er jetzt auf den Anrufbeantworter spricht, und der Nachricht, die sie später abruft. Als seien es zwei eigenständige Wirklichkeiten: eine, die nur ihn betrifft, die von ihm gesteuert,

169

von ihm genehmigt wird, und eine andere, zweite, diffuse Wirklichkeit, die mit ihr zu tun hat und über die er sich vorerst nicht den Kopf zerbrechen muss. Der Gedanke schafft Entlastung, zumindest im Augenblick. Also entspann dich, sprich völlig ungezwungen. Worin besteht das Problem? Sie kennen sich schon ewig. Er unterhält sich nur mit einer alten Bekannten – und lehnt sich in Jims Sessel entsprechend zurück.

»Yeah«, sagt er. »Ich schätze, das kann man so sagen: Ich quatsche dir deinen AB voll. Aber das hast du dir wahrscheinlich schon gedacht. Bist du noch da? Hörst du noch zu?« Weitere Pause. »Aber was ich eigentlich sagen wollte.« Es kommt zu einer dritten Pause. »Ob du's glaubst oder nicht, ich rufe nicht ohne Grund an. Ich hätte auch jede Menge andere Leute anrufen können, aber du warst die Erste, die mir einfiel, wenn ich schon mal jemanden anrufen muss. Ich weiß auch, dass ein Anrufbeantworter nicht dasselbe ist wie wirklich reden, aber ich fände es ziemlich daneben, dich um diese Uhrzeit zu Hause zu behelligen. Vielleicht schläfst du schon, oder dein Mann geht dran, was weiß ich. Um die Wahrheit zu sagen, es ist eher halb elf als halb zehn. Und womöglich ist eine Nachricht auf dem AB nicht weniger daneben, denn ein bisschen einseitig ist es ja schon … aber wenn, dann nur ein wenig … einseitig. Denn eigentlich wollte ich nur, äh, sagen, wie ich mich in letzter Zeit fühle, wenn du … anders gesagt, wie toll du bist …« Guter Gott! Toll! Ist das zu fassen? »… also wie toll ich dich finde und wie schön ich es finde, dass wir beide in einem Team sind und so gut zusammenarbeiten, wie lange eigentlich schon? Drei Jahre, richtig, es sind tatsächlich schon drei Jahre, und ich brauche wohl nicht zu sagen, dass ich dich in dieser Zeit kennen und …«

»Wenn Sie Ihre Nachricht so senden wollen, drücken Sie bitte die Eins. Wenn Sie Ihre Nachricht noch einmal anhören wollen, drücken Sie bitte die Zwei. Um Ihre Nachricht noch einmal aufzunehmen, drücken sie bitte die Drei.«

Manche Dinge erledigen sich eben von selbst, denkt er. Joe Pope muss seine verkorkste Nachricht gar nicht abschicken. Einfach die Drei drücken, und schon ist sie weg. Sein bebendes, rasendes Herz, das Rumpeln im Bauch, alles nur falscher Alarm. Sogar sein kleiner Triumph, nicht gekniffen zu haben vor der Unabänderlichkeit der Sprachaufzeichnung, sondern spätestens am Folgetag die Verantwortung zu übernehmen für jedes einzelne Wort – hinfällig auf Tastendruck. Eigentlich sollte er dankbar sein. Warum also zögert sein Finger über der entsprechenden Taste? Warum will ein Teil von ihm die Nachricht *so senden*?

Am Ende hinterlässt er ihr fünf Nachrichten. Das liegt daran, dass jede Nachricht maximal drei Minuten lang sein darf. Sobald ihn die Stimme unterbricht, drückt er die Eins. So kommt insgesamt eine Sprachnachricht von fünfzehn Minuten Länge zustande, in der er ihr alles gesteht. Wie sehr er sie liebt. Dass er nur noch ihretwegen morgens zur Arbeit geht, und das sogar gern. Wie ihn ihre Gegenwart in den Meetings elektrisiert, wenn der Zufall sie beide direkt nebeneinandergesetzt hat. Wie verloren, wie steuerlos er sich in jüngster Zeit vorkommt. Und wie schon eine gemeinsam verbrachte Mittagspause seinem Leben wieder Sinn und Ziel verleiht – ein Gefühl übrigens, das nach fünf Uhr abends, wenn sie nach Hause geht, plötzlich weg ist. Und dass er natürlich weiß, dass sie seine Liebe nicht erwidern kann. Was ihm durch ihre Schwangerschaft mehr als deutlich gemacht wurde. Und dass er dennoch Angst hat, sie endgültig zu verlieren, da der Geburtstermin des Babys näherrückt. Er spart nicht mit Kritik an seiner egoistischen Einstellung, versichert ihr aber telefonisch, dass er sich andererseits sehr für sie freut, ehrlich. Genau dies führt ihn aber auf düsteres, vermintes Terrain. Warum verfolgt ihn ihr eheliches Glück auf Schritt und Tritt und zerstört alles, was ihm normalerweise Freude bereitet? Warum erscheint ihm ein Spaziergang mit dem Hund am Sonntagnachmittag plötzlich als todtraurige Angelegenheit? Warum verwandelt ihn eine Taxifahrt durch die City ohne sie in einen haltlosen Träumer? Und seit wann und mit welchem Recht koppelt er sein Glück an ihres und nimmt sich dadurch jede Möglichkeit, nach eigenem Glück zu streben?

Immens seine Erleichterung, als er schließlich den Hörer auflegt. Wie lange schon wollte er all dies sagen? Drei lange Jahre jeden Tag. Allein wenn man die Selbstbeherrschung bedenkt. Oder die qualvoll einsamen Wochenenden, an denen sie den Ort seiner Liebe flieht, in ihr wahres, echtes Leben aufbricht – und ihn in die erbärmliche Lage versetzt, sich das Wochenende wegzuwünschen, auf dass *sein* wahres, echtes Leben wieder beginnen möge. Narr! Auf welchen Ozeanen der Verzweiflung bist du unterwegs, wenn dein ganzes Glück an der Arbeit hängt – den Meetings, an denen ihr beide teilnehmt, den Projekten, in die ihr eingebunden seid, dem Bürotratsch, an dem sie dich teilhaben lässt? Bist du deshalb noch hier, während draußen, außerhalb dieser Firma, ein ganzes Leben auf dich wartet? Joe Pope hat sich einzureden versucht, er sei nur wegen der Arbeit hier. Es gibt bloß nichts, das nicht bis morgen Zeit hätte. Er ist hier, weil er sich Genevieve an seinem Arbeitsplatz näher fühlt als zu Hause.

Irgendwann musste er ihr alles sagen, nicht wahr? Er musste das loswerden. Sonst wären die Jahre vergangen, und aus ihm wäre *was* geworden? Eine traurige Figur, ein verbitterter alter Mann. Also darfst du ruhig ein bisschen stolz auf dich sein, Joe. Es war lange überfällig! Ihr Mann, das Baby – was spielen sie eigentlich für eine Rolle? Für Joe Pope gar keine. Er ist nicht einmal sicher, ob seine konstante Verehrung überhaupt noch ihr gilt. Inzwischen ist es eher eine fixe Idee, eine Obsession. Seine Tage sind die Hölle, seine Nächte noch mehr, irgendetwas musste geschehen.

Woher also rührt die Angst, die ihn einfach nicht ganz loslassen will? Nun ja, erst einmal ist so eine Liebeserklärung nie leicht, nicht einmal gegenüber jemandem mit so einem großmütigen, feinfühligen, zutiefst menschlichen Herzen wie Genevieve. Dann natürlich, wie viel Macht so eine Liebeserklärung der geliebten Person verleiht. Es ist *die* Gelegenheit, jemanden richtig plattzumachen. Dennoch darf man die Vorteile nicht übersehen. Zum einen gewinnt er die Herrschaft über sein Leben zurück, das berühmte Heft des Handelns. Zum anderen hat er sich die Angelegenheit von der Seele geredet, und diese Befreiung kann man gar nicht hoch genug einschätzen. Das war doch der ganze Sinn der Sache, oder? Etwas loszuwerden. Denn was könnte er sich von einem solchen Geständnis schon erhoffen, da sie verheiratet und Nachwuchs unterwegs ist? Also Befreiung, darum ging es.

Brian Ford, der durchgeknallte Media Buyer und Martini-Trinker, hat immer ein Päckchen Notfallzigaretten in der obersten Schublade seines Schreibtischs. Joe geht hinunter auf die 65, klaut sich eine verbogene Zigarette aus Fords Schachtel und begibt sich via Flur und Aufzug in Megan Korrigans Büro, um in Gesellschaft der Grill-Schweine eine zu rauchen. Er legt sich auf den Teppichboden und qualmt in dem Wissen, dass er sowohl gegen die Hausordnung als auch die städtischen Brandschutzbestimmungen verstößt. Als Aschenbecher dient ihm die Orchidee, die er zu diesem Zweck von der Fensterbank geholt hat. Trotz restlicher Glutnester von Angst fühlt er sich gut. Er lacht sogar, spontan und aus tiefstem Grund wie ein geständiger Sünder. Dann drückt er die Zigarette im Orchideentopf aus und bedeckt mit einem blauen Hemdarm seine Augen. Das Licht hier geht nie vollständig aus, zumindest im Flur brennt immer eine Notbeleuchtung. Übernachten kann man also eher schlecht. Doch irgendwann ist er so müde, dass er das leise Rollgeräusch eines Putzwagens überhört, der sich über den Flur seinem Büro nähert und mit ihm die Reinigungskraft in Gestalt der enteigneten Prinzessin. Der Prinzessin fällt in einem der Büros etwas auf, das aussieht wie der Absatz eines Schuhs, genauer: wie zwei Absätze, wie zwei Beine einer liegenden … Person? Schläft da etwa jemand auf dem Fußboden? Wie gesagt, er hat sie nicht kommen hören, doch ihr sengender Blick zwingt ihn, den Arm vom Gesicht zu nehmen. Im Türrahmen erkennt er eine Gestalt, er setzt sich auf, aber da ist sie schon weitergegangen. Beiden jagt die Begegnung einen unangenehmen Schauer über den Rücken. Ihm auf dem Boden, ihr draußen auf dem Flur. Beiden ist bewusst, dass hier jemand einen anderen beim Schlafen erwischt hat, und etwas so Menschliches ist einfach nicht vorgesehen.

Etwas zutiefst Menschliches geht plötzlich auch von den Schweinen im Büro aus. Er blickt sich um und weiß nicht, ob ihm das je aufgefallen ist. Die überwältigende Zahl der Schweine hat es wohl unmöglich gemacht, Individuen zu erkennen. Die Massentierhaltung überlagert alles andere. Doch vom Fußboden aus fallen ihm plötzlich die Unterschiede auf. Es gibt Schweine mit roten Bäckchen, mit neckisch zur Seite gelegtem Kopf, es gibt müde Schweine mit Schlafaugen. Andere sitzen da wie die Babys in der Michelin-Werbung oder drehen Pirouetten wie eine Ballerina. Sein Blick wandert von einem Schwein zum nächsten, als die verdrängte Angst in ihm explodiert: Er hat soeben ein fünfzehn Minuten langes hemmungsloses Geständnis auf Genevieves Mailbox hinterlassen! Heilige Scheiße! Und der Grund? Weswegen hat er das noch mal getan? Tja. Es ging um ... irgendwas mit Befreiung, richtig? So genau kann er sich nicht entsinnen. Aber vor nicht einmal einer halben Stunde hat ihn irgendetwas bewogen, reinen Tisch zu machen, die Zeit war einfach gekommen ... richtig, sich einmal alles von der Seele zu reden! War es das? Oder war da noch mehr? Doch, da war noch mehr, er hat es deutlich vor Augen. Er hat der Hoffnung Raum gegeben, dass Genevieve – trotz Mann, trotz Baby in spe – den Ball zurückspielt. Dass sie in sein Büro gerannt kommt und ihm ihre Gefühle gesteht.

Das ist jetzt nicht wahr, oder? Du Schwachkopf! Er sollte vielmehr zusehen, dass er die irrwitzige Nachricht irgendwie aus der Welt schafft.

Doch zunächst muss er etwas für die Schweine tun. Hier geht es ihnen ja schlechter als auf jeder Farm. Auf einer Farm können sie zumindest herumgrunzen, sich gegenseitig am Arsch schnüffeln und sich im warmen Schlamm suhlen. Hier dagegen sind sie Tag und Nacht eingesperrt, setzen Staub an und quieken vergeblich um Beachtung. Eigentlich müssten sie freiwillig ins Schlachthaus marschieren.

Mit einer Handvoll Plastiktüten kehrt er aus dem Büro von Marnie Telpner zurück und beginnt, die Schweine einzusammeln. Dabei meint er, ruhig ein bisschen stolz sein zu dürfen auf sich. Es ist so befreiend. Wie bei diesen armen Schweinen hier. Irgendwer musste es tun. Und wenn nicht für sie, dann für ihn selbst. Joe ist wieder mittendrin in seiner Empowerment-Story. Immer wieder sagt er sich: Irgendwann musste es sein, oder? Allein schon um diese fürchterliche Last loszuwerden. Von Hoffnung ist gar nicht die Rede. Es ist auch völlig egal, wie Genevieve auf seine Nachricht reagiert, das darf er nie vergessen. Es geht nicht darum, es geht nicht um Hoffnung. Viel wichtiger ist, viel wichtiger ist … was macht er mit all den Schweinen?

Die letzten Schweine fallen in die Plastiktüte (der Wandkalender und das Grill-Schwein) und werden über den Flur abtransportiert.

Du Idiot! Er reißt sich in die Wirklichkeit zurück. Das darf doch nicht wahr sein. Es reichte wohl nicht, ihr diesen Schwachsinn aufs Band zu sprechen, du musstest ihn auch noch absenden! Wie stellst du dir ihre Reaktion vor, wenn sie erfährt, dass er nichts weiter ist als ein einsamer, zerquälter, liebeskranker Schwachkopf mit einem an der Klatsche? Allein so eine Liebeserklärung zerstört jede Ernsthaftigkeit. Eigentlich wünscht er sich, dass sie seine Gefühle erwidert. Aber wie kann sie einen Schwachkopf lieben?

Mit einer Tüte voller Schweine betritt er das Büro von Janine Gorjanc. Als Janine nach der Beerdigung ihres Kindes wieder anfing zu arbeiten, weinte sie in den Input-Meetings. Einmal weinte sie sogar auf der Herrentoilette, ohne ihren Irrtum zu bemerken. Jeder, der ihr Büro betrat, bekam die Zeitungsartikel zu sehen, die sie in einem Album aufbewahrte, oder musste die gerahmten Bilder auf dem Schreibtisch in die Hand nehmen – und einem toten Mädchen in die blauen Augen sehen. Es ist Monate her, seit Joe zum letzten Mal eines dieser Bilder angefasst hat, und das ist jetzt so angestaubt wie die Schweine von Megan Korrigan. Er sammelt sämtliche Bilder vom Schreibtisch und von der Ablage und nimmt auch die Fotos von den Wänden, um sie ordentlich in eine Ecke zu stellen. Alle haben sich so an das schreckliche Schicksal des Mädchens gewöhnt, dass sie das Gesicht schon gar nicht mehr sehen. Das gilt auch für die Mutter, die an manchen Tagen nicht mehr weiß, wo ihr der Kopf steht vor lauter Arbeit. Deshalb stellt er mit nervöser Entschlossenheit bei Janine jetzt Megans Schweine-Figürchen auf. Auf dem Echtholzfurnier des Schreibtischs, auf Papierbergen sowie auf Janines verstaubtem Radiowecker machen Schweine ihre Aufwartung. An den Wandhaken hängen nicht mehr die Fotos des Mädchens, sondern Schlüsselanhänger, Bildkalender und das Grillfest mit Schwein. Irgendwie scheint den Schweinen die neue Umgebung gutzutun, ihr Grinsen wirkt wie verjüngt. Anschließend packt er die gerahmten Bilder des Mädchens in eine Plastiktüte und trägt sie in Megans Büro, wo sie die Lücken füllen, die durch die Versetzung der Schweine entstanden sind. Die Porträts des Mädchens blicken direkt auf den Flur, so dass die Leute am Morgen gar nicht umhinkommen, sie im Vorbeigehen wahrzunehmen, als wäre es das erste Mal.

Gegen ein Uhr morgens. Er befindet sich im Büro von Genevieve, das eine Etage tiefer liegt als sein eigenes und allemal wohnlicher ist. Sämtliche Deko-Objekte stammen aus Museumsshops, beispielsweise die Uhr an einem schwingenden Blumenstängel oder die Miniatur eines Stuhls von Charles Eames auf der Fensterbank. An der Wand hinter dem Schreibtisch hängt – in einem roten Kunststoffrahmen – eine Rothko-Reproduktion. Auf dem Schreibtisch Bilderrahmen mit Fotos ihres liebenden Gatten. Die rote Nachrichtentaste blinkt unausgesetzt. Dass sie dies aufgrund einer Fehlfunktion am Morgen nicht mehr tun wird, ist etwa so wahrscheinlich wie ein Infarkt seines eigenen robusten Herzens.

Er nimmt den Hörer ab und drückt die Nachrichtentaste. Dieselbe verschwörerische Stimme, die ihn zum Absenden seiner Nachricht verleitete, instruiert ihn nun, Genevieves PIN einzugeben. Er versucht es mit ihrem Geburtstag, ihrer Adresse, er probiert sogar 1234. Eine gute halbe Stunde spielt er verschiedene Kombinationen durch, versteigt sich in einem Anfall von Größenwahn sogar zu seinem eigenen Namen (Joe) plus der Null. Danach zu Joe plus eins, zwei und so weiter. Doch irgendwann muss er einsehen, dass er nicht weiß, welche vierstellige Zahl ihrem Herzen am nächsten ist.

Vielleicht ist die Nachricht nur in ihrem Telefon gespeichert. Sind Nachrichten im Telefon abgelegt, stecken sie irgendwo in der Leitung fest, oder gibt es einen Zentralcomputer dafür? Was *ist* eigentlich eine Nachricht? Reicht es, lediglich die Telefone auszutauschen, zum Beispiel ihres gegen seins? Noch einfacher ginge es mit einem Apparat aus einem Nachbarbüro, wäre da nicht die leichte Moschusnote von ihrem Shampoo, die ihr Hörer abgibt und die er gern für sich behalten würde. Also trägt er ihr Telefon nach oben und kommt (über die Treppe) mit seinem eigenen Telefon zurück. Doch er fühlt sich beobachtet. Die Reinigungskraft! Er dreht sich schnell um, blickt auf eine menschenleeren Flucht von Büroeinheiten – und vor sich auf die nichtssagende Tür von jemandem, der längst nach Hause gegangen ist.

Der Austausch der Telefone ändert übrigens nichts an der blinkenden Nachrichtentaste, deshalb erwägt er kurz, das Telefon gleich ganz zu entwenden. Aber Kathy, die Büroleiterin, würde wahrscheinlich schnell Ersatz beschaffen, und wenn Genevieve *dann* ihre Nachrichten abhört, fällt der Verdacht garantiert auf ihn.

Teddy Reiser hat immer einen Werkzeugkoffer unter seinem Schreibtisch für den Fall, dass bei einem Fotoshooting etwas kaputtgeht. Joe nimmt sich einen Philips-Schraubendreher, entfernt damit die silberfarbene Abdeckung der Telefondose und durchtrennt mit einer stumpfen Schere eine Vielzahl bunter Adern. Gott sei Dank, die Leitung ist tot. Doch das reicht ihm nicht. Eine durchgeschnittene Leitung sieht immer verdächtig aus. Die Leute werden wissen wollen, warum, und wenn *dann* seine Nachrichten bekannt werden … Moment, überdauert eine einmal aufgenommene Nachricht nicht eine durchtrennte Leitung? O Gott, sie werden sofort wissen, dass er es war. Es sei denn, der Schaden beschränkt sich nicht auf ein abgerissenes Kabel.

Und so, ohne weiter nachzudenken, vervielfacht er sein Vergehen. Er sammelt alle ihre persönlichen Sachen ein, einschließlich des Rothko und der Bilder ihres Mannes, und bringt sie in einer Ecke in Sicherheit, ehe er sich an die systematische Verwüstung ihres Büros macht. Natürlich will er nicht wirklich etwas kaputtmachen, es soll nur nach Vandalismus aussehen. Deshalb platziert er das Telefon mit künstlerischem Feingefühl auf dem Boden. Dasselbe geschieht mit den Schriftstücken auf dem Schreibtisch. Er räumt sämtliche Bücher aus, legt anschließend vorsichtig das Regal flach und arrangiert alles so schief und chaotisch wie an einem echten Tatort. Dann stellt er sich auf einen Stuhl und reißt an der Unterkonstruktion der abgehängten Decke. Sie gibt tatsächlich nach, und er kann einige Deckenplatten aus der Halterung reißen. Auch diese Platten ordnet er so auf dem Boden an, wie sie vermutlich gefallen wären. In Zeitlupe wirft er den Drehstuhl und den Computerbildschirm um und dekoriert das Bild der Zerstörung behutsam mit ihren persönlichen Gegenständen, darunter das Foto ihres Mannes. Nur ihre Kunstbilder hängt er wieder so auf, wie sie waren.

Beim Verlassen des Büros macht er seltsamerweise das Licht aus. Es hat ja nicht die ganze Welt die Zerstörung verdient, sondern nur seine eigene. Und irgendwie ist er der Meinung, Ordnung muss sein.

Sie kehren zurück. Genau an den Ort, den sie abends zuvor verlassen haben, um dort weiterzumachen, wo sie gestern Abend stehengeblieben sind. Die Vorortzüge sind rappelvoll, jeder einzelne ein Pulverfass aus Körperwärme und Mundgeruch. Auf den Highways sieht es nicht besser aus, überall nur Stop-and-go. Alles strebt dem Gravitationszentrum der Stadt zu: die Skyline dahinten, da ist es. Noch kündet die Morgensonne von einem neuen Tag, aber die Warnung steht bereits im Raum: Dies wird vor allem wieder ein langer Tag. Die rötlichen Strahlen stillen schon den Wärmehunger der dunklen Stahlfassaden. Dann steigen sie aus, zu Hunderten, aus U-Bahnen und Regionalzügen, Bussen und Taxis, laufen von Bahnsteigen hoch an die Oberfläche, wo es schleunigst weitergeht. Sie tragen Rucksäcke, ziehen Rollkoffer über Schlaglöcher und Bordsteinkanten. Beim Anblick der ölig schimmernden Regenpfützen erinnern sie sich vage des nächtlichen Gewitters, doch allgemein wird um diese Zeit nicht groß nachgedacht. Auf den letzten Metern allerdings gönnen sie sich etwas und schlagen noch einmal zu: mit einem Latte, einem frischen Obstsalat, fettfreien Muffins, dazu Zigaretten und Aspirin gegen die ersten grauenhaften Stunden des Tages. Eigentlich wollen sie sagen: Nie wieder! Aber dann sagen sie: Na dann. Es muss ja. Also rein ins Vergnügen. Hallo und willkommen zurück, ihr bekannten Gesichter, die ihr so zahlreich erschienen seid.

Joe Pope, ein zuverlässiger Mann, erwacht auf dem Sofa von Sonya Huttons Büro in Gesellschaft von Bennys Fernglas und einem Squashschläger. Zu seinen Füßen eine E-Gitarre. An diesem Morgen ist Sonya früh an ihrem Schreibtisch, frühstückt aus einer schwarzen Plastikschale und hört auf einem altertümlichen Bakelit-Empfänger öffentliches Radio. Joe kommt sich vor, als erwache er in einem Traum, einer sonnendurchfluteten Unterwasserwelt mit Radiostimmen und dem Dunst von Rührei. Sonya ist ihm unangenehm nahe, denn zwischen Sofa und Schreibtisch ist nicht viel Platz. Sie blickt ihn direkt an, mit einer stämmigen Wade (samt Kampfstiefel!) auf dem Tisch, und hat alle Hände voll zu tun. Mit der linken hält sie die schwarze Plastikschale, mit der rechten die Plastikgabel. Sie sagt: »Liegst du bequem?«

»Nicht besonders«, sagt Joe und bringt sich in eine halbwegs aufrechte Sitzposition. Eine Haarsträhne auf der linken Seite steht ab wie ein kleiner Federschopf. »Das hier ist *dein* Büro, oder?«

»Mi casa es su casa«, erwidert sie. »Das Sofa ist sowieso von der Firma, und der Gestank geht schon wieder aus. Aber was macht die Gitarre hier?«

Joe muss nachdenken. Es war in der heiklen Stunde zwischen der Entscheidung, der Übermüdung nachzugeben, und dem Einschlafen selbst, als er die Gitarre aus dem Büro von Gary Need mitgehen ließ. Doch es schläft sich schlecht mit so einem Instrument, kalt und sperrig, wie es ist. Der Squashschläger gehört Trish Miller.

Nachdem er Genevieves Büro verwüstet hatte, landete er aus irgendeinem Grund bei Trish Miller, wo er auf eine Sporttasche und Squashbälle stieß. Gute Gelegenheit, überschüssige Energie abzubauen. Im Sportzentrum drosch er barfuß die Bälle gegen eine Wand, bis sich auf Trishs etwas zu engem University-of-Winsconsin-Shirt ein schweißnasses Rohrschach-Muster abzeichnete. Das Shirt stammte ebenfalls aus ihrer Sporttasche. Er blickt an sich hinunter. Er trägt es noch immer.

»Wie viel Uhr ist es?«, fragt er.

Sonya sieht auf die von innen beleuchtete Kneipenuhr von Hamm's Beer, wo sich ein Wildwasserkatarakt unaufhörlich in einen kristallklaren Fluss ergießt. Davor die schwarzen Zeiger der Zeit selbst, die soeben den Morgen anschieben und Joe mit der vergangenen Nacht konfrontieren. Sonya blinzelt in Richtung Uhr und sagt, sie könne zwar ohne Brille nichts sehen, aber es sei schätzungsweise acht Uhr dreißig.

»Warst du die ganze Nacht hier?«

Er war, aber das ist jetzt vorbei. Höchste Zeit, den neuen Tag in Angriff zu nehmen. Und im hellen, klaren Morgenlicht gibt es kein Pardon. Joe Pope gehört weder zum Fußvolk, noch ist er hier der Chef. Im gefürchteten mittleren Management ist man Teamplayer. Joe Pope hat schon mit den meisten hier zusammengearbeitet, und man kann sagen, verdammt gut zusammengearbeitet, denn auf ihn kann man sich verlassen. Normalerweise erscheint er ebenfalls um diese Zeit, ausgeruht und rasiert, mit einer Bageltüte in der Hand und Fahrradklemme am Hosenbein, denn er fährt mit dem Rad zur Arbeit. Normalerweise hat er nach dem ersten Kaffee auch seine Prioritätenliste parat, mit allen Terminen und Deadlines. Nicht so jetzt. Joe hat sich in der vergangenen Nacht gehen lassen und brütet nun über einer Strategie zur Schadensbegrenzung.

Strafanzeige werden sie nicht stellen, da ist er sich relativ sicher. Auf eine Kündigung läuft es wohl schon hinaus, dazu Schadenersatz, aber die Cops im Haus deswegen? Nein, unmöglich. Er ist Joe Pope, er ist beliebt hier.

»Ich war das«, sagt er.

»Warst was?«

182

Wie auf ein Stichwort ändert sich plötzlich die Atmosphäre, hat er den Eindruck. Als blieben draußen auf dem Flur bereits die ersten Leute stehen. Das, was jetzt kommt, will sich keiner entgehen lassen, nicht in diesem Schnarchladen.

»Was warst du, Joe?«, fragt sie.

Er lehnt sich auf dem Sofa zurück, und durch ein Brandloch entweicht die Luft aus dem Rückenkissen. »Na, alles. Erst habe ich mit Shassburgers Fernglas aus dem Fenster geguckt. Er hat ein recht gutes Fernglas, weißt du? Das habe ich ungefähr drei Stunden gemacht. Ich suchte nach irgendwas Interessantem.«

»Bist du fündig geworden?«

»Nein. Deshalb habe ich dann eine von von Brian Fords Zigaretten geraucht.«

»Na und? Das habe ich auch schon gemacht.«

»Danach habe ich Megans Schweine abgehängt und gegen die Fotos in Janines Büro getauscht.«

»Wie getauscht?«

»Wie ich sagte: Ich habe die Schweine aus Megans Büro genommen und sie in Janines Büro hinübergetragen. Anschließend habe ich die Jessica-Bilder von Janine zu Megan gebracht, so dass jetzt die Schweine bei Janine sind und die Jessica-Bilder bei Megan.«

Sonya lässt ihren Kampfstiefel zu Boden fallen. »Sag mal, du willst mich jetzt nicht verarschen, oder?« Auf der zweiten Silbe des Worts »verarschen« fliegt ihr ein Stück Ei aus dem Mund und landet irgendwo zwischen ihr und Joe. Beide haben es gesehen, aber keiner spricht es an.

»Mich würde interessieren, wie du die Sache einschätzt.«

»Damit ich dich richtig verstehe: Ich könnte jetzt nach oben gehen, und die Schweine wären in Janines Büro?«

»Wären sie.«

»Und die Bilder von dem toten Mädchen wären in Megans Büro?«

»Genau.«

Sonya stellt die Plastikschale mit dem Rührei auf dem Tisch ab und greift nach dem Kaffee. Die Wäsche unter ihren Cargoshorts klebt an einer Stelle, und sie schüttelt kurz ihr Bein aus. »Das muss ich selber sehen.«

»Dann fang am besten in Genevieves Büro an«, sagt er.

»Dafür bin ich ebenfalls verantwortlich.«

Sie geht und lässt ihn auf dem Sofa sitzen. Sein Rücken schmerzt, der Kopf tut ihm weh, und vor dem Rühreidunst möchte er am liebsten ins Freie flüchten. Nur weg hier, auf Nimmerwiedersehen. Doch das tut er nicht, denn so ist er nicht, schon gar zu Arbeitsbeginn am Morgen. Im Gegenteil, er ist einer, der Verantwortung trägt …

Er steht auf und streckt sich, das ist immer ein guter Start in den Tag. Als Erstes bringt er die E-Gitarre ins Garys Büro zurück. Im Büro von Trish trifft er sein blaues Sporthemd wieder, das er allem Anschein nach ordentlich über ihren Stuhl gehängt hat. Er zieht das Wisconsin-Shirt aus und sein eigenes Hemd wieder an. Das Shirt in Größe M ist ziemlich ausgeleiert und auch nicht mehr so sauber, wie er es gestern Nacht vorfand. Doch zumindest befindet es sich wieder in Trishs Sporttasche – und er hat größere Sorgen.

Auf dem Klo des 60. Stocks versucht er, mit Spucke die widerspenstigen Haarwirbel niederzuringen, aber die Scheißhaare wollen nicht, und irgendwann gibt er auf. Die Flure erwachen allmählich zum Leben, erste lockere Sprüche werden laut. Joe setzt sich an seinen Schreibtisch, verscheucht mit einer Mausgeste den Bildschirmschoner und beantwortet ein paar letzte Mails. Dann lehnt er sich zurück, dreht seinen Drehstuhl in die Sonne und wartet.

Bruchstücke

Ich hätte da mal eine Frage. Etwas, das ich schon immer wissen wollte: Wenn Sie in der Luft sind, folgen Sie dann immer festgelegten Koordinaten, oder können Sie fliegen, wo Sie wollen?«

»Kommt darauf an, wo in der Stadt du gerade bist. In der Nähe eines Flughafens, aber das versteht sich wohl von selbst ...«

»Da nicht. Klar.«

»Dafür braucht man in jedem Fall eine Überfluggenehmigung.«

»Nein, ich meinte eher so wie Midtown.«

»Midtown fliege ich nicht, das macht jemand anders.«

»Nein, ich meinte eher, angenommen, Sie finden sich plötzlich über Midtown wieder, was dann?«

»Na ja«, lachte der zweite Mann. »Dann würde ich Ihnen sagen: Es ist noch kein Fall bekannt, in dem sich ein Hubschrauberpilot mitten über Manhattan wiederfindet und überhaupt nicht weiß, wie er da hingekommen ist.«

Er hörte auf zu lauschen, als Katy sich auf dem Handy meldete. Er nahm den Anruf entgegen in der Hoffnung, ihre Deadline hätte sich verschoben oder sie hätte sich eines anderen besonnen und sie würden sich später doch noch treffen.

»Hey«, sagte er.

Keine Antwort. Rauschen. Aber mit einem räumlichen

Eindruck, so als ginge derjenige mit dem Handy über einen Flur.

»Katy?«, sagte er.

Knistern in der Verbindung, das weniger wurde. Dann kurz totale Stille und erneut Knacken und Knistern und unruhige Nahgeräusche. »Katy«, sagte er abermals. »Hallohoo.« Er trat von der Bar auf die Straße hinaus, obwohl er wusste, dass seine Frau ihn nicht absichtlich angerufen hatte. »Kaaa-tyyy«, flötete er. Das Rauschen wurde zum kreiselnden Knarzen und hob ab in eine andere Sphäre. Laut rief er: »Ju-huuu, Katy!«

»... nein, er glaubt, dass ich ...«

Erneut Rauschen.

»... auch lieber ... den Abend mit ...«

Dann eine Männerstimme: »... was wohnt ihr auch ... wir mehr Zeit ...«

Rauschen.

Er stöpselte den anderen Kopfhörer in sein freies Ohr und horchte intensiv. Aber die Wörter kamen schon zerhackt bei ihm an und ließen sich nicht rekonstruieren. Er sagte auch nicht mehr Katys Namen, sondern hörte nur zu.

»... essen gehen, aber natürlich, wenn du keinen ...«

»... Hunger schon, aber nicht auf ...«

So lauschte er wer weiß wie lang. Lediglich Bruchstücke des Gesprächs kamen durch, sogar überlaut, dann brach wieder alles ab. Er gelang ihm nicht, die Männerstimme zu identifizieren. Eine tiefe Stimme, die ihm aber irgendwie bekannt vorkam. Aus langen verrauschten Perioden stachen einzelne klare Wörter oder halbe Sätze hervor.

Er stand in der Kälte und versuchte, sich einen Reim auf all dies zu machen. Da wusste er aber schon, dass sein Leben zu Ende war.

Er drückte auf Beenden und rief sie sofort wieder an, wurde aber auf die Mailbox umgeleitet. Genauso wie sein zweiter Anruf. Beim dritten Versuch kam er durch, aber es ging keiner mehr dran.

Er ging zurück in die Bar. Das Stimmengewirr der anderen Gäste registrierte er als Getuschel. Er setzte sich auch nicht, sondern blieb mit seinem Drink an der Bar stehen, ohne ihn anzurühren. Er hatte es gewusst. Das war es also. Irgendwie hatte er es von Anfang an gewusst.

Als Katy an jenem Abend nach Hause kam, war es schon spät, und er schlief. Und als er am folgenden Morgen aufwachte, war sie schon wieder weg. So lief es fast jeden Abend, jetzt, da die Sache vor Gericht ging.

Er duschte und trank Kaffee. Er ließ sich Zeit, bis er die Wohnung verließ. Er ging von Zimmer zu Zimmer und besah sich die vielen gemeinsamen Sachen. Dürfte eine Scheißarbeit sein, das alles auseinanderzuklamüsern.

Draußen auf der Straße lief er eine Weile neben einem telefonierenden Mädchen her. »Nein, mit Jura ist er doch längst fertig«, sagte sie. »Jetzt macht er seinen Master in Immobilien an der NYU.«

Es folgte eine längere Pause. »Wieso, was soll daran nicht stimmen …? Doch, ich glaube, es war Immobilien … Was gibt es denn da zu lachen?«

Erneute Pause. »Warum sollte er denn bitte lügen? Das Ganze ist einfach viel zu … Jetzt hör doch mal auf zu lachen, das nervt!«

Drangvolle Enge in der Subway. Ein schwarzer Jugendlicher sagt zu seinem Freund: »Der Stoff war voll fett, Mann. Nach einer Stunde war die Alte so was von weg.«

»Wie viele Shots?«, fragte der Freund.

Eine Frau auf der anderen Wagenseite sah zu ihnen hinüber.

»Scheißegal. Ist vorbei«, sagte der Erste.

In der Mittagspause verließ er das Büro und rannte durch die Gegend. Er lief zum Central Park und wieder zurück, eine ganze Meile. Er hielt den Blick gesenkt, aber er sah weder die Pennys und plattgetretenen Kaugummis noch die nickenden Tauben in der Kälte. Immer wieder kam es zu längeren Phasen, in denen das Tosen in seinem Kopf einfach stärker war, in denen nichts zu ihm vordrang.

Er stand an einem Fußgängerüberweg.

»Im Grunde sind wir ein Fonds aus Fonds, denn auch bei uns werden Gebühren fällig, aber was wir *nicht* können, also wie soll ich das sagen? Deswegen sind es bei uns vielleicht zehn, zwanzig Prozent ...«

»Verstehe«, sagte der andere.

»Wie auch immer, er ist ein richtiges Arschloch, aber verdient richtig Geld.«

»Immer noch die beste Art Arschloch.«

Er kam an zwei Frauen vorbei, die mantellos vor einem Gebäude standen und rauchten.

»Was machst du für Sachen, Mädchen?«, sagte die eine.

»Ich weiß, ich weiß. Aber darf ich erst mal sagen, was *er* gemacht hat?«

Die zweite Frau rückte nah an ihre Begleiterin heran und flüsterte ihr etwas ins Ohr. Die kreischte auf: »Aua!«

So schleppte er sich durch den Tag. Nach der Arbeit ging er ins Sportstudio. Er saß in der Umkleide und zog seine Schuhe aus, als er zwei Männer hörte, die er vom Sehen kannte und die schon auf dem Weg nach draußen waren.

»Aber keine weibliche Masturbation, nur männliche Masturbation.«

»Also holst du dir selber einen runter?«

»Wie gesagt, das ist das Wort bei Männern. Bei Frauen heißt das … irgendwas mit … weiß ich nicht mehr.«

Irgendwie schaffte er es nicht, sich umzuziehen, und saß weiter nur so da. Drei junge Typen kamen herein. Sie rochen nach frischem Zigarettenrauch und warteten auf den einen, der noch nicht umgezogen war. »Aber was isst man an so einem Buffet?«, fragte der erste. »Ich meine, muss man erst diese Sushi-Dinger essen, oder kann man sich gleich diese bekackten … ihr wisst schon, diese bekackten … draufpacken.«

»Hauptsache, nicht dieses bekackte Sushi.«

»Ich sag dir, warum sie nur noch dahin will.«

»Yeah, hat sie etwa abgenommen?«

»Dreißig Pfund.«

»Yeah, sieht auch spitze aus mittlerweile.«

»Was meinst du, warum wir immer noch …?«

Der erste schlug eine kurze Linke in der Luft.

Er hingegen ließ seine miefigen Trainingsklamotten, wo sie waren, ließ auch die Sporttasche einfach stehen und ging.

»Auf Wiedersehen«, sagte die Frau an der Rezeption auf dem Weg nach draußen. »Und noch einen schönen Abend.«

Er aß in einem Diner in der Upper West Side, weit weg von seiner Wohnung. Er saß allein und verfolgte das Gespräch, das in der Sitznische nebenan ablief.

»Endlich hat er mal einen Job gefunden, der ihm wirklich Spaß macht«, sagte der Hipster. »Er mag eben Kaffee. Alles mit Kaffee. Wo er herkommt, die unterschiedlichen Sorten und Mischungen und so.«

Worauf das asiatische Mädchen am anderen Ende des Tischs etwas sagte, das er nicht hören konnte.

»Ich meine, ich würde ja auch ungern nach Lafayette zurück. Oder Tulsa.«

An diesem Abend kam Katy noch später nach Hause als sonst. Er war noch wach, stellte sich schlafend. Im Dunkeln und auf Zehenspitzen schlich sie ins Schlafzimmer, vermied überhaupt alles, was ihn hätte wecken können. Dabei wollte er geweckt werden. Allein damit sie etwas zu ihm sagte, egal was. Aber sie schlüpfte lautlos unter die Decke und schlief sofort ein. Unklar war, was dabei mehr schmerzte, ihr ungestörter Schlaf oder die Stille, die dem Schlaf vorausging. Er stand auf, wechselte auf die Couch und erwachte spät. Natürlich war sie da schon weg.

Draußen auf der Straße riefen die Gratiszeitungen bereits den nächsten Blizzard und das unvermeidliche »Schneechaos« aus. Tatsächlich waren gerade einmal die ersten Schultern weiß, und aus welcher Richtung die Flocken kamen, ließ sich zwischen den Häusern auch nicht genau sagen.

»Entschuldigung«, sagte er auf dem Bahnsteig der Subway. »Entschuldigung! Hallo?«

Der Mann vor ihm hatte einen Handschuh fallen lassen.

»Oh, danke«, sagte der Mann.

»Gern geschehen.«

»Das passiert mir andauernd«, sagte der Mann, weniger zu ihm als zu seiner Begleiterin.

»Wie auch immer, ich weiß auch nicht, ob er das Teil jetzt gekauft hat, oder was«, fuhr seine Begleiterin fort.

»Aber ein Halstuch für fünfzehnhundert Dollar?«

»Und vor allem warum ist die Frage.«

Alle zusammen stiegen sie wieder an die Oberfläche. Der Mann war immer noch froh, seinen Handschuh wiederbekommen zu haben. »Ist echt wahr, ich verliere die Dinger in einem fort«, sagte er und klopfte den Handschuh an seinem Bein aus. »Hundert Paar sind es sicher.«

In der Mittagspause der nächste Spaziergang. Diesmal ging er bis zum Union Square. Der Himmel hing tief und hatte die Farbe vom mattem Blech. Er ging weiter Richtung Norden, vorbei an Meatball Obsession (»Home of the Original Meatball in a Cup«). Er kam an Sol Moscot Opticians und den anderen Kettenläden der Sixth Avenue vorbei. In einer ehemaligen Kirche befand sich eine Heavenly Laser and Beauty Lounge.

»Aber OP-Kleidung!«, rief der erste Mann. »Das muss man sich mal vorstellen. Für so eine Sache OP-Kleidung!«

»Hey, gerade bei so einer Sache ist es enorm wichtig, dass alles steril ist.«

Der erste Mann schüttete sich aus vor Lachen.

Dann ein weiterer langer Nachmittag im Büro, ohne dass seine Frau anrief oder mailte. Später, auf dem Heimweg, in einem der langen Gänge der Subway, hörte er, wie die Frau den Mann bat, nicht so zu rennen. »Weißt du schon, wo wir sitzen?«, fragte die Frau, weit weg von jeder Bank, weit weg vom Bahnsteig. Der Mann wandte sich um.

»Sitzen? Wo?«

»Du hast noch keinen Sitzplatz?«

»Wieso, brauche ich einen?«

»Ich meine ja nur.«

»Ich setze mich nirgendwohin, ich will nur zu unserem Zug. Wozu soll ich mich setzen?«

Dann lag er einmal mehr in ihrem gemeinsamen Bett und wartete auf sie, aber es war bereits ein, zwei Uhr früh am Morgen, und er konnte nicht ewig wach bleiben. Als er im Dunkeln erwachte, lag sie vollständig angezogen und mit weggedrehtem Kopf neben ihm. Er fragte sich, was er jetzt tun sollte. Sie aufwecken? Früher oder später musste er etwas tun.

Am nächsten Morgen wollte er sich auf dem Weg zur Arbeit einen Bagel holen. Die Espressomaschinen schrien wie am Spieß. Der Mann, der hinter ihm in der Schlange stand, sagte: »Hey, das war ihre Idee … Ich selbst kann damit gut schlafen, danke der Nachfrage … Und auch darüber muss ich mir keine Gedanken mache, das ist Sache des Ehemanns. Und jetzt sag nicht, du hättest es anders gemacht …«

Als er sich umdrehte, sah er, dass der Mann gar nicht in sein Handy sprach, sondern mit einer alten Frau, die sich höchstens im Flüsterton unterhalten konnte.

Wieder auf der Straße, stellte er fest, dass er gar keinen Hunger hatte, und warf den Bagel weg. Er ging zu Fuß zur Arbeit, alle achtunddreißig Blocks.

Der Blizzard war abgesagt, am Ende war nur eine leichte Graupelschicht gefallen. Die Bürgersteige waren dennoch glatt und lösten bei ihm wachsende Verunsicherung aus.

»Ich möchte eine Bestellung aufgeben«, sagte der Mann an der Straßenecke. »Forsythe, Newark. Viertausendzwohundert Gallonen Rohöl.«

In der Mittagspause ging er nach Brooklyn hinüber und fuhr dann mit dem Zug bis Coney Island. Es war kalt auf dem Boardwalk, der Himmel bedeckt von zerrissenen Wolken. Alles, was nicht so weit weg war, wirkte bläulich. Er ging nicht zur Arbeit zurück, sondern meldete sich krank.

»Ich war lange in dem Glauben, dass ich nicht sterben muss, wenn ich von einer zur anderen springe.«

»Ach was, da erwischt dich der Tod nur umso leichter«, sagte der Zweite.

Auf der Strecke arbeiteten Männer mit Leuchtweste und Schutzhelm. Einer sagte: »Habt ihr die Nummer aufgeschrieben? Dann brechen wir hier ab und gehen auf die andere Seite. War da irgendwas mit Person unter Zug? Egal, wir gehen auf die andere Seite.«

Zu Hause wollte er ihre gemeinsamen persönlichen Sachen nicht mehr sehen, sondern blickte nur noch aus dem Fenster, auf die Stadt, aber er sah fast nichts als vergehendes Licht, dichter werdenden Nebel, in dem die Menschen auf der Straße zu Schatten wurden. An diesem Abend kam sie gar nicht mehr nach Hause.

Der Blizzard war wieder da. Der Schnee fiel wie in ruheloser Trance und schraffierte die Aura der Straßenlaternen. Am nächsten Morgen war alles nur noch weiß. Und die Flocken rieselten weiter, auch wenn sie dem großen Weiß scheinbar nichts mehr hinzufügten. Die Leute bewegten sich, als wären sie auf dem Mond.

Irgendwo wollte er einen Kaffee trinken. Alle sprachen nur über den Blizzard.

»Und weit und breit kein Taxi. Bis zwei Uhr morgens habe ich es versucht. Ich dachte, ich werde noch verrückt.«

»Wie geht es ihm jetzt?«

»Nicht so gut. Vielleicht … ach, ich weiß auch nicht, Cheryl. Vielleicht hätte ich ihn besser schon letzte Woche einschläfern lassen.«

Das zweite Mädchen hinter der Theke sagte: »Hallo, darf ich Ihre Bestellung aufnehmen?«

An diesem Tag ging er nicht zur Arbeit. In der Stille der schneeblockierten Welt waren das Kratzen einer entfernten Schneeschaufel, sein knirschend-schleppender Tritt und sein eigener Atem die einzigen Geräusche, die zu ihm drangen. Der Mann mit der funkenschlagenden Schaufel pfiff etwas vor sich hin, als er an ihm vorbeikam.

Dann setzten sich die Taxis doch noch in Bewegung. Der Schnee wurde plattgetrampelt und klang an den Straßenecken bereits nach Matsch, wenn Reifen darüberrollten.

Gegen Abend ging er in einen Minimarkt ganz in seiner Nähe, um etwas zu essen zu kaufen.

Der Mann sagte: »Werden sie dir jetzt weggenommen?«

»Nur über meine Leiche. Das sind doch meine beiden kleinen Mädchen, Mann.«

Das Gespräch verstummte, als sie ihn bemerkten. Er ging nach Hause, aß, was er gekauft hatte, und ging anschließend in die Bar.

»Jeder will ihn«, sagte der Mann unmittelbar neben ihm. »Jeder.«

»B. L. A.?«

»Jeder.«

»Das ist kaum zu glauben.«

»Wenn ich Selbstmord begehen könnte, ohne zu sterben, oder wenn ich Selbstmord begehen könnte, und *er* stirbt statt mir, ungelogen, ich würde es tun.«

»Wäre das nicht Mord?«

Auf dem Heimweg befreite sich eine Frau aus der Umklammerung eines Mannes. »Nein!«, schrie sie. »So einfach geht das nicht! So nicht!«

»Schhh, schhh, schhh.«

»Fass mich nicht an!«

Er machte einen etwas zu großen Bogen um die beiden, blieb dann aber doch stehen und blickte zurück. Der Mann hielt die Frau erneut fest und hob sie hoch, während sie sich nach Kräften wehrte und mit den Füßen trat. Er wollte einschreiten, wenn der Mann nicht gleich von ihr abließ, doch genau das tat er, und die Frau landete wieder auf dem

Boden. Sie boxte mit beiden Fäusten auf ihn ein, worüber er nur lachen konnte.

»Mann, verpiss dich endlich, Dom!«, schrie sie und ließ ihn stehen.

Der Mann trat gegen eine Mülltonne, was weithin widerhallte. Beinahe übergangslos richtete er seine Wut gegen ihn, den einzigen Zeugen. »Gibt es hier was zu sehen, Arschloch?«

Er sah zu, das er weiterkam.

Zurück in seiner Wohnung, machte er kein Licht, sondern setzte sich nur auf die Couch. Der Schnee an seinen Schuhen war größtenteils schon geschmolzen, als das Telefon klingelte.

»Hallo?«

»Hey«, sagte sie. »Ich komme heute wieder etwas später.«

Er sagte nichts darauf.

»Cooke möchte, dass die Zusatzinfo bis Montagmorgen berücksichtigt wird. Deshalb ... keine Ahnung, so um zwölf vielleicht?«

»Gestern Abend bist du gar nicht gekommen.«

»Nein, nicht die McKinley-Sache, Byrne ... *Byrne*!«

»Katy?«

»Sorry«, sagte sie. »Alles Schwachköpfe hier.«

»Hast du verstanden, was ich gesagt habe?«

»Was hast du denn gesagt?«

»Dass du gestern Abend gar nicht gekommen bist.«

»Ich weiß. Aber dieser Fall gerade ... treibt noch alle in den Wahnsinn.«

Er schwieg.

»Hallo?«, sagte sie.

Er legte auf, beugte sich zur Seite und machte das Licht an.

Er ging durch die ganze Wohnung und machte überall das Licht an. Sie hatten wirklich viel Kram. Bücher und Zeitschriften und Reiseführer und gerahmte Drucke an der Wand. Es gab Lampen und Kochtöpfe und Betten. Sie besaßen stapelweise CDs und Klappkisten voller Schuhe, nicht zu vergessen die Fahrräder für den Sommer.

Es gab Sachen, die gehörten eindeutig ihm, und andere, die eindeutig ihr gehörten. Die alte Unterscheidung gewann mit erschreckendem Tempo neue Gültigkeit. Alles, was zu »ihren Sachen« zählte, erinnerte ihn daran. Überhaupt, sie war jetzt »sie«, nicht mehr Katy, nicht mehr seine Frau. Von jetzt an würde er sie nur noch so nennen.

Von einem Zimmer zum nächsten tappte er, und das nicht zum ersten Mal. An den vergangenen beiden Abenden hatte er es ebenfalls getan, und er wollte nicht mehr. Alles, was »ihr« gehörte, tat auf eine Weise weh, ihre »gemeinsamen« Anschaffungen auf eine andere. Er hatte nicht das geringste Interesse daran, dies alles aufzuteilen. Im Gegenteil, er wollte, dass endlich wieder alles ins Lot kam, so wie es gewesen war: als Ganzes, Ungeteiltes. Aber es gab kein Zurück. Das Ganze war längst zerbrochen, und jede Kleinigkeit hier verhöhnte ihn und machte ihn nur traurig.

Er griff zum Telefon, wollte jemanden anrufen, jemanden aus seinem Freundeskreis. Er konnte die Sache nicht länger nur mit sich selbst ausmachen. Doch wie zuvor legte er wieder auf. Die Aussicht, alles erzählen zu müssen, war zu viel für ihn. Gleichwohl brauchte er jemanden zum Reden.

Er ging zum Fenster, blickte hinunter auf die Leute, die unten vorbeigingen. Mit Ausnahme einer kleinen Stelle vor der Kirche waren die Bürgersteige weitgehend geräumt, und die Leute konnten normal gehen. Zu seiner eigenen Überraschung rief er aus dem offenen Fenster: »Hey!« Offenbar

nicht laut genug, denn er rief es gleich noch einmal: »Hey!«
Ohne seinen Schritt zu verlangsamen, hob der Mann unten
den Kopf, sah aber offenbar niemanden. Er vermied es, ein
drittes Mal nach dem Mann zu rufen, der seinen Weg fort-
setzte. Er hatte auch gar nicht vorgehabt, so auf sich aufmerksam zu machen.

Eine Minute darauf führte eine Frau ihren Hund aus.
»Hey!«, rief er. Sie blickte hoch, und beide, Frau wie Hund,
schienen sich zu fragen, was jetzt kam. Er hingegen sagte
nur: »Entschuldigung«, und schloss das Fenster.

Doch einige Minuten später lehnte er sich erneut aus dem
Fenster und sprach ein Pärchen an. Diesmal sagte er: »He,
Sie da! Ja, Sie. Bleiben Sie doch mal kurz stehen, dauert auch
nur eine Sekunde.« Das Pärchen verstummte, ging aber weiter. »Ich möchte Ihnen nämlich etwas sagen.« Der Mann
blieb stehen und sagte: »Alles in Ordnung?« Er fand, der
Mann hatte eine ehrliche Antwort verdient. »Nein«, sagte
er. »Nichts ist in Ordnung.«

Er kletterte auf die Fensterbank und hockte sich ins offene Fenster, wobei er sich mit einem Fuß auf der gemauerten
Brüstung abstützte. »Mein Leben ist zu Ende«, sagte er. Der
Mann ging einen Schritt auf ihn zu und nahm die Hände aus
den Taschen.

»Was machen Sie denn da?«, fragte er. Um hinzuzufügen:
»Das ist ganz schön gefährlich da oben.«

Kurz darauf stieg er von selbst herunter.

»Ist das zu fassen?«, sagte der Mann, als sie weitergingen.

»Der fand das wohl witzig«, sagte seine Begleiterin.

Wenige Minuten später war er wieder am Fenster. Diesmal sagte er: »Meine Frau geht fremd.« Der Mann, den er
ansprach, bewegte sich gerade in Minischritten über die
Eisfläche vor der Kirche. Eigentlich war die Sache viel zu

peinlich, um sie aus dem Fenster zu rufen, aber er wollte, dass der Mann stehen blieb und begriff, was los war. Erst als dieser sicheren Boden unter den Füßen hatte, blickte er zum Fenster hoch. »Hast du verstanden, was ich gesagt habe?«, rief er nach unten. »Meine Frau geht fremd!« Diesmal ging es ihm schon leichter über die Lippen. »Schön für dich«, sagte der Mann und ging weiter.

Eine Minute später rief er wieder: »Hey!«, allerdings ohne dass der Angesprochene reagierte. Aber der Nächste tat es. »Meine Frau geht fremd!«, rief er. »Ach, tatsächlich?«, sagte der Mann. Er stand direkt unter seinem Fenster und musste den Kopf arg nach hinten recken. »Und jetzt?«, fragte der Mann. »Was willst du jetzt mit ihr tun?« Ihm missfiel, wie er da stand und grinsend zu ihm hinaufsah. »Sie umbringen?« Er zog sich vom Fenster zurück, bis der Mann gegangen war.

Der Nächste, der anhielt, hörte sich eine Weile seine Leidensgeschichte von endlosen Nächten und ziellosen Tagen an. Daher sagte er: »Hey, willst du ein paar von ihren Sachen?« Was den Mann offenbar verwirrte. »Los, komm hoch und nimm dir, was du willst.«

»Nein, danke«, sagte der Mann und setzte sich in Bewegung. »Aber viel Glück.«

»Hey«, rief er dem Nächsten zu. »Willst du was von hier?« Ohne anzuhalten, sagte der Mann: »Wie?« »Dann komm hoch und such dir was aus.« Überraschenderweise stoppte der Mann daraufhin. »Kein Witz, du brauchst nur hochzukommen. Ich mach dir auf.«

»Wozu?«

»Falls du was haben willst. Alles muss raus, zumindest die Sachen von meiner Frau, sie geht nämlich fremd. Sie betrügt mich.« Der Mann jedoch stand einfach nur da. Deshalb erklärte er ihm den Unterschied zwischen »ihren« und »seinen« und den »gemeinsamen« Sachen, was aber mehr oder weniger auf dasselbe hinauslaufe, da nichts davon verdiente, aufbewahrt zu werden. Nur ein Haufen Krempel, der wegmusste, so oder so. Da er für ein Leben stand, das verloren war, ein Leben, in dem einst jede neue Anschaffung für eine bestimmte Hoffnung stand und ein höheres Ziel. Doch wie gesagt, all das existierte nicht mehr. Das schien der Mann zu begreifen.

Er drückte ihm die Tür auf und hörte ihn auf der Treppe.

»Wohnst du hier?«

»Das ist meine Wohnung, ja«, sagte er. »Bitte keine Scheu, nimm, was du willst. Nimm, was du tragen kannst.«

Der Mann schaute sich um. »Was ist mit der Lampe?«, fragte er.

Die Lampe gehörte zu ihren »gemeinsamen« Sachen. Aber was sollten sie jetzt damit machen, sie in der Mitte durchsägen? »Die Lampe geht klar«, sagte er. »Nimm sie mit.«

»Und all das Zeug hier gehört garantiert dir?«

»Alles meines. Meines und ihres.«

»Das Kissen da?«

»Bedien dich.«

»Und alle Kissen zusammen?«

Beladen mit der Lampe und allen Kissen, ging der Mann davon.

Er trat wieder ans Fenster.

Eine Stunde später kam Katy die Straße herauf.

»Ich dachte, ich hätte alles schon gesehen«, sagte einer der Männer, die ihr entgegenkamen.

»Und dann kommt einer an, der verschenkt Koffer. Leute gibt's«, sagte der zweite.

Irgendwie kam ihr der Rollkoffer mit den weißen Punkten bekannt vor, den der erste Mann hinter sich herzog. Als sie ihre Etage erreichte, stand er in der Wohnungstür und blätterte in ihrem gemeinsamen Hochzeitsalbum – mit einer fremden Frau.

Das Stiefkind

Nach einer weiteren Runde um den Block stand er wieder in dem Bagelcafé. Am Tresen die übliche Schlange, doch seine Hoffnung schwand mit jedem Gesicht, das nicht ihres war. Anschließend ging er zum soundsovielten und letzten Mal um den Block, dann hielt ihn nichts mehr. Er lief einfach Richtung Süden.

Da er kaum auf den Weg achtete, wäre er an einer Straßenecke fast von einem Taxi überfahren worden. Ohne erkennbaren Grund bog er danach rechts ab und befand sich in einer Straße, wo ihm, wie aus einer gigantischen Lüftungsanlage, Staub und Müll ins Gesicht blies. Kurz darauf stand er plötzlich vor einem Flugzeugträger.

Am Rand des Times Square zahlte er einen Dollar an eine Straßendichterin mit Dreadlocks, die frisch von einer Creative-Writing-Klitsche in Colorado kam und ihm dafür ein Gedicht in ihre alte Smith Corona hämmerte. Er las das Gedicht mehrmals durch, denn er suchte nach einem Zeichen, irgendeinem Rat, fand aber nur Wortgeklingel mit falschem Tiefsinn und klemmte das Blatt Papier einem Streifenwagen unter den Scheibenwischer. Am Empire State Building versuchten sie, ihn zu einer Stadtrundfahrt zu überreden.

Überall Unrast und Bewegung, das drängende Getriebegeräusch der City, während nur eine Straße weiter eine Feuerwehrsirene gellte. In einem Schaufenster: drei blaue Vögelchen vor Sternenstaub, zwei Astrolabien auf den grauen

Seitenlehnen eines Sessels sowie ein klaffendes Haigebiss. All dies war nötig, um ein Tanzröckchen für kleine Mädchen in Szene zu setzen. Passanten hätten annehmen können, er sei nur fasziniert von dieser Installation. Erst als er sich umdrehte, merkten sie, dass er weinte. Dann wussten sie, dass sie gerade Zeuge eines dieser New Yorker Momente waren, in denen die Verzweiflung eines Einzelnen öffentlich wurde. Als ehemaligen Raucher zog es ihn danach in einen Drugstore, wo man Zigaretten bekam.

Er und Naomi hatten vier Jahre zuvor geheiratet, auf Kuba (nach ihrer Zeit in Nicaragua lag Kuba nahe); das war lange vor der Aufhebung des Embargos. Vor allem Nick war aufgeregt. Dass ihr Start in die behäbige Spießerinstitution Ehe ausgerechnet unter solch revolutionären Umständen stattfinden sollte! Sie gaben sich das Jawort am Strand, mit Priester und traditioneller Punto-Kapelle. Nicht nur der angenehm kühle Nordwind, alles an diesem Abend gab zu den schönsten Hoffnungen Anlass. Und jetzt ließen sie sich eben scheiden, was sonst? Na und? Früher oder später ließen sich doch alle scheiden.

In dem Wissen, dass er sie so oder so nicht wiederbekam, warf er sein Handy in einen Abfallkorb an der Straßenecke. Als er sich besann, lief er zurück und suchte und suchte. Umsonst, er fand die Ecke nicht mehr.

Auf der Brooklyn Bridge wurde er von Radfahrern angeschnauzt. Dann merkte er, dass er irgendetwas in der Hand hielt, das er auf keinen Fall loslassen wollte. Es war die Hochglanzpostkarte eines Herrenclubs, wo für die Happy Hour geworben wurde: zwei Drinks zum Preis von einem. Wie die Karte in seine Hand kam, konnte er nicht sagen. Es war auch egal. Es war vorbei, nichts anderes zählte mehr. Er lief bis nach Flatbush und Park Slope.

Dass er überhaupt geheiratet hatte, geschah wider besseres Wissen. Er hatte gesehen, was sich seine Eltern gegenseitig antaten, ehe sie auseinandergingen. Mit den nachfolgenden Partnern lief es nichts anders. Für ihn waren es kurzzeitige Beziehungen zu Stiefeltern mit Verfallsdatum. Egal, er hatte es trotzdem versucht, und es endete exakt so, wie er gedacht hatte, mit Tränen und auf der Straße.

Aber dass er schließlich in Park Slope war, stellte keine Überraschung dar, denn dort hoffte er sie zu finden. Er liebte sie nämlich wirklich, ihr Gesicht, ihr Lächeln, alles. Dann holte er tief Luft und betrat den Vorraum des alten Mietshauses.

»Wer ist da?«, fragte sie über die altertümliche Gegensprechanlage.

»Hier ist Nick«, sagte er, und es folgte so ziemlich die längste Pause seines Lebens. Ja, er hatte Bedenken gehabt. War er überhaupt präsentabel? Machte er den passenden Eindruck? Es verging noch eine ganze Minute, ehe sie den Summer drückte.

Als er den Aufzugknopf betätigte, kam tatsächlich Leben in den alten Kasten, auch wenn er offenbar ganz oben aus dem Tiefschlaf geweckt wurde. Die Türen taten sich auf, gesenkten Kopfes stieg er zu, nur um eine Sekunde später, hochgeschreckt, wieder zurückzuweichen, da eine vierköpfige Familie aus der Kabine walzte. Voneweg der Anführer, der Vater, gleich dahinter ein hyperaktiver kleiner Junge mit Viking-Cap und einer Fugenpistole, gefolgt von einem Deutschen Schäferhund und einem älteren Bruder in langen Sportstrümpfen und einem knielangen Fußballtrikot. Ganz zum Schluss, in Jogginghose und zerknittertem Flanellhemd, kam Mom und war offenbar in einer anderen Raumzeit, einer anderen Familie gefangen, denn sie rief irgendeinem Bill zu, er solle mit den Tomaten aufpassen.

Dann sagte sie: »Ach herrje ...«, erstarrte und sah ihn stieren Auges an. Sie hatten inzwischen den Standort gewechselt: Er stand im Aufzug, sie davor. »Ich hab's gewusst«, sagte sie und glotzte stumm. »Du bist ... unglaublich.«

»Danke«, sagte er und drückte den Knopf, damit die Tür endlich zuging.

»Wenn ich's dir sage. Ich liebe dich.«

»Danke.«

Endlich begriff sie, was los war, und hielt sich erschrocken die Hand vor den Mund. »O Gott, ist mir das peinlich!«, sagte sie, doch die Tür ging bereits zu. »Ade!«, rief sie und winkte.

Auf der Fahrt nach oben strich er alles, was mit Familie zu tun hatte, aus seinem Kopf und dachte ausschließlich an sie, ihr Gesicht, ihr Lächeln.

Er trat aus dem Aufzug, und da war sie, da stand sie, telefonierend, im Rahmen der Wohnungstür. Ein Träger ihrer Latzhose war ihr von der Schulter gerutscht, und sie lächelte, als sie ihn sah. Doch ihr Lächeln verschwand, als er näher kam. Sie hielt die Hand vor den Hörer und fragte: »Ist was passiert?«

»Sie ist gegangen.«

»Wer ist gegangen?«

»Meine Frau«, sagte er.

Mit besorgtem Blick winkte sie ihn herein und versuchte, ihr Telefongespräch zu beenden.

Zögernd trat er über die Schwelle und ging erst dann weiter, als er der sich schließenden Tür im Weg war. Sein Blick fiel auf eine Fußmatte mit einem Willkommensgruß von Santa Claus, die ihre Zeit bereits viele Monate hinter sich hatte, auf den Flechtkorb an der Wand, der von Sandalen und Leinenschuhen überquoll, auf das kleine Lacktischchen, wo die Hausschlüssel und das Kleingeld lagen … all die Farben und Dinge und Gewohnheiten aus einem fremden Leben, die ihn bereits im Flur empfingen. Wie oft hatte er schon so in einer unbekannten Wohnung gestanden, am Startpunkt eines neuen Lebens, und mit dem schonungslosen Blick eines Kindes alles aufgenommen, was nun auf ihn zukam? Tatsächlich nicht weniger als sechs Mal. Immer dann, wenn seine Eltern jemand Neues kennengelernt und den/die Neue bald darauf geheiratet hatten. Dann wurde die sofortige Totalintegration angeordnet und zusammengeführt, was von selber nie zusammengewachsen wäre (siehe Wäscheschrank, siehe Familientradition) und auch nie und nimmer zusammengehörte (siehe die DNA). Auf mütterlicher Seite waren dies die Morgans, die Dinardos und die Teahans. Bei seinem Vater folgten auf die Winklows die Andersons und auf die Andersons dieser unerträgliche Lee-Clan. Und jedes Mal fand er sich bei einer Art Besichtigungstermin wieder und wäre am liebsten gleich umgekehrt zu seinem alten Doppelstockbett in einem Zimmer, wo alles beim Alten blieb, die Bettwäsche, die Lichtverhältnisse, die Eigentumsverhältnisse. Aber kaum waren seine Eltern wieder verheiratet und eingezogen, einschließlich aller schmerzhaften Anpassungen seinerseits, ließen sie sich bereits wieder scheiden und zogen aus.

Sie entschuldigte sich, dass das Telefongespräch so lange dauerte. »Ich hab's gleich«, sagte sie.

»Bist du allein?«, fragte er.

Sie hob den Zeigefinger und sah weg, während sie mit dem Kundendienst eine Vereinbarung traf.

Ein anderer wäre vielleicht sofort wieder gegangen, er

nicht. Er hatte bereits in der Kindheit gelernt, wie man sich in unbekannter Umgebung wie zu Hause fühlt, und sah sich neugierig weiter um. Die ganze Wohnung war ein einziges Chaos. Überall lag Spielzeug, und unter dem Tisch bildeten Puzzleteile und Cornflakes eine verschworene Gemeinschaft. Nachdem sie endlich ihr Handy weggesteckt hatte, hob sie routiniert die pinkfarbene Strickdecke auf, legte sie zusammen und ging ihm gleichzeitig ins nächste Zimmer voraus.

»Aber das glaube ich doch wohl nicht«, sagte sie. »Du hier?«

»Ja, ich«, sagte er. »Warst du gerade am Malen?«

»Ich habe es zumindest versucht«, sagte sie und legte den Finger an die Lippen. »Zum Wohnzimmer müssen wir durchs Kinderzimmer«, flüsterte sie. »Diese Wohnung ist absolut idiotisch geschnitten. Bitte weck sie nicht.«

Im Wohnzimmer erwartete sie weiteres Durcheinander. Am helllichten Tag brannte die Tischlampe, Tassen standen sicherheitshalber auf Bierdeckeln, und fahrbare Tiere waren mitten in ihrer Wanderung zum Stillstand gekommen. Sie ging weiter voraus, um Platz zu schaffen, und legte die meisten Stolperfallen auf einen Spielzeug-Mülleimer. Er nahm Platz und hatte unversehens ein Jo-Jo in der Hand.

»Was ist geschehen?«, fragte sie.

»Sie ging heute Morgen kurz weg, wollte nur Bagels holen«, sagte er. »Das ist Tradition am Sonntagmorgen. Einer von uns muss immer los und Bagels und die Zeitung holen, den Rest des Morgens verbringen wir im Bett.«

»Du meine Güte«, sagte sie. »Das macht man noch?«

»Aber sie ist nicht mehr zurückgekommen. Ich habe tausendmal versucht, sie anzurufen, aber sie ging nicht dran. Hat auch nicht auf meine SMS reagiert. Erst habe ich gewartet. Ich dachte, vielleicht hat sie ja nur einen Spaziergang gemacht. Um den Kopf freizukriegen, was weiß ich. Mittlerweile bin ich da nicht mehr so sicher.«

»Habt ihr euch gestritten oder so was?«

»Na ja, ich habe es kommen sehen«, sagte er.

»Tut mir leid, das zu hören«, sagte sie. »Ja, das Eheleben ist hart.«

»Wer weiß, vielleicht ist sie ja wirklich nur spazieren gegangen.«

»Wie lange ist das her?«

»Vier Stunden«, sagte er. »Fünf vielleicht.«

»Bisschen lang für einen Spaziergang.«

Er hatte sie auf der großen Gala des Arts Fund im Paramount Hotel kennengelernt, wo vor dem Dinner zwei erwachsene Frauen, ausgestattet mit Zöpfen und Windeln, an einer Hundeleine durch die versammelten Gäste geführt wurden und heftig geschminkte Herren mit stachligen Ringen an jedem Finger allen möglichen Leuten die Hand gaben. Später am Tisch saßen sie direkt nebeneinander, zusammen mit Stephanie Savage und Ryan McGinley. Sie war mal Assistentin von Calarusso gewesen und sollte an diesem Abend aufpassen, dass der große Mann sich nicht danebenbenahm. Im Verlauf der Vorspeise erfuhr Nick, dass sie in ihrer Freizeit malte. Beim Dessert zeigte sie ihm Thumbnails ihrer neuesten Werke und versprach im Gegenzug, sich seine Serie anzusehen (vorausgesetzt, sie fände die Zeit, sie auf Netflix zu streamen). Es war jedoch keine von denen, die in ihrem Bekanntenkreis gerade angesagt waren.

Nach den Tischreden und Danksagungen wollte Calarusso nach Haus, und sie rannte los, um ihm einen Wagen zu besorgen. Ohne dass sie einander vorgestellt worden wären, wandte sich der schwergewichtige Maler zu Nick und meinte schadenfroh: »Die Ärmste! Jetzt setzt sie ihr Leben in den Sand und weiß es nicht mal.«

»Wie meinen Sie das?«

Calarusso riss die Augen auf, dass man die Gemeinheit in ihnen glitzern sah: »Ihr Ehemann wird langsam dick.«

Eine Stunde später – Calarusso war mittlerweile abtransportiert – gestand sie ihm unvermittelt, dass sie so selten aus dem Haus komme und es deshalb wohl etwas übertrieben habe – sie meinte den Alkohol. Kurz, auch sie müsse dringend nach Hause.

»Du kannst mit mir fahren«, sagte er.

»Danke, aber das geht schon. Ich nehme die U-Bahn.«

»Sei nicht albern«, sagte er. »Draußen wartet ein Wagen auf mich.«

Er hatte auf eine Fortsetzung ihrer Unterhaltung gehofft, aber sie schlief sofort ein und war weder durch die rabiate Fahrweise des Chauffeurs noch durch die Schlaglöcher aufzuwecken, die den Wagen jedes Mal wie eine Detonation erschütterten. Daheim auf eine Frau wie sie zu warten, so stellte er sich vor, war alles, was sich ein Mann je wünschen konnte. Denn neue Leute kennenzulernen, sagte sie, hätte für sie keinen Reiz mehr, da stehe sie drüber. Er himmelte sie dafür an. Ihr einziger Fehler in der letzten Zeit? Zu wenig geschlafen wegen des Babys.

Als der Wagen vor ihrem Haus hielt, weckt er sie behutsam. Sie schlug die Augen auf und holte tief Luft. Wahrscheinlich fragte sie sich im ersten Moment, wo sie sich befand und wie um alles in der Welt sie dorthin gekommen war.

»Entschuldige«, sagte sie. »Wie lange habe ich geschlafen?«

»Von Midtown an, mehr oder weniger.«

»Was, den ganzen Weg? Tut mir leid, echt.«

»Macht doch nichts«, sagte er.

»Danke«, sagte sie. »Das ist lieb von dir.«

Dann verabschiedete sie sich und stieg aus. Das war vor vier Tagen.

»Aber ich habe es kommen sehen«, sagte er jetzt zu ihr. »Es war mir schon länger klar: Irgendwann verlässt sie mich. Es musste so kommen. Von Tag zu Tag wurde es …«

»Was? Unerträglicher?«

»Weißt du, was sie macht?«, fragte er fassungslos. »Da sind erst mal die Blumen. Dauernd schleppt sie Blumen an, weil, sie will sich mit Blumen umgeben. Und wenn sie verwelkt sind, schmeißt sie sie nicht etwa weg, sondern hängt sie zum Trocknen auf. Und wenn sie getrocknet sind, zupft sie die Blüten ab und tut sie in diese japanischen Schalen, die sie dann in der ganzen Wohnung verteilt.«

Sie wartete ab.

»Ich meine, wer macht denn so was?«, fragte er.

Sie lachte zustimmend. »Keine Ahnung, wer so etwas macht«, sagte sie. »Ich nehme an, ihr habt keine Kinder.«

»Nein.«

»Hier macht das jedenfalls kein Mensch«, sagte sie. »Trockenblumen würden bei uns nicht mal bis zum Frühstück halten.«

»Und dann ihr Aromatherapie-Ding. Bei uns hast du in jeder Ecke eine andere Duftinsel. Neben der Badewanne liegt ein Lavendelsäckchen, in der Küche steht die Duftkerze mit Verbena. Ist dir klar, was das mit einem macht?«

»Duftinseln gibt es bei uns auch«, sagte sie. »Aber die riechen eher nach saurer Milch und Pipi.« Sie lachte.

»Trotzdem, schöne Wohnung«, sagte er.

Mit übertriebenem Erstaunen blickte sie im Zimmer umher. »Ach ja?« Sie lachte erneut und sagte: »Stimmt. Es ist eine schöne Wohnung. Nur ein bisschen klein für uns. Aber die Mieten hier sind der Wahnsinn.«

»Wenigstens ist nicht alles so steril.«

»Nein, steril bestimmt nicht. Manchmal denke ich, hier sieht es aus wie bei Homer & Langley mit Kindern.« Sie hob ein Quietschetier vom Boden auf (ein Kinderspielzeug oder eher etwas für den Hund?) und ließ es kurz quietschen, ehe es auf den Sitzsack flog.

»Hier arbeitest du also?«

»So oft es mir möglich ist. Jede freie Minute«, erwiderte sie.

»Du bist sehr ehrgeizig.«

»Nein«, sagte sie. »Ich habe eher Angst.«

»Wovor?«

»Davor, dass ich nie wieder ein Bild zustande kriege. Dass mich das Muttersein auffrisst. Oder dass ich endgültig durchdrehe.«

»Tut mir leid, dass ich dich so überfallen habe«, sagte er. »Wahrscheinlich wolltest du gerade malen – wenn das Baby einmal schläft. Und dann platze ich hier einfach rein.«

»Ach was«, sagte sie. »Ich freue mich, dich zu sehen.«

»Auf jeden Fall hast du es schön hier«, sagte er. »So voller Leben. Nicht so wie bei mir.«

»Du meinst so sauber und ordentlich? Und alles duftet nach Aromatherapie? Und es ist so ruhig, dass du dir selbst beim Denken zuhören kannst?«

Sie lachte – mehr für sich. Oder vielleicht sogar seinet-wegen, damit er sich besser fühlte. Gleichviel, ihre Heiter-keit verging, sobald ihr Blick wieder auf die allgemeine Un-ordnung fiel.

»Von außen gesehen wirkt es vielleicht wie ein erfülltes

Leben – und ganz falsch ist das auch nicht. Aber wenn man Tag für Tag darin festhängt, dann hat man eher das Gefühl, die Zeit läuft einem weg.«

»Ich liebe dich«, sagte er.

Sie zuckte zurück. »Wie bitte?«

»Nein, ich meinte eher dieses Leben. Deine Wohnung. Sogar die Unordnung darin. Ich liebe diese ... also ich liebe Zimmer wie diese, wo man geradezu hören kann, wie Kinder hier spielen und wie die Waschmaschine läuft. Man riecht das Bananenbrot, das im Ofen backt, die ganze Liebe, die in diesem Zimmer herrscht. Das ist alles, mehr wollte ich damit nicht sagen. Ihr habt drei Kinder, du und dein Mann, ist das richtig?«

Sie nickte.

»Wo ist er jetzt?«

Aber sie war verstummt.

Sie war eindeutig seine wahre Liebe. Deshalb konnte er auch nicht einfach sagen »Ich liebe dich« und ihr dabei tief in die Augen sehen, bis sie dahinschmolz. Calarusso lag völlig falsch, was sie betraf. Sie besaß genug eigenen Willen, genug Selbstachtung, dass sie nicht mit jedem x-beliebigen Kerl durchbrannte, der ihr Komplimente machte, so wie seine Mutter damals, vielleicht um die Vorteile einer neuen Adresse auszuprobieren. Wobei die Kinder einfach mit in die alten Umzugskartons kamen, als wäre nichts dabei.

»Entschuldigung, so war das wirklich nicht gemeint«, sagte er. »Womöglich hast du jetzt einen völlig falschen Eindruck. Naomi, also meine Frau, ist nun wirklich kein krankhafter Ordnungsfanatiker, bei dem alles seinen Platz haben muss. Unordnung gibt es bei uns wahrhaftig genug. Aber *eine* Sache muss immer sein, jeden Tag: Bettenmachen. Mir hat man das als Kind nie beigebracht, weswegen es mit meinen Stiefeltern häufig Ärger gab. Ich habe dann aus Trotz mein Bett nicht gemacht. Und als Naomi nach der Heirat täglich die Betten machte, sah ich darin kein Zeichen von Fürsorge oder … sondern das genaue Gegenteil, als wollte sie mir eins auswischen. Ich dachte, sie macht das extra, um mir meine Schlampigkeit vorzuhalten oder um mir zu zeigen, wie viel ordentlicher sie ist. Das dachte ich anfangs wirklich, und das führte natürlich zu Spannungen. Und alles wegen einer solchen Kleinigkeit wie Bettenmachen. Bei jedem Streit hielt ich ihr die gemachten Betten vor. Worauf sie mich natürlich nur verständnislos ansah. Sie hätte auch fragen können: ›Was haben die blöden Betten damit zu tun?‹ Es dauerte eine ganze Weile, bis mir klar wurde: Sie tut das nicht, weil sie mich bestrafen will, sondern weil sie gemachte Betten schöner findet als ungemachte. Weil sie uns das gemeinsame Leben so angenehm wie möglich machen will. Mir war so etwas nie in den Sinn gekommen, schon gar nicht, dass wir ein gemeinsames Leben hatten.«

»Mit Kindern wäre euch das nicht passiert«, sagte sie. »Da begreift ihr nämlich ganz schnell, dass ihr gemeinsam drinhängt.«

»Aber um noch einmal auf die Duftinseln in unserer Wohnung zurückzukommen«, sagte er. »Mit Gerüchen bin ich empfindlich. Von Kindheit an bis Anfang zwanzig war ich ununterbrochen von fremden Gerüchen umgeben. Ich weiß, es klingt blöd, wenn man heute davon redet, aber es hat mich unheimlich sensibilisiert. Die unterschiedlichen Gerüche all dieser Leute. Jede neue Familie hatte ihren ganz eigenen Geruch. Die Seifen und Shampoos im Bad, die Kleiderschränke, das Essen, das es dort gab, alles roch anders. Sogar das Sofa, wenn man sich daraufsetzte. Erst recht die krassen Sachen wie Toiletten und Badezimmer. Es war auch nicht immer eklig, sondern nur fremd, und ich mochte nichts Fremdes. Ich wollte endlich etwas, das ich kannte. Ich meine, was ist Familie anderes als das, was man kennt? Aber in jedem neuen Haus, jeder neuen Familie roch nichts so, wie ich es kannte. Nach und nach hätte ich nicht einmal sagen können, was ich von Haus aus kannte, sondern nur, dass es in dem neuen Haus nicht vorhanden war. Und als Naomi und ich heirateten, musste ich mich schon wieder an neue Gerüche gewöhnen. Und nicht nur das, auch an jede Menge persönliche Sachen wie die Bilder an der Wand etc. Meine Reaktion darauf war klar ablehnend. Welchen Sinn hatte so eine Ehe, wenn ich mich abermals anpassen musste? Ich wollte das nicht, ich weigerte mich. Allerdings nicht offen, nur für mich. Die Sachen in der neuen Wohnung waren Naomis Sachen. Was davon war meins? Ich hatte keine Ahnung. Ich wusste nur, wusste insgeheim, dass ich das Fremde ablehnte. Damit begann unser Kleinkrieg. Ein Kleinkrieg, der nichtsdestoweniger verbissen geführt wurde. Bis ich irgendwann merkte, dass ihre Gerüche zu meinen Gerüchen geworden waren. Es war *mein* Leben, warum sabotierte ich es? Endlich realisierte ich, was meins war.«

Er hörte auf zu reden. Aus schmalen Augen sah sie ihn eindringlich an. »Hmmm«, sagte sie. Irgendetwas in seinem Monolog hatte sie gestört. Sie blickte zur Seite. Sie stand sogar auf, kreuzte die Arme vor der Brust und ging im Zimmer auf und ab. Dass er ihr soeben eine Art Liebeserklärung gemacht hatte, schien sie vergessen zu haben. Dann blieb sie stehen und sagte: »Komisch, bei mir ist es genau andersherum.«

»Inwiefern?«

»Na ja, was mich betrifft, ich hatte jedenfalls meine eigenen Gerüche – falls wir bei diesem komischen Wort bleiben wollen. Aber du weißt, was gemeint ist: mein eigenes Leben. Aber daraus ist mittlerweile das Baby geworden. Die Gerüche des Babys legen sich auf alles, bestimmen mein ganzes Leben. Gott allein weiß, wie ich inzwischen rieche.« An dieser Stelle erwartete er ein Lachen, doch es blieb aus. Es war auch nicht als Witz gemeint. »Ist dir klar, dass ich an manchen Tagen nicht mal zum Duschen komme, geschweige denn, mir nach dem Duschen die Haut einzucremen? Ob ich je in meinem Leben wieder ein richtiges Bad nehmen kann, steht in den Sternen. Ich weiß es nicht. Oder Parfum? Werde ich jemals wieder ein Parfum benutzen? Oder malen? Irgendetwas malen, das auch nur eine Spur von Wert besitzt?«

»Was sagt denn dein Mann dazu?«

»Wozu?«

Das wusste er selber nicht so genau. Er zuckte die Schultern: »Na ja, zu deiner Malerei ... und deinem Wunsch nach einem richtigen Bad.«

»Wir haben Höhen und Tiefen«, sagte sie. »Wie jedes andere Paar auch.«

Sie kehrte zum Sofa zurück, faltete einen Strampler zusammen, der ihr auf rätselhafte Weise in die Finger geraten war, und legte ihn wie abwesend auf einen Stapel Kinderbücher. »Na ja, wie auch immer«, sagte sie.

»Letztlich wurde es dadurch nur noch schlimmer«, sagte er. »Wahrscheinlich wäre ich heute besser dran, wenn ich das damals nicht herausgefunden hätte.«

»Herausgefunden? Was?«

»Was meins ist.«

»Es *nicht* zu wissen, ist besser?«

»Ja. Denn das ist Horror pur.«

»Wieso?«

»Weil ich jetzt weiß, was ich alles zu verlieren habe.«

Er war wieder bei seinem anfänglichen Thema: Naomis Weggang, der unheimliche Verlust, der ihn getroffen hatte, als sie am Morgen nicht zurückkam.

»Unsere Beziehung ging weit über ein gemachtes Bett hinaus. Wir redeten miteinander, nur wir zwei. Da, wo ich herkomme, tat man das nie. Alle schrien nur rum, knallten mit den Türen, um kurz darauf abzuhauen und die Scheidung einzureichen. Einmal feierte meine Mutter ihre Hochzeit sogar in einem McDonald's, so achtlos ging es bei uns zu. Aber Naomi und ich, wir kochten sogar unser Abendessen gemeinsam, wenn ich nicht am Set war. Wir nahmen uns zusammen alle möglichen Sachen vor. Die wir dann auch zusammen machten.«

»Und jetzt nicht mehr?«

»Jetzt ist alles aus.«

»Aber du hast sie geliebt?«

»Das habe ich, sehr sogar. Davor habe ich nicht für mein Leben gelebt. Eigentlich habe ich vorher gar nicht gelebt. Ich wollte etwas beweisen, ich wollte Vergeltung, das ja. Aber mein Leben war klein und mies. Und plötzlich, ganz unbemerkt, geschieht etwas, und es bedeutet plötzlich alles. Das ist schon erschreckend.«

»Aber auch schön«, sagte sie und drehte an ihrem Ehering. »Ich weiß nicht, ob ich das von *mir* behaupten kann.«

»Du lebst nicht für dein Leben?«

»Ich weiß nicht, wofür«, sagte sie. »Ich lebe, aber nur halb. Die andere Hälfte kommt irgendwie nicht mehr vor.«

»Die andere Hälfte ist was?«

»Na ja, wenn ich male, kann ich mich nicht um die Kinder kümmern. Und wenn ich mich um die Kinder kümmere, kann ich nicht malen. Das ist fast die Garantie dafür, dass ich beides gleich schlecht mache, und jeden Abend hasse ich mich dafür.«

»Und dein Mann?«, sagte er. »Was kommt zu kurz, wenn er da ist?«

»Calarusso zum Beispiel«, sagte sie. »Und alles, was daranhängt: Freunde, ins Museum gehen, das Leben.« Sie lachte.

»Geht er nicht gern ins Museum?«

»Im Prinzip schon«, sagte sie. »Nur gehen wir nie. Was wir zusammen tun, ist fernsehen. Du guckst wahrscheinlich gar kein Fernsehen, oder? Okay, das war jetzt blöd, du *bist* ja beim Fernsehen. Aber du verstehst, was ich meine. Was man so zusammen macht, wenn man abends müde ist. Und um überhaupt irgendwie zusammen zu sein.«

»Ich verstehe genau, was du meinst«, sagte er. »Aber Naomi will immer etwas unternehmen. Restaurants, Theater, solche Sachen. Sie war im letzten Jahr sogar mit auf Korsika, wo ich diesen absolut fürchterlichen Independent-Film drehen musste. Ich weiß noch, wie wir einmal aus dem Auto stiegen und über diese alte, halbverfallene Treppe zum Strand gingen, um im Meer zu schwimmen. Später, als wir zurückkamen, war das Auto belagert von brünstigen Wildschweinen, die da eine irre Show abzogen, richtig komisch. Aber dann auch wieder beängstigend. Wenn der Mann aus Marseille nicht gekommen wäre und sie weggehupt hätte, stünden wir vermutlich heute noch da.«

Sie wusste nicht, was sie auf diese Geschichte sagen sollte. »Klingt ja romantisch«, sagte sie.

»Romantisch?«

»Ich meine, allein schon Korsika ...«

»Oh. Ja, okay«, sagte er. »Trotzdem, rückblickend war es weniger die Reise als die Tatsache, wie höflich wir miteinander umgingen. Da, wo ich herkomme, war keiner je höflich. Wenn ich ehrlich sein soll, habe ich durch sie erst gelernt, was leben heißt.«

»Nur damit ich klarsehe: Wir sprechen hier immer noch von einer Sterblichen, richtig?«

Er lachte. »Nein, Quatsch. Sie hatte natürlich auch ihre Schattenseiten, das kannst du mir glauben.«

»Zum Beispiel?«

Er nahm sich Zeit für die Antwort. »Sie hat nicht annähernd deinen Humor«, sagte er. »Oder deinen Reichtum.«

»Reichtum?«

Er wusste nicht, wie er das jetzt erklären sollte, und die Frage hing unbeantwortet in der Luft. Abermals stand sie auf und ging etwa bis zur Zimmermitte, wo sie ihm den Rücken zuwandte, weil sie nachdenken musste.

»Auf jeden Fall klingt das alles sehr nach Traumfrau«, sagte sie schließlich. »Du solltest also um sie kämpfen. Wo immer sie jetzt auch ist, finde sie und kämpf um sie. Tu es für dich.«

»Aber es ist zu spät«, sagte er. »Gerade durch die tausend Versuche, die Beziehung irgendwie am Laufen zu halten, ging irgendetwas verloren. Wahrscheinlich habe ich ihre Geduld ein Mal zu viel strapaziert. Jetzt gibt es nichts mehr, was ich noch sagen oder tun könnte, es bringt einfach nichts mehr.«

»Und wenn du sie anflehst? Versprich ihr, dass du dich änderst, und tu es.«

»Ich habe mich doch schon geändert. Komplett geändert sogar. Aber sie sieht es nicht. Für sie bin ich immer noch das ungezogene Kind, das sich an keine Vereinbarung halten kann. Weißt du, wie schnell man in einer Ehe in einer Schublade landet, aus der man nicht mehr herauskommt?«

»Sicher. Wie sollte ich das nicht wissen?«, sagte sie.

»Uns hat es jedenfalls zerstört. Egal, wie wir uns ändern, für den anderen zählt das alles nicht. Für den anderen sind wir immer noch der Alte.« Er deutete auf die Gegenstände im Zimmer. »Ich zum Beispiel konnte mir nie vorstellen, sie einmal in einem solchen Szenario zu sehen.«

»Szenario?«, fragte sie. »Du meinst Messie-Chaos und Wahnsinn?«

»Nein, überhaupt nicht«, sagte er. »Eher diese Fürsorglichkeit, die hier überall zum Ausdruck kommt. Das Leben als etwas Ganzes, Ungeteiltes, wo jede Kleinigkeit etwas von dieser unglaublichen Herzensgüte ausstrahlt … das alles kann deinem Mann doch nicht verborgen bleiben.«

»Nee, natürlich nicht«, sagte sie. »Er ist jedes Mal hin und weg von der Herzensgüte, wenn überall im Wohnzimmer Spielzeug herumliegt. Du hast Vorstellungen!«

»Nein, man merkt es schon beim Hereinkommen«, sagte er. »Ich dachte sofort: Hier wird wirklich gelebt. Wohin man auch schaut, überall sieht man Zeichen echten Lebens. Und geschaffen wurde es von dir, wunderbar! Man ist versucht zu sagen, es ist wie ein Garten hier, ein Garten des … nein, lass mich ausreden«, sagte er, als sie skeptisch die Brauen hob. »Und was unter deiner Hand heranwächst, hier etwa … und da und da … das sind diese kleinen Momente, aus denen später einmal Erinnerungen werden. Ein Leben, wenn du so willst, das dir nicht mehr genommen werden kann, nicht durch die Unbeständigkeit der Menschen, nicht einmal durch den Tod. Auf lange Sicht ist das besser als Duftschalen und der ganze Kram.«

»Also ich weiß nicht«, sagte sie. »Ich hätte nichts gegen ein paar Duftschalen.«

Als er fertig war, setzte sie sich wieder aufs Sofa, schlug ein Bein unter und musterte ihn mit zusammengekniffenen

Augen und geschürzten Lippen – verführerisch geschürzten Lippen, wie er meinte. Auch hielt sie seinen Blick länger als nötig.

»Und wie steht es mit der Liebe?«, fragte sie.

»In diesem Haus ist alles erfüllt von Liebe«, sagte er. »Bis in den letzten Winkel.«

»Diese Art Liebe meinte ich nicht«, sagte sie. »Lass dich von den Spielsachen nicht täuschen.«

»Was meinst du dann?«

»Was ich meine? Was soll ich schon meinen? Ich meine: Liebe. Ich meine … also, was ich wirklich meine … Ich will mal so sagen: Siehst du den Löwen dahinten? Der Löwe mit dem Superman-Cape und eingebauter Digitaluhr? Als Micah, das ist mein Ältester, als Micah dieses Ding bekam, liebte er es über alles. Es war das Wertvollste, was er hatte auf der Welt, und er schleppte es den ganzen Tag mit sich herum. Doch mittlerweile spielt er nicht mehr damit, gar nicht mehr. Soll ich dir sagen, womit er jetzt spielt?«

Sie hob die Papphülse einer ehemaligen Klorolle auf, um die ein verdrehtes Gummiband gewickelt war. »Hiermit.«

Er lachte.

»Das ist kein Witz.«

Sie wackelte mit der Klorolle in der Luft, wobei ihr abermals der Träger von der Schulter rutschte.

»Das hier ist mehr oder weniger mein Mann heute. Oder das, was er mir bedeutet. Oder was ich *ihm* bedeute. Wir erinnern uns zwar noch an die Zeit, die Zeit vor den Kindern, als wir noch eine echte Beziehung hatten. Aber heute? Sobald die Kinder im Bett sind, spielt jeder mit seiner ganz persönlichen Klorolle. Gott, was rede ich da?«, sagte sie. »Ich muss bescheuert sein.«

»Und was ist das Klorollen-Ding von deinem Mann?«

»Sein iPhone natürlich«, sagte sie, ohne nachzudenken.

»Und deines?«

»Woran ich gerade male«, sagte sie. »Du machst dich verrückt, weil du alles verlieren könntest. Ich dagegen zerbreche mir den Kopf, warum ich immer noch an allem festhalte. An manchen Tagen weiß ich nicht, wie lange ich diese Kraft noch habe.«

»Du bist unglücklich«, sagte er.

Sie war gezwungen wegzusehen, aber dann blickte sie ihn an, als sähe sie ihn zum ersten Mal. »Wie bist du eigentlich hier hereingekommen?«, fragte sie. »Hab *ich* dich reingelassen?« Er antwortete nicht, sondern sah sie von unten her an. In seinen Mundwinkeln bildete sich ein leichtes Lächeln. »Liegt wohl an deinen Augen«, sagte sie ernster als zuvor. »Wer könnte solchen Augen widerstehen?«

Sie war also doch noch empfänglich für anderes. Der Zustand der Wohnung war nicht der Spiegel ihrer Wünsche: Mutter durch und durch. Auf der Fahrt nach Brooklyn war sie auch nicht deshalb eingeschlafen, weil sie über allem stand. Calarusso lag mit seiner Einschätzung richtig.

Seine Enttäuschung währte aber nur kurz und machte einer noch unklaren Erregung Platz. Er beugte sich zu ihr hinüber und hob den heruntergerutschten Träger wieder über ihre Schulter. »Vielleicht sollte ich jetzt besser gehen«, flüsterte er.

Sie nickte. »Ja, vielleicht solltest du das.«

Keiner machte den ersten Schritt.

»Aber irgendwas in mir wehrt sich dagegen.«

»Sieht so aus.«

»Eigentlich würde ich lieber bleiben.«

»Warum?«, flüsterte sie. »Haben es dir unsere lustigen Trinkfläschchen angetan?«

Er lächelte. »Nein.«

»Oder unsere reiche Auswahl an Pixibüchern?«

»Nein, aber du«, sagte er. »Das alles hier.«

»Ich fühle mich geschmeichelt.«

»Es ist mein Ernst.«

»Aber deine Frau liebst du immer noch«, sagte sie. »Stimmt doch?«

Ja, er würde sie immer lieben, gestand er. Gleichzeitig, das zeigten die letzten Tage und Wochen, ging es so nicht weiter. Immer öfter verlor er jeden Halt, irrte ziellos und weinend durch menschenleere Gewerbegebiete, bis wildfremde Leute den Kopfhörer aus dem Ohr nahmen und fragten, ob sie Hilfe holen sollten. O ja, die letzte Zeit sei sogar noch schlimmer gewesen – und der heutige Morgen eigentlich schon das Nachspiel, mit einer letzten Vorspiegelung von Normalität, obwohl ihre Beziehung längst tot war. Was tat er, als er wieder zu sich kam? Lief über die Brooklyn Bridge zu ihr!

»*Das* ist das Leben, das ich eigentlich möchte«, sagte er. »Ich will dich.«

»Bist du sicher, du meinst mich?«, fragte sie. »Oder fantasierst du dir nicht etwas um mein Leben zusammen?«

Doch dann erzählte er ihr von der Frau, die ihm immer wieder in seinen Träumen erschien. »Nicht jede Nacht, aber alle paar Monate, und die Szene spielt immer in irgendwelchen öffentlichen Verkehrsmitteln wie Fähren, Flugzeugen und dergleichen. Und immer sitzt sie direkt neben mir. Wir unterhalten uns, doch dann schaut sie mich an, und ich wache auf und bin unendlich traurig darüber. Ich habe diesen Traum seit fünfundzwanzig Jahren, praktisch seit meiner Kindheit. Immer hielt ich die Frau in dem Traum für reine Fantasie. Bis vor ein paar Tagen, als wir beide nebeneinander an einem Tisch saßen.«

»Aber das war wohl kaum ein öffentliches Verkehrsmittel.«

»Ich habe dich später nach Hause gebracht.«

»Zählen Mietwagen mit Chauffeur auch dazu?«

»Bei mir schon. Erinnerst du dich an den Titel des Gemäldes, das Calarusso an diesem Abend versteigern ließ?«

»*Across the Waters to Saint-Tropez.*«

»Richtig. Und später auf der Brooklyn Bridge spielten sie ein Lieblingslied von mir im Radio. Ein ziemlich altes Lied, ›San Tropez‹.«

»Hey, das kenne ich«, sagte sie und sang ihm die ersten Takte vor. »Meinst du *das*?«

Er stimmte mit ein: »*And you're leading me down to the place by the sea* … Genau das.«

Es kam zu einem weiteren tiefen Blick, dann küsste sie ihn. Anfangs zaghaft, dann schlang sie ein Bein um ihn und setzte sich rittlings auf seinen Schoß.

Als sie voneinander abließen, blickte sie ihn aus nächster Nähe an. »O. Mein. Gott«, sagte sie und warf lachend den Kopf zurück. »Das ist jetzt nicht wahr.«

»Doch«, sagte er. »Ist es.«

Nachdem sie sich abermals geküsst hatten, begann ein längerer Abschied, denn ihr Mann, der mit den Jungs und dem Hund im Park gewesen war, käme in Kürze zurück. Sie alle, sagte sie, würden einen gewaltigen Hunger mitbringen, und außerdem sei es besser, wenn er von den anderen nicht gesehen werde und somit nicht existiere, zumindest vorerst. Entgegen der erklärten Absicht, sich baldmöglichst vom Sofa zu erheben, konnten sie nicht voneinander lassen, und zwischen den Küssen erzählte er ihr weiter aus seiner Kindheit und verband dies mit der Empfehlung, nichts zu überstürzen, schon wegen der Kinder.

»Nee, klar, natürlich nicht. Niemand begeht … macht irgendetwas Dummes«, sagte sie. »Da ist nur eine Sache, die ich vorher gern …«

»Was?«

»Na ja, ich weiß nicht«, sagte sie. »Ich weiß nur, dass ich malen muss, das ist alles …«

»Aber sicher«, sagte er. »Das auf jeden Fall, dafür sorgen wir.«

Oder was meinte sie? Meinte sie vielleicht, dass sie *jetzt* malen muss, in diesem Augenblick? Hatte er es überzogen? Nein, sie lächelte und nickte zu allem. Gott sei Dank, sie waren noch auf derselben Wellenlänge.

So verstrichen die nächsten zehn Minuten, dabei musste sie ihn dringend aus der Wohnung schaffen. Aber sie stahlen dem Schicksal noch eine Minute, und als sie endlich aufhörten, sich zu küssen, machte sie einen halben Rückzieher, indem sie sagte, es würde mit ihnen beiden schon deshalb nicht klappen, weil er an beduftete Wohnräume gewöhnt sei, an Bagels und Zeitung am Sonntag, während sie aus einem Schweinestall komme, wo überall Spielsachen herumlagen.

»Aber genau so will ich eben nicht mehr leben«, sagte er. »Das alles ist mir zu geleckt. Etwas Unordnung kann ich schon gebrauchen.«

»Schade«, sagte sie. »Ich hätte nichts gegen ein paar Duftkerzen.«

»Wenn das alles ist. Die sollst du haben«, sagte er.

Obwohl es nun wirklich Zeit wurde, sich voneinander zu trennen, dauerte es noch vier köstliche Minuten, bis sie – Hand in Hand – durch das Babyzimmer zur Wohnungstür gingen. Das Baby regte sich bereits, ließ einen Testschrei hören, und da war es herzlich egal, wie leise sie die Tür hinter sich zuzog. Heia war endgültig vorbei. »Shit«, sagte sie.

»Na, geh schon«, sagte er. »Kümmer dich um ihn. Ich finde selbst raus.«

»Es ist eine Sie«, sagte sie, worauf sie sich ein letztes Mal küssten. Er war schon halb aus der Tür, als sie ihm nachlief.

»Oder vielleicht sage ich es ihm auch einfach«, sagte sie.

»Wem willst du was sagen?«

»Meinem Mann«, sagte sie. »Sollte er nicht Bescheid wissen?«

»Und was willst du ihm sagen?«

Sie überlegte. »Keine Ahnung«, sagte sie und dachte wohl selbst zum ersten Mal darüber nach. »Was gerade passiert ist?«

»Also nichts«, sagte er. »Und gleichzeitig alles. Vielleicht solltest du es tun, ich weiß es auch nicht. Tu, was du für richtig hältst.«

Sie hängte sich an ihn, um ihm einen allerletzten Kuss auf den Mund zu drücken. Danach verließ er die Wohnung und ging zum Aufzug – der einen unfrohen Mann, zwei abgekämpfte und quenglige Jungen sowie einen Jack Russell ausspie.

In tiefer Verzweiflung war er hier angekommen, aber er ging als jemand, der für sein Glück keine Worte fand: Unten vor der U-Bahn-Station fiel ihm wieder ein, dass er seine Brieftasche nicht dabeihatte, und er schwang sich kurzerhand über das Drehkreuz. Er wollte ihr eine SMS schreiben oder anrufen, um sicherzugehen, dass ihre wechselseitigen Gefühle, immerhin nur das Werk einer einzigen Stunde, fortbestanden. Womöglich mit der Option, diese Gefühle jetzt, da das Eis gebrochen war, schrittweise um eine konkrete, unverblümte, körperliche Dimension zu erweitern. Ah, welche

Seligkeit! Endlich die gefunden zu haben, die ihn nie verlassen würde! Anrufen oder SMS ging bloß nicht, weil er sein Handy weggeworfen hatte.

Der Doorman lieh ihm einen Ersatzschlüssel, aber es war wohl nicht der richtige, oder es funktionierte sonst etwas nicht, denn der Schlüssel passte zwar ins Schloss, ließ sich aber nicht drehen. Er wollte schon aufgeben, als er innen Schritte hörte. Wenige Sekunden später ging vor ihm die Tür auf. Völlig überrascht richtete er sich auf.

»Oh«, sagte er. »Du bist ja zu Hause.«

Seine Frau machte auf dem Fußballen kehrt und tappte zurück ins Schlafzimmer. Eine volle Minute stand er in der offenen Tür und spürte, wie sich das Halbdunkel in der kühlen, unverbrüchlichen Stille der Wohnung ausdehnte. Irgendwann schloss er die Tür, rührte sich aber fast nicht von der Stelle. Schließlich bewegte er sich unentschlossen bis an die Schlafzimmergrenze. Sie war gerade dabei, einen Overnight-Koffer zu packen, der aufgeklappt auf dem Bett lag.

»Du dachtest, ich wäre abgehauen«, sagte sie.

Er nickte betreten.

»Aber jetzt stellst du fest, dass ich noch da bin.« Sie warf ein Trägertop aufs Bett und hob hilflos die Arme. »Wie oft noch, Nick?«

»Diesmal dachte ich wirklich, dass du nicht wiederkommst«, sagte er.

»Daran zweifle ich nicht«, sagte sie. Sie stand vor der Kommode, nur um unschlüssig in einer offenen Schublade zu kramen.

»Aber du gehst doch nicht wirklich, oder?«

»Was bleibt mir anderes übrig? Wir haben tausendmal darüber geredet, Nick«, sagte sie erschöpft. »Ich dachte, wir machen Fortschritte.«

»Aber das machen wir doch«, sagte er. »Das kannst du nicht bestreiten.«

»Und wo ist dein Handy?«

Eine ausweichende Geste.

»Und das nennst du Fortschritt?« Sie schüttelte mit demonstrativer Enttäuschung den Kopf. »Ich habe in dem Café lediglich Trish getroffen«, erklärte sie. »Charles geht zurück nach Texas. Jedenfalls will niemand Marie etwas von dem Baby sagen. Und ganz zum Schluss sagt sie mir noch, dass sie und Teddy demnächst heiraten und dass ich die Trauzeugin sein soll. Kurz darauf sind wir in diesem kleinen Brautmodengeschäft an der Ecke, und ich habe wohl nicht auf die Uhr geschaut. Das ist alles, Nick. Mehr war nicht.«

»Ich habe versucht, dich anzurufen.«

»Aber mein Handy lag doch hier!«

»Und SMS geschrieben.«

»Ich war nur kurz weg, Bagels holen!«

Entnervt setzte sie sich aufs Bett. Er kam sich wie ein Idiot vor und zog sich unauffällig zurück.

Kurze Zeit später sah er vom Gästezimmer aus, wie in der Küche das Licht anging. Er hörte, wie sie Sachen aus dem Regal nahm. Die Kühlschranktür ging auf und wieder zu. Eine Minute später hörte er, wie etwas gehackt wurde – das kurz darauf im heißen Öl der Pfanne landete. Er sah förmlich vor sich, wie sie mit dem Finger die kleinen Knoblauchstückchen von der Klinge des Kochmessers wischte, und wusste plötzlich wieder, was das Beste an seinem Leben mit Naomi war. Es war der Geruch von angeschwitztem Knoblauch, der durch die Wohnung zog, und die Flasche Wein, die sie gleich aufmachen würde. Der Knoblauch und der Wein, allein diese beide Sachen schlugen alles andere – locker. Sie konnte ihm nicht ernsthaft vorwerfen, dass er vollkommen durchdrehte, wenn all dies auf einmal zur Disposition stand.

Er ging zur Küche, druckste im Türrahmen herum und wartete darauf, dass sie etwas sagte

»Wer ist es denn diesmal?«, fragte sie schließlich, ohne aufzublicken.

Er zuckte die Schultern. »Jemand, den ich bei der Gala kennengelernt habe.«

Sie hob den Kopf, doch um ihn direkt anzusehen, musste sie sich eine Haarsträhne aus den Gesicht wischen, was sie vorsichtig und nur mit dem Rücken der Hand tat, die das Messer hielt. »Du haust einfach ab, Nick«, sagte sie. »Ich weiß nie, wo du gerade wieder bist.«

»Ja, aber eigentlich gehe ich doch nie irgendwohin.«

»Du machst mich wahnsinnig«, sagte sie.

Doch dann seufzte sie, und die ganze Anspannung fiel von ihr ab. Kopfschüttelnd gestattete sie sich ein kurzes Lächeln. Wortlos trat er in die Küche, nahm sich sein eigenes Messer sowie eine Zwiebel und begann, die Zwiebel zu verarbeiten, hackte um sein Leben. Er konnte nur hoffen, dass ihm noch einmal verziehen würde, bevor das Essen auf den Tisch kam.

Leben inmitten von Toten

Der graue Himmel. Ein Silbertablett mit einzeln verpackten Käsehäppchen. Schlechter Kaffee in Konferenzräumen. Das war Prag für mich, die »Stadt der hundert Türme«, wie sie genannt wird. Und mit diesem Eindruck wäre ich am nächsten Tag auch abgeflogen, doch bei unserem letzten offiziellen Dinner wandte sich Antonin an mich und sagte: »Falls Sie morgen frei haben, würde ich Sie gern zu einem Stadtrundgang einladen.«

Schnauzbart wie ein Wischmopp, leberbraun der kahle Schädel. Gehörte er zur Botschaft? An mindestens zwei dieser endlosen Abendessen war er jedenfalls zugegen. Jemand vom Tourismusbüro?

Ich wollte keinen Stadtrundgang. Aber benebelt von Alkohol und Schlafentzug, fiel mir keine diplomatische Ablehnungsfloskel ein. »Gute Idee. Nach Möglichkeit nicht vor zehn Uhr.«

Jetlag. Was einen Jetlag so unerträglich macht, sind weniger die Stunden, die man nicht geschlafen hat, sondern die Ewigkeit, in der man bereits übermüdet durch die Welt wankt. Um drei Uhr morgens war ich hellwach, wollte duschen und mich ins Auto setzen. Aber ich war nicht in Cleveland, ich war in Prag und der einzige Mensch auf der Erde, der um diese Zeit am Leben war. So lag ich also wach, tat mir leid und wartete beklommen, bis sich an den Rändern der Vorhänge das erste Licht bemerkbar machte.

Bei meiner Ankunft am Václav-Havel-Flughafen wusste ich nichts über Prag, und daran hat sich bis jetzt leider nicht viel geändert. Unsere Werbepräsentation hatten wir gegen die Holländer verloren und zogen weiter nach Montreal, wo wir besser als erwartet abschnitten – bis auch wir den aktuellen Abschwung zu spüren bekamen. Auf die Frage, wie es in Prag war, verweise ich auf das Costa Coffee. Es lag in derselben Straße wie mein Hotel, der Kaffee war immer heiß und das WLAN ordentlich.

In dem Bestreben, den normalen Schlaf-wach-Rhythmus wiederherzustellen, versuchte ich es eines Nachts sogar mit Joggen. Ich lief im Dunkeln über die Ostrovní-Straße, querte die Uferstraße und joggte an der Promenade entlang. Auf einer halben Meile sah ich nur ein einziges Auto, ein einsames Taxi. Wie viel Uhr war es eigentlich? Vier? Oder erst zwei oder drei? Dann teilte sich der Weg, und es ging über eine Rampe zum Kai hinab. Angeblich ist hier jeden Sonntagmorgen großer Bauernmarkt und entsprechend viel los. Jetzt hingegen war keine Menschenseele zu sehen. Ich kam an verwaisten Ausflugsschiffen und rostigen Lastkähnen vorbei. Die Straßenlaternen entlang der gepflasterten Strecke funzelten gegen die Dunkelheit an. Ich war außer Atem, fühlte mich alt und übergewichtig. Ich setzte mich auf eine regenfeuchte Bank, vor mir das dunkle Wasser, die stillen Schiffe. Das Panorama war nicht einmal ohne Schönheit, wenn nur die Angst nicht gewesen wäre. Würde es irgendjemand merken, wenn ich hier tot umfiel?

Also, das war nichts. Trotzdem hatte ich es nicht eilig, ins Hotel zurückzukommen. An der Rezeption stand ein Mann, der mich nervös machte. Er war zwar Mitarbeiter des Hotels, aber zugleich nichts weniger als ein Riese.

Okay, vielleicht *bin* ich ja oberflächlich. Ich gebe es ungern zu, aber was will man machen?

Bei einem offiziellen Essen saß ich unmittelbar neben einer Dame von der Botschaft. Sie war Tschechin und beherrschte zirka einhundert Sprachen, fließend, in Wort und Schrift. Eine stramme Blondine mittleren Alters oder leicht darüber, mit dicken Fingern und fahler Haut. Ich konnte sie mir gut im Kommunismus vorstellen. Ideale Vertreterin des Proletariats im Blaumann, die Arbeiterlieder sang und alles im und am Westen hasste. In Wirklichkeit gehörte sie seinerzeit zum Widerstand, war Unterzeichnerin irgendeiner Charta und aktiv in allen möglichen Menschenrechtsgruppen.

Den Namen dieser Frau habe ich längst vergessen, doch im Gedächtnis geblieben ist mir dieser kleine Vorfall mit der Blume. Sie war nämlich diejenige, die uns in der Botschaft begrüßte, wo man für uns eine kleine Stadtbesichtigung organisiert hatte. Wir gingen über den Vorplatz und stiegen über eine Treppe zum ersten von drei Terrassengärten. Auf der Wiese zwei Gärtner in identischen Overalls, von denen einer soeben in den Tank seines Rasenmähers peilte. Ich war völlig übermüdet und bereits nach den wenigen Stufen außer Atem, doch durchaus willens, den Aufstieg irgendwie hinter mich zu bringen – bloß wozu? Einen Hügel hinauf- und wieder hinunterzuklettern erschien mir als reine Zeitverschwendung, auch wenn ich nicht hätte sagen können, was ich stattdessen machen wollte.

Oben angekommen, standen wir in einem Pavillon und genossen die grandiose Aussicht mit allerlei Oh und Ah. Vor mir eine Ansammlung roter Dächer, die aussahen, als wären sie von einer Sintflut an dieses Bollwerk geschwemmt worden. Irgendwann gingen wir wieder hinab. Dabei nannte die Dame von der Botschaft (ich befand mich direkt hinter ihr) den Namen jeder Blume, die in den Rabatten gepflanzt war, und lobte bei dieser Gelegenheit die anwesenden Gärtner für ihren Einsatz. Doch dann bückte sie sich nach einer Tulpe oder dergleichen und riss sie einfach ab. Ich war geschockt. Gab es an der Botschaft keine Dienstvorschrift, die das Blumenpflücken auf dem Staatsgebiet des Gastlandes untersagte? Und falls nein, verstieß sie nicht gegen das mehr oder weniger allgemeinmenschliche Gebot, dass man hilflose Pflänzchen nicht einfach aus dem Boden rupfte? Trotzdem interessierte mich natürlich, was sie weiter mit der Tulpe vorhatte. Mit in die Botschaft nehmen, ins Wasser stellen?

Nichts dergleichen. Sie roch kurz an der Blüte und warf sie dann weg. Die Tulpe landete auf dem Rasen, wo ihr Sterben begann. Das Leben hier war wenig wert. Aus irgendeinem Grund machte mir das Angst.

Na egal, bei dem Essen einige Tage später waren wir insgesamt acht (zehn? zwölf?) Personen. Jedenfalls hatte man mich neben diese Frau gesetzt. Draußen vor dem Fenster war eine Burg, ein Riesending. Wie ein düsterer, abweisender Riegel lag sie auf der Anhöhe. Komisch, das war mir bisher gar nicht aufgefallen. War das womöglich *die* Burg? Und was hieß das, eine Burg? Eine Burg mit Wassergraben? Mit Verliesen, wo im Mittelalter Menschen gefoltert wurden? Oder tun sie das vielleicht immer noch? Wohnen und arbeiten da Menschen? Mich würde interessieren, was die Kommunisten einst mit so einer Burg anfingen. Aber das ging ja schon die ganze Woche so. Es war immer meine erste Frage: wie die Kommunisten dieses oder jenes gemacht hatten. Zum Beispiel ein neues Boardcase kaufen. Wo bekamen sie so etwas her? Wie machten sie ihren Wein auf?

»Hey, vielleicht können *Sie* mir das sagen?«, sagte ich zu

der Dame von der Botschaft. »Was ist dieser große Klotz da draußen?«

Sie blickte auf die Burg, als wäre es das erste Mal. Doch als sie mir das Gesicht zuwandte, legte sie den Kopf zur Seite und sagte: »Jetzt sind Sie schon drei Tage hier und wissen immer noch nicht, was das ist?«

»Sieht aus wie eine Burg oder so was«, sagte ich.

»Richtig. Die *Prager* Burg«, sagte sie. »Und übrigens …«, fuhr sie ausgerechnet in dem Moment fort, als, wie mir schien, nicht nur der ganze Tisch, sondern das ganze Restaurant zuhörte. »Aus einem unerfindlichem Grund nennen Sie dieses Land immer noch Tschechoslowakei. Wobei ich zu Ihren Gunsten annehme, dass Sie wissen, dass die Tschechoslowakei nicht mehr existiert – seit zwei Jahrzehnten nicht mehr. Es ist jetzt die tschechische Republik. Daran sollten Sie vielleicht ab und zu denken, wenn Sie diese Stadt demnächst mit ihren Billboards über…«, sie suchte nach dem korrekten Ausdruck, »… *pflastern*!«

Jemandem fiel die Gabel auf den Teller, und Baxter, die Nummer zwei nach mir, fragte laut in die Runde: »Wer will noch einen Nachtisch?«

Eine Stunde später, auf der Straße, trennte sich unsere kleine Gesellschaft. Die Botschaftsdame verabschiedete sich von mir mit den Worten: »Versuchen Sie doch mal, für Ihre Umgebung ein Minimum an Interesse aufzubringen.«

Du lieber Himmel, was sollte so ein Abschiedsspruch? Die Frau war im diplomatischen Dienst! Ich glaube, sie hasste mich regelrecht.

Keine Ahnung, woher ich die Vorstellung hatte, in Prag könne mir nichts passieren. Wahrscheinlich aus Ohio. Nachdem ich mich von meinen Kollegen verabschiedet hatte und mich allein auf den Rückweg zum Hotel machte, verlief ich mich schnell im Gewirr fremdländischer, spärlich beleuchteter Straßen, die oft von tiefen Furchen durchzogen waren – Straßenbahnschienen. Tatsächlich bot diese Stadt ideale Voraussetzungen für ein spurloses Verschwinden. Je weniger ich wusste, wo ich war, desto klarer wurde mir, dass ich meine Unversehrtheit bisher lediglich einem historischen Zufall verdankte. Denn ein Repräsentant dieses Staates hatte Anstoß an mir genommen. So klein der Anlass war, in einer anderen Zeit hätte dies bereits Überwachung, Einschüchterung, im ungünstigsten Fall den Tod bedeuten können.

Aber zurück zu Antonin.

Als ich am Morgen nach der Besichtigungstour erwachte, ging es mir hundeelend. Ein Zustand irgendwo zwischen Hunger und Übelkeit. Aber wahrscheinlich brauchte ich nur viel, viel heißen Kaffee. Dann fiel mir ein, was für diesen Tag geplant war, der Programmpunkt, dem ich so leichtfertig zugestimmt hatte und der mich stöhnend ins Kopfkissen zurücksinken ließ. Daran sieht man, dass ich nicht nur oberflächlich bin, sondern auch stinkfaul. Dieses blöde Prag war mir doch scheißegal, ich sah es noch früh genug wieder. Und wenn nicht (dies für den Fall, dass das blöde Prag uns nicht haben wollte), dann umso besser.

Aber wie gesagt, ich war eben auch zu faul, um abzusagen, und als die Rezeption eine Stunde später einen Antonin meldete, der in der Hotelhalle auf mich wartete, blieb mir nichts anderes übrig, als meinen Hintern nach unten zu bewegen.

»Wie haben Sie geschlafen?«, fragte Antonin, als er sich aus einem der trostlosen Sessel in der Lobby erhob. Tweedsakko, keine Krawatte, insgesamt größer, als ich ihn in Erinnerung hatte. Nicht mehr jung, aber gepflegt und durchaus vorzeigbar.

Wer war er eigentlich? Ich nehme an, er wusste, wer ich war und in welcher Funktion ich mich hier aufhielt. Umgekehrt hatte ich keine Ahnung. Weswegen opfert jemand wie er seinen Samstagmorgen? Doch nicht nur, um mir die Stadt zu zeigen.

»Geschlafen? Wie die Verdammten«, sagte ich.

Er lächelte, wenn auch nicht lang. Seine Stirn legte sich in Falten. »Sie meinen ... *wie ein Toter?*«

Ja, das stimmte: wie ein Toter. Trotzdem gefiel mir meine Variante besser. Ich hatte geschlafen wie die Verdammten, die Todgeweihten. Ich erklärte ihm den Unterschied.

»Das klingt ja nicht so schön«, sagte er.

»Nein«, sagte ich. »Aber wer weiß, nach einem ordentlichen Kaffee überlebe ich sogar das hier.«

Der Empfangschef war gerade nicht da. Außer dem Riesen gab es niemanden, bei dem ich meinen Zimmerschlüssel abgeben konnte. Ein Mensch von annähernd zwei Meter dreißig Größe und die Art von Erscheinung, der die Leute auf der Straße nachsehen und die in Filmen immer die Monster spielen – und die Henker. Im wahren Leben dagegen arbeiten sie als Gepäckträger in einem Hotel.

»Darf ich Ihnen den Schlüssel geben?«, sagte ich dennoch zu ihm.

Widerwillig trat er an den Tresen, zog dabei den Kopf ein wie normale Leute nur in einer Flugzeugkabine. Er hatte eine blondierte Skaterfrisur und einen mausdünnen Schnurrbart. Er nahm von mir den goldenen Schlüssel entgegen, hängte ihn an das Schlüsselbrett und starrte mich todbringend an. Einen Moment lang war ich versucht, den Schlüssel zurückzuverlangen, nur um ihn zu ärgern, doch eine innere

Stimme riet davon ab. Einen Mann seines Formats forderte man nicht heraus.

Draußen auf der Straße sagte ich zu Antonin: »Ich glaube, der mag mich nicht.«

»Wer, der Golem?«

Ich lachte. »Ja. Ich weiß zwar nicht, was Sie unter Golem verstehen, aber: ja. Er denkt, ich schleppe nur eure Frauen ab.«

»Oh?«

Ich informierte ihn in geraffter Form über den Vorfall, den ich meinte. Zwei Tage zuvor trieb mich die Schlaflosigkeit nachts hinaus in eine verräucherte Kneipe auf der Ostrovní-Straße, wo ich mich länger mit einer Frau an der Bar unterhielt. Später kehrte ich zusammen mit ihr ins Hotel zurück, und schon in der Hotelhalle, aus größerer Entfernung, war der Blick des Riesen kaum misszuverstehen. »Ah, schon wieder so ein ehebrecherisches Arschloch.« (Dieses Detail sagte ich Antonin natürlich nicht.) Woher wollte der Riese wissen, dass ich verheiratet war? Nein, wahrscheinlich war es nur die gute alte Missgunst. Er musste auf seinem langweiligen Posten ausharren, derweil der reiche Ami mit einer bildschönen Tschechin aufs Zimmer verschwand.

Antonin gegenüber erwähnte ich nur den für den Riesen besonders schmerzhaften Teil. Denn er, der Riese, musste mir, dem Ami, den Spaß sogar ermöglichen. Während er also den Zimmerschlüssel herüberreichte, lag die Hand der schönen Tschechin um meine Hüfte.

Wir bogen links ab, dann rechts, dann wieder links … es kann auch rechts gewesen sein, danach aber wieder links. So oder so, ich war in Rekordzeit völlig desorientiert und auf Gedeih oder Verderb Antonin ausgeliefert.

»In Cleveland gehen wir kaum zu Fuß«, sagte ich zu ihm. »Mit dem Auto ist man meist schneller da.«

»Hmm«, sagte er. »Ja, mit diesen Spritschluckern …«

»Ich nehme an, es gibt hier kaum Sehenswürdigkeiten, die man gut mit dem Auto erreichen kann.«

»Zu Fuß ist immer besser, denke ich. Falls Sie einverstanden sind.«

»Klar«, sagte ich. »Immerhin ist das hier ein Stadt*rundgang*. Trotzdem hätte ich nichts dagegen, wenn wir erst irgendwo einen Kaffee trinken könnten.«

»Nichts leichter als das. Der beste Kaffee in ganz Prag liegt praktisch auf der Strecke«, sagte er. »Nicht wie dieses Gesöff von Starbucks.«

Er zog eine säuerliche Grimasse und zeigte auf die gepflasterte Straße vor uns.

Denn dort, zwischen Marktständen und billigem Touristenkitsch, leuchtete es, das bekannte Grün eines neueröffneten Starbucks! Aber wir, was taten wir? Wir ließen Starbucks links liegen! Starbucks entschwand vor meinen Augen. Waren wir von Sinnen?

Nun ja, vielleicht sollte man sich besser den örtlichen Gepflogenheiten anpassen. Also los, auf zum besten Kaffee von Prag. Auch wenn ich in diesem Moment meinen gewohnten Ami-Kaffee auch kalt aus einem Benzinkanister geschlürft hätte.

Eines aber wurde sofort deutlich. Antonin nahm seine Rolle als Guide sehr ernst. Los ging es auf der großen Freifläche in zentraler Lage. In wenigen Minuten spulte er die historischen Fakten rund um diesen Platz herunter: Daten, Namen, Konflikte, Invasionen, grausame Tode. Ich stand da und wusste nicht, wie ich reagieren sollte, vor allem, da sein

Vortrag kein Ende nahm. Allmählich dämmerte es mir. Der meinte das so. Dies war kein unverbindlicher Spaziergang durch Prag, sondern eine Geschichtsstunde mit einem klaren Anspruch. Mir blieb auch nichts erspart. Gerade darauf hatte ich nun überhaupt keine Lust. Die Reiseführer fordern einen ja immer auf, »einzutauchen in die Geschichte«, aber das mache ich nie, sondern lasse den ganzen historischen Mist an mir abperlen. Was ich über Geschichte weiß? Nichts. Denn an der städtischen Schule, auf die ich damals in Cleveland ging, beteten die Lehrer immer nur dieselben zwei Ereignisse herunter: Boston Tea Party und Gettysburg Address. Und damit hatte es sich. Bedeutenderes war auf der Welt nicht passiert.

Antonin ging auf dem holprigen Pflaster für mich sogar rückwärts – als redete er zu einer ganzen Gruppe japanischer Touristen.

»Und hier sehen Sie das berühmte Denkmal von Jan Hus«, sagte er, »dem protestantischen Reformator aus dem 15. Jahrhundert, der, wie Sie vielleicht wissen, als Erster in seinen Gottesdiensten Kirchenlieder auf …«

Aber ich wusste gar nichts und schaltete ab, bis irgendein Satz fiel, der mich irritierte.

»Moment mal, meinen Sie das wörtlich? Also nicht im übertragenen Sinn?«

»Ja.«

»Er wurde *wirklich* auf einem Scheiterhaufen verbrannt?«

»Ja.«

»Dieser Mann da?«

Ich deutete auf die Statue, Antonin nickte. Hochaufgeschossen und hager wie ein tschechischer Abraham Lincoln, gab der Märtyrer eigentlich keine schöne Figur für eine Statue ab. Abgesehen von der furchtlosen Entschlossenheit in seinem Blick und einer Körperhaltung, in der die göttliche Sendung zum Ausdruck kam, trennte ihn wenig von Normalmenschen wie mir. Man muss sich das vorstellen: Da kommt der Mann eines Tages müde nach Hause, zieht die Schuhe aus, setzt sich an den Kamin und wackelt wohlig mit den Zehen, als es an der Tür klopft ... Und ehe er weiß, wie ihm geschieht, haben sie ihn an den Marterpfahl gefesselt, der Scheiterhaufen brennt, und seine Zehen fangen langsam Feuer. Sie qualmen bereits, seine Zehen, verdammt, sie *qualmen* regelrecht!

»Seine armen Zehen«, sagte ich.

Antonin sah mich mit einem unsicheren Lächeln an. »Wollen wir uns noch den Dom ansehen?«

»Welchen Dom?«

Er zeigt auf die große Kathedrale am Horizont. In meinen Augen etwas zu weit weg, um die Strecke zu Fuß zurückzulegen.

»Ein bisschen weit zum Laufen, oder?«

»Wie meinen?«

»Aber bitte, wir können auch zu Fuß gehen.«

Und das taten wir. Eine halbe Stunde später rannte ich zum Ausgang.

»Was soll denn diese Zombie-Scheiße? Da hängt ein menschlicher Knochen an der Wand!«

»Richtig. Der Unterarm eines Diebes«, erklärte er. »Der Mann wollte die Juwelen stehlen, worauf ihn die Madonna ...« Er gab ein Geräusch von sich, irgendwas zwischen Kreissäge und krachenden Knochen, während er einem imaginären Dieb den Unterarm abriss.

»Und wann war das?«

»Ach, das ist schon länger her. Irgendwann in grauer Vorzeit.«

»Genau deshalb habe ich eine Abneigung gegen diesen historischen Krempel«, sagte ich. »Die Leute waren absolut schutzlos damals. Sie fielen irgendwelchen Gewalten in die Hände und wurden bei lebendigem Leib aufgefressen. Ob Märtyrer oder Eierdieb, alles scheißegal, es konnte jeden treffen, sogar einen Nobody wie mich. Nein, danke, da bleibe ich lieber im Hotel.«

Er lachte. »Wollen Sie gar nicht Anteil nehmen?«

»Anteil nehmen – woran?«

Er machte eine ausladende Geste. »An der Welt.«

Er zog mich in den Schatten der Rathausuhr, besser gesagt in ihre düstere Aura. Graue Tauben flatterten über das astronomische Ziffernblatt, das mit seinen Tierkreiszeichen, Sonnen- und Mondzeigern reichlich überladen wirkte. Ich war mittlerweile müde und wäre fast im Stehen eingeschlafen, doch Antonin kam gleich mit der nächsten Räuberpistole.

»Moment mal«, sagte ich und war erneut hellwach. »Soll das heißen, der Uhrmacher war blind?«

»Nein, nicht blind«, sagte er. »Er wurde *geblendet*. Und zwar von seinen eigenen Auftraggebern, den Stadtvätern von Prag. Weil sie verhindern wollten, dass irgendwo auf der Welt noch einmal so eine Uhr konstruiert wird.«

»Und *geblendet* heißt was?«

Er erklärte es mir.

»*Fuck*!«, rief ich. »Und so was passiert hier, mitten in Europa?«

»Darf ich Sie bitten, auf Ihre Lautstärke zu achten?«, sagte eine Frau in glockenreinem Englisch. »Hier sind Kinder.«

Das war nicht gelogen. Ich zählte zehn, die sie um sich geschart hatte.

»Oh, sorry«, sagte ich. Und: »Heiliger Strohsack, wer rechnet denn mit so was! Und auch noch in Prag!«

»Sollen wir noch die Show abwarten?«, fragte er und erklärte, dass die Figuren oben im Turm zu jeder vollen Stunde
ihre Aufwartung machten.

»Kommt darauf an«, sagte ich. »Wenn sie Kaffee mitbringen.«

Eine Minute später drehten in zwei Fenstern oberhalb der
Uhr alle möglichen Heiligen ihre Runde, während seitlich
darunter allegorische Figuren wie der Tod oder der Geld-
verleiher typische Handbewegungen machten. Die primiti-
ve Animation war eine einzige Warnung vor dem Vergehen
der Zeit, doch die Touristen auf dem Platz waren begeistert
und richteten wie ein tausendarmiges Monster iPhones und
Digicams darauf, um den Beweis zu sichern, dass sie auch
wirklich in Prag gewesen waren. Wäre *ich* der Tod, der mit
seinem Stundenglas auf das wimmelnde Volk herabblickt,
mir wäre angst und bange.

Was mir später auffiel: die vielen jungen Männer auf Segways, die Touristen zu einer Spritztour animieren wollten.
Erinnert sich noch jemand an die ersten Jubelarien über den
Segway? Dass er die Art, wie sich Menschen fortbewegen,
für alle Zeiten verändern würde? Inzwischen ist das Gefährt
zu einer weiteren Plage der Touristenorte geworden, durchaus vergleichbar mit Taubenschwärmen und Leuten mit
Gürteltasche.

»Jede Wette, bei den Kommunisten wären Segways verboten gewesen«, sagte ich. »Allein schon aus Selbstachtung.«

»Vielleicht. Aber wenn, dann nur, weil es ein kapitalisti-
sches Fortbewegungsmittel ist.«

»Das heißt, sie hätten darin einen Nutzen gesehen?«

Ein dunkelhäutiger junger Mann im blauen Smoking hatte
zwei alte Ladys am Haken. Eigentlich zu alt, sollte man mei-

nen, um noch auf einem Segway herumzukarriolen. Trotzdem war zu sehen, wie die Rüstigere von beiden bei der anderen die Handtasche in Verwahrung gab und aufstieg. Die Dame war eindeutig nicht ganz bei Trost. Den Blick starr auf die Füße gerichtet, klammerte sie sich an die Lenkstange und kam auf diese Weise natürlich kaum vorwärts. Erst dachte ich, der junge Mann würde die Aktion sofort abbrechen, doch er schien sie sogar zu ermutigen.

»Das soll wohl ein Witz sein«, sagte ich.

Und so verfolgten Antonin und ich, wie der junge Mann die Alte losließ. Sie rollte wirklich vorwärts, allerdings nur etwa zwei Meter, ehe ihr Fahrzeug abrupt nach links ausbrach, direkt auf ein junges Paar zu, das eisschleckend einen Stadtplan studierte. Vielleicht sahen die beiden noch, was auf sie zurollte, doch für Flucht war es zu spät, die Dame kegelte sie glatt um. Sie fielen, und die Dame hatte reichlich Platz, ihrerseits einen sauberen Crash hinzulegen. Und während die jungen Leute aufstanden und sich den Prager Staub abklopften, blieb die Dame reglos auf dem Platz liegen. Aber da hatten Antonin und ich diesen Programmpunkt bereits abgehakt und stiegen hinab in Prags Unterwelt.

»Wissen Sie, was das war?«, fragte ich ihn.

Er wusste es nicht und sah mich fragend an.

»Das war Anteilnahme an der Welt«, sagte ich.

Als wir wieder ans Tageslicht kamen, lag die Dame auf einer Trage und wurde soeben in einen Krankenwagen geschoben. Die aufheulende Sirene durchschnitt die allgemeine Betroffenheit, und langsam rollte der Wagen davon. Die Gaffer zerstreuten sich, der Tag ging weiter.

»Sie wissen nicht gerade wenig über Prag«, sagte ich, als auch wir den Platz hinter uns ließen.

»Na ja, ich hoffe doch«, sagte er.

»Ich habe mich gerade gefragt, was ich über Cleveland weiß. Nicht viel, das steht fest. Ich meine, ich kenne sämtliche Schleichwege, um der Maut zu entgehen. Und die beste Hemdenwäscherei.«

Er lächelte. »Das kann auch mal wichtig sein.«

»Aber Sie kennen die ganze Geschichte dieser Stadt. Was machen Sie eigentlich beruflich, Antonin? Möglich, dass es bereits gesagt wurde, aber es ist mir entfallen.«

»Nennen Sie mich Tony«, sagte er. »Ich bin Tourguide.«

»Sie sind *was*? Tourguide?«

»Na ja, wir sind auf Tour, oder nicht?«

Ich musste lachen. »Sie, Tourguide?«

»Ja.«

»Das ist Ihr Beruf?«

»Ja.«

»Und wie sind Sie …?«

»Wie ich an Ihre Gruppe gekommen bin? Das organisiert alles die Botschaft«, sagte er. »Obwohl ich nicht an der Botschaft arbeite. Hier, bitte.« Er zog eine Visitenkarte aus einer Innentasche seine Sakkos. Darauf stand: *Antonin Malic – Prague Walking Tours*.

Also nichts weiter als ein Tourguide. Das war zu viel für mich. Die Erleichterung war so groß, dass ich stehen blieb und lachte, bis mir die Tränen kamen. Zugegeben, ein Außenstehender hätte kaum verstanden, was an dieser Enthüllung so komisch sein sollte. Doch unversehens fiel alle Müdigkeit von mir ab, und ich sah Antonin zum ersten Mal mit klarem Blick. Außer einem hilflosen Lächeln fiel ihm zu meiner unerklärlichen Heiterkeit nichts ein. Mein Gott, wenn ich das geahnt hätte, ein einfacher Tourguide!

In den verwinkelten Gassen der Altstadt blieb der Tod die große Attraktion. Nur die vielen Leute gingen mir auf die Nerven, und ich wollte weiter. Aber wohin jetzt? Ich hatte keine Ahnung, dafür war Tony Tourguide zuständig. Trotzdem lag mir alles daran, als Erster da zu sein.

Was stimmte eigentlich mit mir nicht? Schwer zu sagen. Aber ich wusste, welche Angst mich umtrieb. Es war die Angst, nach einem rastlosen Leben festzustellen, dass es nie ein echtes Ziel gegeben hatte, dass das Leben, ja, eine Tour war und die wahren, die fantastischsten Ziele vielleicht am Wegesrand lagen – und ich käme als Letzter hin.

In der Karlsgasse war das Menschengewühl so dicht, dass ein tollkühner Taxifahrer steckengeblieben war. Wir mussten hintereinandergehen, und ich nutzte meine Chance. Während Antonin weiter nach der Lücke im Gedränge suchte, stahl ich mich hinter dem Taxi vorbei in ein Café.

Der stahlgesichtige Sturmtruppler hinter der Theke stellte vier Espressos auf die zerschrammte Theke, und ich trank sie nacheinander weg.

Zugegeben, das war kein schöner Zug von mir. Draußen versuchte Antonin, uns einen Weg zu bahnen, nur um beim nächsten Schulterblick festzustellen, dass sein Schützling gar nicht mehr da war. Für ihn mit Sicherheit ein Grund zur Unruhe. Wahrscheinlich suchte er mich bereits. Und das alles, weil ich unbedingt meinen Kaffee haben wollte. Wenn mich seine Tour durch die Geschichte eines gelehrt hatte, dann dies: Es gab Menschen, die grundsätzlich nobel handelten. Ich dagegen war mir immer selbst der Nächste.

Doch das kümmerte mich nicht, als erst einmal die Espressos ihre Wirkung entfalteten. Ich hinterließ ein fettes Ami-Trinkgeld und lief wieder hinaus auf die Straße.

»Tony!«, rief ich.

Er hatte sich an eine Hauswand zurückgezogen und suchte mich in der Menge. »Ich weiß nicht, wie das passieren
konnte«, sagte er.

»Ist doch egal. Wir sind wieder zusammen.« In meiner
Euphorie ergriff ich sogar kurz seinen Arm. »Sehen wir uns
die restlichen unvergänglichen Kulturgüter an, was meinst
du, Tony? Zeig mir die besten Spots der Stadt!«
Lass die Geschichte sich entfalten! Lass die Barbaren mor-
den! Wir Normalmenschen können schon froh sein, wenn
wir in dieser gefährlichen Welt halbwegs klarkommen.

An einem Markt machten wir halt. Die vier Espressos hatten meinen Lebenswillen geweckt, und ich bombardierte ihn
mit Fragen.

»Gab es diese Verkaufsstände schon unter den Kommunisten?«

»Ja, die gab es.«

»Und wurden auch die gleichen Sachen angeboten?«

»Nicht alles natürlich«, sagte er. »Heute ist das Angebot
eher touristisch geprägt.«

»Haben Sie damals auch schon Stadtführungen gemacht?«

Wie sich herausstellte, zeigte er seit den späten Achtziger-
jahren Prag-Besuchern die Stadt, dreißig Jahre also. Obwohl
sein Publikum seinerzeit fast ausschließlich aus sowjetischen
Architekten, Apparatschiks und Urlaubern aus der DDR bestand.

»Haben Sie Ihre Führung für diese Leute sehr anders als
heute gemacht?«

»Was verstehen Sie unter sehr anders?«

»Waren beispielsweise die Sehenswürdigkeiten auf Kommunisten zugeschnitten? Also weniger Kirchen, dafür mehr
Stahlwerke und so?«

»Zu Kirchen zieht es die Leute immer«, sagte er. »Nein, ich würde sagen, es war mehr oder weniger der gleiche Ablauf.«

»Gab es im Kommunismus irgendwas, das besser war als heute?«

»Besser? Unter dem Kommunismus?« Kopfschüttelnd verdrehte er die Augen. »Das nun wirklich nicht.«

Danach hatte ich keine Lust mehr. Genug gesehen. Sobald die Koffeinwirkung nachließ, wollte ich nur noch ins Hotel. Wir standen gerade auf irgendeiner Brücke – Antonin zufolge die schönste Brücke der Welt. Aber was sollte an ihr schon schön sein, außer der Gelegenheit zu springen?

Egal, wo wir bisher waren, überall wartete bereits eine Bronzetafel, die über die historische Bedeutsamkeit des Ortes informierte. Hier, an diesem Haus, hatte der tschechoslowakische Widerstand einen Tunnel gegraben. Dort, an einer anderen Stelle, hatten Aufständische von 1956 den Sowjetpanzern Widerstand geleistet. Die ganze Stadt war auf diese Weise ... soll ich sagen: *zugepflastert*? Ein einziges großes Mahnmal für die Helden und Märtyrer der Nation. Aber was war mit uns Normalmenschen, die nur versuchten, halbwegs klarzukommen? Ich setzte meine Sonnenbrille auf und starrte aufs Wasser hinaus.

In einiger Entfernung lag das Ufer, an dem ich eines Nachts gejoggt war. Ich erkannte sogar die Bank, an der ich beinahe zusammengeklappt wäre. Angenommen, meine Befürchtung wäre wahr geworden und ich hätte wirklich da gelegen, was hätte ich hinterlassen? Was für eine Frage! Gar nichts natürlich. Keine Blumen hätten an meinen Sterbeort erinnert, schon gar keine bronzene Gedenktafel. So gesehen kann ich mich genauso gut umbringen. Warum eigentlich nicht? Was war denn die Summe meines Lebens? Was hatte ich geleistet? Na gut, das hätte ich beinahe vergessen: unsere Außenwerbungsinitiative. Mir war es zu verdanken, dass es Plakatwände gab, Aberhunderte sogar, von denen manche nicht mehr als die eigene Verfügbarkeit bewarben. Ich redete mir ein, dass die Angst, die mich in Prag auf Schritt und Tritt begleitete, auf irgendeine Art Verfolgung zurückging. Ich stand auf einer Liste, nach mir wurde gesucht, ich war im Visier der Geschichte. Bei Lichte besehen natürlich alles Blödsinn. Das Gegenteil war der Fall. Es war eher die Angst, dass ich nicht einmal *diese* Aufmerksamkeit verdiente. Ich war ein Staubkörnchen im Universum.

Jeder weiß, wie wichtig es ist, auf der richtigen Seite der Geschichte zu stehen. Nur, in diesem Moment beschlich mich die schwindelerregende Wahrheit: Es kam nicht darauf an. Es spielte überhaupt keine Rolle. Was ist der Unterschied zwischen dem Heldenmut der Märtyrer und der Niedertracht der Verräter, sobald der Tod sie beide gleichgemacht hat? Vielleicht würde es einen fernen Tages so sein, doch nur, wenn das Böse wirklich besiegt ist und seine Stellvertreter auf Erden zusammen mit den Guten in den Orkus fahren. Dann fände man in Prag vielleicht auch Gedenktafeln mit dem Wortlaut »Hier liegen Mord und Totschlag« oder »Hier ruht der Krieg« oder »Hier liegt die Anwendung brutaler Gewalt« … Doch solche Touristeninformationen gibt es nicht und wird es auch nie geben. Die Welt macht – trotz der vielen Helden und Märtyrer – weiter wie gehabt. Stets aufs Neue dieselbe Scheiße. Warum war ich am Morgen überhaupt aufgestanden?

An dieser Stelle müsste ich eigentlich den guten Dr. Haymark vorstellen, der uns etwas über das Wirkungsspektrum moderner Antidepressiva erzählen würde. Aber ich brauchte keine psychoaktiven Drogen, ich musste nur weg aus diesem bekackten Prag. Denn solche Herausforderungen wie hier gab es in Cleveland nicht. Es gab Dunkin' Donuts, es gab Outlet-Center und eine Sportarena mit genügend Parkplätzen. Dort wurde niemand angehalten, über die blutige Vergangenheit nachzudenken. Und wenn man den ganzen Tag danach gesucht hätte, Bronzetafeln wie hier waren in Cleveland unbekannt.

»Eine wunderbare Aussicht«, sagte Tony.

Ich wandte mich zur Seite und sah, wie er das Panorama in sich aufnahm. Offenbar erwartete er, dass ich sein Gefühl teilte. Allein aus Höflichkeit verschwieg ich ihm, wie meine Kollegen und ich diese phänomenalen Sichtachsen nutzen würden. »Stimmt«, sagte ich. »Eine wunderbare Aussicht.«

Einen Moment lang war es still zwischen uns. Dann sagte ich: »Meine nächste Station ist Syrien.«

Er antwortete nicht. Vielleicht, weil er meinte, sich verhört zu haben.

»Sobald ich wieder in Cleveland bin, geht es ab nach Syrien«, sagte ich. »Verfolgen Sie, was in Syrien passiert?«

»In Syrien? Ja.«

»Die Bombenangriffe? Die vielen Flüchtlinge?«

»Ja«, sagte er und wandte den Blick ab. Vielleicht tat er gut daran, nicht näher auf das Thema einzugehen. Denn was hatte ein dreiundvierzigjähriger Fettsack wie ich schon zu Syrien beizutragen?

»Ich will Sie nicht drängen«, sagte er. »Lassen Sie sich Zeit. Ich gehe schon mal vor und warte auf der anderen Seite auf Sie.«

Ich sagte, das sei nicht nötig, und so setzten wir unseren Weg gemeinsam fort.

»Ich mag diese Brücke eigentlich nicht so sehr«, sagte er.

»Wieso? Vorhin war es noch die schönste Brücke der Welt.«

»Kapitalistische Aufschneiderei«, erwiderte er.

Das Wort klang nach, als wir an einem weißhaarigen Akkordeonspieler vorbeikamen. Ich überlegte, was es dann mit seinen anderen Behauptungen auf sich hatte. Wenn man ihn hörte, verfügte Prag über die schönste Architektur und die angesagteste Sterneküche. Es gab dort die besten Autos, das älteste Pilsner, die historischsten Kneipen. Selbst das Negative belegte immer die vordersten Plätze auf der Negativliste. Die brutalsten Morde! Die blutigsten Kriege! Wenn das mal keine kapitalistische Aufschneiderei war. Ich dachte, ich bekäme eine ehrliche Geschichtsstunde, aber offenbar war selbst die Historie eine Frage des Zeitgeists, und der blies eben gerade aus Westen.

Die Brücke markierte eine Zäsur. Hier wich er zum ersten Mal von seinem Text ab.

»Sie haben mich gefragt, was im Kommunismus besser war als heute. Dazu kann ich nur sagen: gar nichts. Außer dass es damals noch nicht so viele Touristen gab.«

»Wieso? Ist das nicht gut fürs Geschäft?«

»Das schon«, sagte er. »Aber nicht so sehr für die Leute, die hier leben.«

»Trotzdem, Ihre Frage war ungewöhnlich«, sagte er etwas später. »Die meisten wollen über den Kommunismus nur die Horrorstorys wissen, aber Sie fragen genau das Gegenteil.«

Über endlose, steile, äußerst mühsame Treppen stiegen wir zur Prager Burg hinauf. Oben war ich so ausgepumpt, dass es mir vorkam, als hätte ich den Himmel erklommen, und ich sagte: »Ich brauche erst mal eine Pause.«

Ich trat an die Brüstung und blickte hinunter. Seit wann

hatte ich so zugelegt? Wie kam es, dass ich mich auf einmal so alt fühlte? Als ich wieder Augen für die Stadt hatte, lag unter mir das bekannte Dächermeer mit Gauben und Türmen. Weiter hinten die große grüne Fläche eines Parks mit einer Schneise, durch die gerade eine Drahtseilbahn fuhr.

»Damals, im Kommunismus, gab es die beliebte tschechische Fernsehserie *Die Kriminalfälle des Majors Zeman*«, sagte er. »Schon mal davon gehört?«

»Nein.«

»Major Zeman war der kommunistische James Bond: intelligent, tough, mutig, ein Mann wie ein Westernheld. Ich bin etwa vierzehn, fünfzehn Jahre alt, und mein Vater und ich, wir gucken die Serie jede Woche. Er war Kommunist, glaubte an die sozialistische Sache und an die Sowjetunion. Ein wunderbarer Mann, leider schon tot.«

»Woran ist er gestorben?«

»Er starb an gebrochenem Herzen, als der Kommunismus unterging«, sagte er. »Wir stritten oft über Politik, in diesem Punkt waren wir grundsätzlich verschiedener Meinung. Zum Beispiel, warum es allen unbedingt gleich schlecht gehen muss. Ich sah das nicht ein. Aber von *Major Zeman* verpassten wir keine einzige Sendung, denn wir beide liebten diese Serie. Ich habe ihn immer Pavel Daneš genannt, nach einer Figur aus der Folge über den Prager Frühling. Ständig betrunken.« Er lächelte. »Komisch, warum mir das gerade bei Ihnen wieder einfällt.«

»Ich habe auch mit meinem Dad Fernsehen geguckt«, sagte ich. »*Crime Story* mit Dennis Farina.«

»Väter können so was«, sagte er.

Als wir zu guter Letzt oben an der Burg anlangten, stellten sich uns drei schwerbewaffnete Wachsoldaten in den Weg. Antonin sprach auf Tschechisch mit ihnen.

»Wir müssen wieder runter«, sagte er. »Irgendwas ist hier passiert, aber sie wollen nicht sagen, was.«

Also kehrten wir wieder um, die ganze lange Treppe hinunter. In Prag sind an jeder Ecke irgendwelche Bronzetafeln angebracht, und der Besucher denkt sich meist nur: »Na ja, zum Glück ist das heute anders.« Doch tags darauf erfährt man von dem Geiseldrama: drei Männer, sechs Tote, Verbindungen zu irgendeinem islamistischen Terrornetzwerk nicht ausgeschlossen. Kurz: Es ist überhaupt nicht anders. Im Prinzip hat sich gar nichts geändert. Der Katholizismus weicht dem Protestantismus, dann übernimmt der Kommunismus die Funktion der Kirche, welcher seinerseits vom Kapitalismus erledigt wird – und allesamt sind sie bedroht vom Terror. Seit Prag habe ich in so mancher Stadt ganz ähnliche Plaketten gesehen. Aber ganz gleich, ob in London, Warschau oder Montreal, jede einzelne davon steht für den Traum vom menschlichen Fortschritt.

»Tut mir leid«, sagte Antonin. »Oben auf der Burg wollte ich Sie zu einem Kaffee einladen.«

Hinter der Altstadt entzerrten sich die Straßen. Wir befanden uns nun nicht mehr im Sogbereich der Brücken, sondern in einem ganz anderen Viertel. Zwischen Stuckengeln und Konzerthallen sah ich die Werbung für ein Hooters (»12 Buffalo Wings, 200 Kč«). Eine Frau rief aus einem Fenster im dritten Stock jemandem etwas zu. Ein dicker Taxifahrer, der auf einer Steinstufe saß und mit sorgfältig befeuchtetem Finger soeben in seiner Boulevardzeitung blätterte, blinzelte über die Lesebrille hinweg nach der Ruferin.

»›Killing an Arab‹«, sagte Antonin.

»Wie?«

»Berühmter Song von The Cure«, sagte er. »Wir waren

noch Studenten, als wir den zum ersten Mal hörten. Es war seltsam, aber von da an war nichts mehr wie vorher. Wir trugen nur noch Schwarz, genau wie Robert Smith. Wir an der Uni, wir nannten das *gotický*.«

»*Gotický*?«

»Und ich war einer davon. Als *gotický* liebte man den Westen. Wir sahen *L'Avventura* im Kino, wir lasen Philip Roth. Nach den Ereignissen des Prager Frühlings war das offiziell natürlich verboten. Aber wir konnten nicht anders. Wenn etwas verboten war, machten wir es heimlich, vielleicht war das letztlich auch der Reiz daran, kann sein.«

Ich blickte ihn an und sah einen Mann, der verlorene Zeit wettmachen wollte.

»Warum wir heute diese Zeit so lieben, liegt ja nicht am Kommunismus. Es ist die Tatsache, dass wir damals jung waren: achtzehn, neunzehn, zwanzig Jahre alt. Wir waren neugierig. Und wir waren frei. Komisch, ich weiß, aber so war es. Ausgerechnet im Kommunismus fühlten wir uns frei. Obwohl der Kommunismus sonst nur Hunger, Mangel und Angst verbreitete. Aus diesem Grund war im Kommunismus eigentlich nichts besser – außer dass wir damals jung waren. Und wenn man jung ist, ist vieles besser.«

Er lächelte still über diese Volte, und wir gingen schweigend weiter.

»Heute höre ich keine Musik mehr«, sagte er. »Ich weiß nicht, warum.«

Wir befanden uns mittlerweile im Innenhof eines Rokokopalais, das in ein Boutique-Hotel umgewandelt worden war. Gleichwohl sprach Antonin nur mit ehrfürchtig gesenkter Stimme weiter. Hier am Hof von Graf Pachta fand Mozart nach der vergeigten *Figaro*-Premiere in Wien Zuflucht. »Der

Graf war überhaupt ein großer Förderer Mozarts«, erklärte Antonin. »Hier in diesem Hof wurde einst die beste Musik aller Zeiten aufgeführt – aber heute?« Matte Geste in Richtung der verglasten Hotelhalle, wo zwischen Marmorsäulen und vollendet gestylten Buchsbäumchen die neueste Generation von Škoda präsentiert wurde, fast wie in einer Gameshow. Von Mozart war nichts geblieben, stattdessen waren die Wände geschmückt mit hochglänzenden Plakaten, auf denen die Verbrauchs- und anderen Werte des jeweiligen Fahrzeugs standen. Antonin nahm mich beiseite und löste unauffällig eines der Plakate, um eine Bronzetafel freizulegen, die bestätigte, dass der Schöpfer der Prager Sinfonie einmal hier gewesen war.

Auf der Tržiště-Straße blieb er stehen und deutete auf ein Haus.

»Vor vielen Jahren«, sagte er, »gab es an dieser Stelle einmal eine Bäckerei. Heute ist es ein KFC. Als Kind war ich oft mit meiner Großmutter hier. Sehen Sie den Torbogen dahinten? Sobald man da durchkam, roch man es schon, denn die ganze Straße duftete nach frisch gebackenem Brot. Heute frage ich mich: Roch es nur deshalb so gut, weil wir solchen Hunger hatten? Oder weil ich erst sechs Jahre alt war? Ich weiß es nicht. Aber man bräuchte mir keine Pistole an den Kopf zu halten, ich wüsste auch so, was damals im Kommunismus besser war. Es war das Brot. Einfaches Brot. Es zu riechen. Es zu essen.«

Wir trennten uns vor dem Hotel, ein etwas abrupter Abschied. Wir gaben uns die Hand, und er war verschwunden.

Unser Stadtrundgang, versicherte er mir beim Abschied, habe sich auch für ihn gelohnt. Er habe, sagte er, Prag »mit neuen Augen« gesehen – und dabei entdeckt, wie viel er noch für seine Stadt empfand, vor allem in ihrem alten Teil. Für ihn sei eben kein Rundgang gleich. Und unserer ließ ihn schwermütig zurück, denn er redete kaum noch.

Mir ging es ähnlich. Wie so oft in meinem Leben hatte ich anfangs nur gemeckert, um am Ende traurig zu sein, dass es vorbei war. Ich fragte Antonin, was ich ihm schuldig sei, doch er wollte kein Geld. Ich schaute ihm nach, wie er langsam im Strom der Menschen auf der Ostrovní-Straße verschwand. Schlagartig war Prag wieder ein Ort, an dem ich mutterseelenallein war.

Ich holte meinen Schlüssel von der Rezeption, war aber zu aufgewühlt, um den Aufzug nehmen. Doch auch die Treppe erwies sich als zu viel für mich. Ich wollte zügig nach oben, immer zwei Stufen auf einmal, ließ es am Ende ganz bleiben. Ich setzte mich einfach auf die Stufen. Von dieser Position aus konnte ich die gesamte Hotelhalle überblicken. Irgendwo hörte ich einen Staubsauger. Und andere Routinegeräusche eines Businesshotels am späten Nachmittag. Von Antonin hatte ich den ersten Geschichtsunterricht meines Lebens bekommen, jedenfalls den ersten, der wirklich zählte, weil er den menschlichen Faktor einschloss: Geschichte nicht als Abfolge bestimmter Ereignisse oder als Touristeninformation an irgendeiner Hauswand, sondern als etwas, das im Gedächtnis der Menschen fortexistierte. Für mich verhieß das nichts Gutes. Denn es bedeutete, dass selbst im funktionalen, geschichtsvergessenen No-Name-Cleveland meine Geschichte noch irgendwo rumorte und alles andere als vergangen war. Dieser Wahrheit konnte ich nicht entgehen. Dass ich jemand war, der Frauen belästigte. Anderen Leuten faustdicke Lügen auftischte. Betrog, wo es nur ging. Jemand, der aus dem Badezimmerschränkchen von Freunden verschreibungspflichtige Schmerzmittel mitgehen ließ. Ihre Frauen vögelte. Und so weiter und so weiter. All die Dinge, die man von mir nie annehmen würde, wenn man mir erstmals in einem Konferenzzimmer begegnete, denn dafür trug ich zu teure Anzüge. Doch in Wahrheit bin ich ein Monster. Ich gebe mich nicht damit zufrieden, irgendwo eine Tulpe abzureißen wie die Dame von der Botschaft. Ich bin die Seuche, die Geißel, die Fressmaschine, die nichts verschont. Ein Wahnsinniger. Wer immer mir im Weg steht, der wird plattgemacht. Ich scheiße auf jeden Fortschritt, der sich nicht für mich auszahlt. Eigentlich war ich immer nur eine Belastung und noch nie wirklich vielversprechend – was die Praxis später nur bestätigt hat. Cleveland kann ein Lied davon singen. Dieser Stadt und seinen Bürgern hat mein Wirken nicht gutgetan, und jetzt bin ich hier, ein Erbe des alten Europa, und besichtige dieses wunderschöne Prag.

Selbst in dem unverhofften Fall, dass mir plötzlich die Visionen und meine Streitmacht abhandenkämen, es wäre eher unwahrscheinlich, dass ich in meiner kleinen Stadt irgendetwas so ließe, wie es ist. Vom Valley Parkway bis zur Lee Road gibt es noch viele Projekte, die nur darauf warten, verwirklicht zu werden. Deshalb verstehe ich auch nicht, warum der Pöbel nicht längst meinen Kopf verlangt. Auf meine Art hätte ich es nicht weniger verdient als die schlimmsten Tyrannen.

Der Anblick der Frau aus der Botschaft beendete meine Grübelei. Was wollte die denn hier, in meinem Hotel? Sie stand noch einen Moment an der Rezeption und ging dann zum Ausgang. Ich war aufgestanden, unschlüssig, was zu tun war. Ihr nachlaufen? Woher wollte ich wissen, dass sie meinetwegen hier war? Freiwillig wollte sie mich bestimmt

nicht wiedersehen. Dann vielleicht Baxter. Aber das war
genauso unwahrscheinlich. Also nur irgendein Zufall. Ich
kehrte in die Hotelhalle zurück.

»Hat jemand für mich eine Nachricht hinterlassen?«,
fragte ich an der Rezeption.

Keine Nachricht.

Über die Treppe ging ich auf mein Zimmer.

Die Tür war nicht abgeschlossen. Ich drückte sie auf und
sagte: »Hallo?« Wohl weil ich jemanden vom Housekeeping
erwartete, wie mir später klar wurde. Es war jedoch der düstere Riese von der Rezeption. Er stand auf der Fensterseite
meines Betts und war allem Anschein nach völlig überrascht.

Wir starrten uns an.

Sie hängen alle mit drin, alles eine große Verschwörung,
dachte ich. Keine Ahnung, wie und warum, aber eine andere
Erklärung gab es nicht. Die Frau von der Botschaft und den
Riesen verband ja nichts sonst.

»Was machen Sie hier?«, fragte er.

»Was ich hier mache? Sagen sie mir lieber, was *Sie* hier
machen?«

»Nein, was machen Sie hier in Tschechien?«

»Tschechien? Was haben Sie in meinem Zimmer zu su-
chen?«

»Ich wechsle den Eiskübel«, sagte er.

Ich blickte auf seine riesigen Hände. Sie waren leer. Der
Eiskübel, der zur Ausstattung des Zimmers gehörte, stand
hinter ihm auf dem Tisch. Und noch ein Stück weiter hinten
stand das Fenster offen, die Gardine bauschte sich in der
leichten Brise. Was mich an das Schicksal des tschechoslo-
wakischen Außenministers erinnerte, der sehr wahrscheinlich aus einem Fenster im dritten Stock geworfen wurde. Es
war eine von Antonins Geschichten über diese Stadt. Prag ist

nämlich die Hauptstadt der Fensterstürze. War der Riese in der Lage, mich hochzuheben? Passte ich durch das Fenster? Ich merkte, wie ich weiche Knie bekam.

»Den Eiskübel?«, sagte ich und klammerte mich an die Vorstellung, dass mir nichts geschah, solange nur geredet wurde. »Mein Eiskübel steht da drüben.«

Ich deutete darauf.

»Ich gehe jetzt«, sagte er, machte aber keine Anstalten, das Zimmer zu verlassen.

Lag es an meiner Herkunft? Oder an meiner Durchschnittsgröße? Stand ich als Gast unter dem Schutz des Hotels? Oder genoss ich Straffreiheit für meine diversen Verbrechen? Ich werde nie erfahren, was er meinte, als er mit seinem langen, knochigen Finger auf mich zeigte und ein Urteil sprach, in das er seinen ganzen Hass packte. »Du hast Glück«, sagte er, »sehr viel Glück.«

Sein Geld wert

Nichts nervt so sehr, wie die Sachen abzuholen, die man mal irgendwo eingelagert hat. Zum Glück hatte Jack Hilfe. Ein Kerl namens Mike, den er noch nie zuvor gesehen hatte. Ryan hatte ihn vermittelt, der immer den Garten machte. Mike arbeitete für Ryan oder kannte Ryan von irgendwoher. So genau wollte es Jack gar nicht wissen. Er war nur froh, dass er einen Helfer hatte. Allerdings hoffte er, dass dieser Mike anpacken konnte, nicht so wie Ryan. Ryan tat eigentlich nie viel, Ryan quatschte die meiste Zeit.

Mike hielt am Tor oben auf der kleinen Anhöhe und hupte. Jack ging zu der Metallsäule mit dem Terminal, gab den Code ein, und das Schiebetor rollte zurück. Mikes Stundensatz betrug zwanzig Dollar. Der Preis war korrekt, fand er, so ein Mann war jeden Penny wert. Aber nur, wenn er anpacken konnte.

Jack ließ seinen Blick über das Gelände schweifen, während Mikes Pick-up über die schwarz geteerte Zufahrt näher kam. Dieser Standort von U-Store-It war wirklich Ödnis pur. Richtig hässlich. Aber was sollte man machen? Was jetzt anlag, war ja auch ein unangenehmer Job. Aber getan werden musste er.

Jetzt hätte er erwartet, dass Mike erst mal bei ihm anhielt, die Seitenscheibe runterfuhr und sich vorstellte, gegebenenfalls die Hand rausstreckte etc., ehe er den Wagen parkte. Aber nein, Mike bretterte einfach an ihm vorbei. Na egal, das musste noch nichts heißen. Jack ließ die Terminalsäule los und ging ihm nach.

Spätestens als er dann vor seinem Lagerraum stand, wäre es schön gewesen, wenn Mike sich herbemüht hätte, damit sie endlich anfangen konnten. Aber Mike saß noch geschlagene zehn Minuten hinter den getönten Scheiben seines Pick-ups, schrieb SMS oder ein Update seines Profils oder was auch immer. Wahrscheinlich konnte man bei einem Jüngeren nicht dieselben Manieren, dieselben Prioritäten voraussetzen wie bei einem Zweiundvierzigjährigen.

Doch als Mike sich endlich aus dem Wagen bequemte, war er (Überraschung!) überhaupt nicht jung. Fünfzig, mindestens. Farbbekleckerte Arbeitsstiefel und aufgedunsenes Gesicht. Typ unangenehmer Zeitgenosse, jedenfalls auf den ersten Blick. Ein Mensch, dem die Nachbarn lieber aus dem Weg gehen. Das, was er, Jack, als Zeichen des guten Willens für seinen Helfer mitgebracht hatte (Latte und ein Croissant), ein Schuss in den Ofen. Schlimmer, so eine Geste konnte sogar nach hinten losgehen. Schade, jetzt konnte er alles wegschmeißen.

»Hey, bist du Mike?«

Als Antwort kam: ein knappes Nicken. Dann steckte er sich ein Stück Kautabak in den Mund, stülpte sich eine Yankees-Cap auf den Schädel und ließ die Wagentür hinter sich zufallen. Von Namen hielt er nicht viel, jedenfalls sparte er sich jede persönliche Anrede. Ihn interessierte offenbar nur der nackte Kontrakt: Arbeit gegen Cash.

Und das war okay. So konnten sie gleich loslegen.

»Danke, dass du so schnell kommen konntest, Mike. Hat Ryan dir gesagt, worum es geht?«

»Er sagte, du brauchst einen Umzugshelfer«, sagte Mike.

»Richtig. Alles, was in diesem Lagerraum ist, muss nach Red Hook«, sagte Jack. »Ich ziehe mit meiner Verlobten zusammen. Wir heiraten im Juni. Bist du verheiratet? Quatsch, sonst würdest du ja einen Ehering tragen. Andererseits, nicht jeder trägt heute einen Ring. Lisa und ich haben in letzter Zeit über nichts anderes geredet als Eheringe. Egal, ein Freund von uns hat dieses Weingut in Livingston. Blick über den Hudson, wunderschön. Als er es uns anbot, dachten wir: warum nicht? Können die Kinder Heuwagen fahren. Natürlich darf auch getanzt werden. Dafür wird aber noch ein Festzelt aufgebaut.«

Mike nickte, als das Wort Livingston fiel, drehte sich aber gleich wieder weg.

»Na egal«, sagte Jack, »dieser Lagerraum ist so etwas wie ein Relikt meines alten Lebens. Der ganze Kram muss raus, damit wieder alles an ein und demselben Ort ist. Dann ist auch Schluss mit dieser zweiten Miete, immerhin neunundsechzig Dollar im Monat, das summiert sich nämlich, wenn man mal darüber nachdenkt. Jede Kleinigkeit kostet heutzutage. Obwohl, nett sind sie ja, vorn im Büro. Wenn du mal Lagerfläche brauchst, kann ich den Laden hier nur empfehlen. Na egal«, sagte er.

Als Mike auch darauf keine Antwort gab, wusste Jack, dass dieser Mann ihn hasste. Natürlich *wusste* er es nicht, nicht mit Sicherheit jedenfalls. Es war eher eine Ahnung, doch diese (Ahnung) ging sehr tief. Mike war eiskalt an ihm vorbeigefahren, als er hätte stoppen müssen, und er hatte ihn zehn Minuten in der Kälte warten lassen, weil sein Handy offenbar wichtiger war. Unschwer vorauszusehen, wie er ihn behandeln würde, wenn er nur entfernt die Möglichkeit dazu hatte. Auf langen Autofahrten anhalten, weil er austreten musste? Nicht mit ihm. Höchstens bei Tankstopps, und auch nur, wenn er, Jack, rechtzeitig wieder zurück war. Kurz: »Wenn ich fertig bin mit Tanken, sitzt du wieder im Wagen, oder ich fahre ohne dich weiter.« Kein Witz. Und Jack würde rennen. So schnell wie bei Mike dürfte er noch nie auf dem Klo gewesen sein.

Dann blickte ihn Mike zum ersten Mal an. Er hatte überraschend feuchte, überraschend schöne blaue Augen. »Hat dir Ryan meinen Stundensatz gesagt?«

»Er meinte, zwanzig Dollar.«

Mike nickte. »Zwanzig Dollar ist mein Stundensatz.«

»Da ich den Umzug ohne dich nie bewerkstelligen könnte, ist zwanzig fast geschenkt. Zumal wenn ich bedenke, dass du an einem Sonntagmorgen wahrlich Besseres zu tun haben könntest.«

»Zwanzig Dollar ist mein Stundensatz«, wiederholte Mike.

»Zwanzig, abgemacht«, sagte Jack. »Dann, würde ich sagen, fangen wir mal an.«

Jack ließ das Rolltor des Lagerraums nach oben, und er und Mike besahen sich die vor ihnen liegende Aufgabe. Einmal mehr fiel ihm auf, wie viele Kisten sich hier mit den Jahren angesammelt hatten, wie viel er eigentlich besaß. Plötzlich verspürte er den Wunsch, den ganzen Mist ein für alle Mal hinter sich zu lassen.

»Die Frage ist nur, wie«, sagte er. »*Wie* fangen wir an?«

»Wir packen alles in den Wagen«, sagte Mike.

Schon hatte er sich die ersten beiden Kisten vom Stapel geholt und trug sie über die Laderampe in den Umzugswagen, als gelte es, eine Burg zu stürmen. Ehe Jack die erste Kiste nur angefasst hatte, war Mike wieder da.

Gegen ihn konnte man nur verlieren. Wenn man sagte:

»Wir sollten mit System vorgehen«, bekam man zu hören, was denn der Schwachsinn solle. »Das ist keine Hirnwissenschaft hier, du darfst nur die Arbeit nicht scheuen. Also hau rein.« Tat man aber genau das, wurde man von einem wie Mike unsanft gebremst. »Hoppla, nicht so schnell! Was soll das geben, wenn's fertig ist? Noch nie von fachgerechter Beladung gehört, du Komiker?«

Jack schnappte sich also ebenfalls zwei Kisten und eilte Mike nach. Er verlor jedoch auf halber Rampe die Balance und musste die obere Kiste hinunterrutschen lassen. Ein Moment wie in Zeitlupe, in dem ihm allerhand Gedanken durch den Kopf schossen. Er hatte halt zwei linke Hände. War der Aufgabe nicht gewachsen. Ein Job für Männer, nicht für Abziehbilder … Doch als er sich beschämt nach Mike umdrehte, stellte er fest: Mike schenkte ihm nicht die geringste Beachtung.

Im Handumdrehen war Mike erneut hinter ihm, mit den nächsten beiden Kisten.

»Entschuldigung«, sagte Jack und trat schnell zur Seite.

Als er die heruntergefallene Kiste aufhob, war Mike bereits wieder auf dem Weg zum Lagerraum, um die nächsten zwei Kisten zu holen. Nur Sekunden später trafen sie abermals aufeinander, Mike mit seiner sechsten, Jack immer noch bei seiner zweiten Kiste.

Wollte er wirklich Umzugskartons zählen? Das war doch kein Wettrennen. Und was, wenn Mike es genauso machte? Egal, dafür war er da. Er bezahlte ihn schließlich dafür. Wenn er wollte, könnte er Mike auch ganz allein die Kisten schleppen lassen.

Sie wurden von Anfang an nicht warm miteinander. Trotzdem unternahm Jack noch einen Versuch, mit Mike ins Gespräch zu kommen. Über das Wetter oder die verdammte Plackerei, all diese Kisten abzutransportieren.

»Kommst du hier aus der Gegend, Mike?«, fragte er.

»Was?«

»Oh, nur eine Frage. Bist du irgendwo von hier?«

Sie kamen soeben die zerschrammte Laderampe hinunter, Jack war vorn und blickte über die Schulter nach hinten. Er meinte, ein Nicken gesehen zu haben. Doch danach kam wieder gar nichts, und Jack fragte nicht weiter. Manche Leute redeten nicht gern über ihr Privatleben. Wer wollte ihnen daraus einen Vorwurf machen? Einer wie Mike kriegte leicht etwas in den falschen Hals, und eigentlich fand er es ja gut, wenn die Leute nicht die ganze Zeit quatschten.

Doch einem Mann wie Mike einen Latte und ein Croissant mitzubringen war ein Unding. Das ging gar nicht. Er schüttelte den Kopf über sich selbst.

Nur Sekunden später sprach er Mike erneut an: »Wie man sieht, bist du Yankees-Fan?«

»Hä?«

»Yankees-Fan.«

Jack deutete auf Mikes Baseballkappe. Mike nahm die Kappe vom Kopf, schaute sie schräg von der Seite an und setzte sie wieder auf. Dann packte er sich die nächsten beiden Kisten und trug sie in den Wagen.

Bald setzte sich jedoch ein gewisser Arbeitsrhythmus durch. Jack nahm zwei Kisten, schleppte sie in den Van, und wenn er die Rampe herunterkam, kam ihm Mike mit zwei Kisten entgegen – und so weiter, immer abwechselnd und richtig einträchtig, etwa zwanzig Minuten lang.

Doch dann, als Mike im Laderaum war, sagte Jack: »Ach,

übrigens, ehe ich es vergesse: Ich habe dir ein Croissant mitgebracht. Es liegt im Fahrerhaus auf dem Beifahrersitz. Es ist von Le Perche.«

Wieso eigentlich nicht? Man muss doch nicht alles verkommen lassen. Es war dumm von ihm, nicht bei der freundschaftlichen Linie zu bleiben, nur weil der andere ihm ein unfreundliches Gesicht zeigte.

Mike kam auf ihn zu und baggerte dabei eine Riesenportion Kautabak aus der Dose. Jack war schleierhaft, wie so viel Tabak in diesen kleinen, bösen Mund passte, doch Mike gelang es mit einer einzigen, eigentümlich kunstfertigen Geste. Das ganze Zeug steckte nun hinter seiner Unterlippe, worauf er sich die feuchtbraunen Finger an der Jeans abwischte und die Dose wieder zuschraubte. »Von wo?«, fragte er. Er spuckte aus.

»Ach so«, sagte Jack. »Von Le Perche. Kennst du das? Das französische Café in der Warren Street?«

Mike sah ihn an. »Französisches Café?«, sagte er.

Er wischte sich mit dem Handrücken über den Mund und sprang vom Laderaum des Umzugswagens direkt auf den Asphalt, womit die Frage für ihn offenbar beantwortet war, denn er lud sich gleich die nächsten beiden Kisten auf.

Was anfangs eher eine Ahnung war, wurde nun zur Gewissheit: Mike hasste ihn. Gerade bei der Irrationalität dieser Abneigung musste man mit allem rechnen. Gefühlt fürchtete Mike in diesem Moment um sein Leben. Er glaubte zwar nicht, dass Mike ihm beim nächsten Missgeschick eine Tischlampe über den Kopf zog, doch ganz bestimmt würde er eher zusehen, wie er krepierte, als ihm den geringsten Respekt, die kleinste Nettigkeit entgegenzubringen.

Na schön, dann eben nicht. Wenn er keinen Wert auf das

Zwischenmenschliche legte, nicht mal danke sagen konnte, dann hatte Jack ebenfalls keine Lust mehr. Schweigen konnte er, Jack, nämlich auch. Wozu sich länger Mühe geben mit einem, der nicht angesprochen werden wollte? Er konnte Mike sowieso nicht davon überzeugen, dass er a) wusste, was er wollte, b) trotzdem freundlich war und c) dass er überhaupt zur Bruderschaft echter Männer zählte. Bei einem wie Mike kümmerte man sich am besten nur um den eigenen Kram, ließ die Deckung oben – und ging so bald wie möglich wieder auseinander, damit nichts Unvorhergesehenes passierte. Das erste Gebot lautete daher: Fresse halten. Jack schwor sich, kein Wort mehr von sich zu geben, bevor nicht Mike den Anfang gemacht hatte.

»Tut mir leid, dass es so viele sind«, sagte Jack, als er das nächste Mal auf der Laderampe war. Er meinte die Kisten.

Schulterzucken bei Mike. Was kümmerte ihn die Anzahl der Kisten? Ob Kisten oder etwas anders, sein Stundensatz betrug zwanzig Dollar. Mehr interessierte ihn nicht.

Mikes Pech war, dass er eine gewisse Ähnlichkeit mit Donnie hatte. Donnie jedoch hatte sich in jüngster Zeit ziemlich dünnhäutig gezeigt. Wollte zum Beispiel nicht einsehen, warum er nicht zu Jacks Hochzeit eingeladen war. »Wenn ich nicht kommen darf, kommt Mom auch nicht, so einfach ist das«, sagte Donnie am Telefon. Es war typisch Donnie, Mom den Hörer wegzunehmen, wenn er, Jack, nur mit seiner Mutter reden wollte. Aber wie ihr wollt, dann bleibt eben beide zu Hause. Mom war nie der große Held gewesen, wenn es um Donnie ging. Selbst als er noch klein war, hatte sie ihn nicht vor Donnie schützen können.

Lisas Einwand dagegen: Wenn du niemanden aus deiner Familie einlädst, wer sitzt dann auf deiner Seite vom Gang?

Wie sieht das denn aus, wenn alle Gäste nur auf der Seite der Braut sitzen?

Sie tat so, als sei die Hochzeit ein wackliges Boot, das kentern konnte, wenn Jack nicht seinen ganzen Bekanntenkreis einlud.

»Von deinem *ganzen* Bekanntenkreis war gar nicht die Rede«, sagte Lisa, sobald das Thema aufkam. »Ich sage nur: Warum die Vergangenheit nicht ruhen lassen?«

Danke. Eine Hochzeit war kein Boot. Daher blieb es dabei: Er würde Donnie nicht einladen. Nur damit der seinen fetten Arsch auf seine Seite des Gangs pflanzen konnte.

Doch Mike war nicht Donnie. Mike war ein Freund oder Kollege von Ryan, ein Mensch, der sich an einem eisigen Sonntagmorgen für schäbige zwanzig Dollar die Stunde verdingen musste. Und *ihn* hasste Jack auch nicht. Ehrlich gesagt tat ihm dieser Kerl sogar leid. War echt scheiße, wenn man in seinem Alter noch so ackern musste.

»Mike, kannst du mir mal kurz helfen?«

Mike blickte auf das Ledersofa, das Jack an einem Ende angehoben hatte. »Du willst das Ding jetzt schon in den Wagen stellen?«

»Dann haben wir's hinter uns.«

»Na dann«, sagte er und beugte die Knie. »Deine Entscheidung.«

Normalerweise hatte einer wie Mike einen Spitznamen, aber welchen, das konnte er sich einfach nicht vorstellen. Vielleicht, so dachte er, käme es ja bei der Hochzeit raus. »Nenn mich Griff«, würde Mike sagen. Aber bis dahin müssten sie schon so manches Bier gemeinsam gekippt haben. »Ich weiß noch, wie wir deinen ganzen Krempel nach Red Hook gekarrt haben. Scheiße, ich hätte mir fast einen Bruch gehoben.

Aber hat trotzdem Spaß gemacht, oder?« Es gab nichts, was Männer so verband wie schwere körperliche Arbeit. »Und, hey, noch mal danke für die Einladung. Ich fühle mich wirklich geehrt.« Und Lisa, Lisa würde ihn beiseitenehmen und sagen: »Wirklich unglaublich, wie schnell du neue Freunde gewinnst.« Und gegen Ende des Abends, wenn er nach all den anderen Gästen noch einmal zu Griff zurückkam, würden sie sich zum Abschied umarmen, und Griff würde zu seiner Begleitung sagen: »Echt, ich liebe diesen Kerl.«

Na schön, so kam es jetzt nicht. Aber was soll's? Die Idee war sowieso weit hergeholt gewesen.

Sobald sich Mike warm gearbeitet hatte, sparte er sich die Rampe und stieg über die Stoßstange des Lieferwagens direkt auf die Ladefläche, egal, wie viel er zu tragen hatte. Kabel wickelte er verdrehungsfrei auf wie Lassos. Selbst wenn er sich mehr als genug aufgeladen hatte, nahm er im Vorbeigehen oft noch Kleinigkeiten wie eine Stehlampe mit. Es war in der Tat eine eindrucksvolle Vorstellung. Umso lächerlicher war, wie wenig er sprach.

Als Jack seine nächsten Kisten in den Umzugswagen schleppte, sah er, dass Mike hinten im Laderaum stand und mit seinem Handy telefonierte. Er hatte sich weggedreht, sprach sehr leise, nahm aber mit seiner massigen Gestalt den gesamten Platz ein, wodurch Jack gezwungen war, sich an ihm vorbeizuquetschen.

Er redete also doch! Nur nicht mit Jack.

Jack hätte selbst gern telefoniert. Selbst eine weitere Diskussion mit Lisa über die vermaledeite Gästeliste wäre besser gewesen als diese elende Schlepperei.

Er holte sein Handy hervor. Wie bekam Mike hier ein Netz? Wahrscheinlich einer von diesen Discountern, die hatten manchmal eine irre Netzabdeckung. Sei's drum. Jack steckte das Handy weg und ging wieder zu seinem Lagerraum.

Er schaffte die nächste Ladung in den Umzugswagen und dann noch eine und noch eine. Und während der ganzen Zeit telefonierte Mike ungestört weiter.

Okay, so etwas kann passieren. Leute rufen an, brauchen deine Hilfe, irgendein Notfall, man steckt halt nicht drin. Was Jack sich gewünscht hätte, war eine kleine Geste von Mike. Wenn er zum Beispiel, mit der Hand über dem Mikro, gesagt hätte:»Tut mir echt leid, dass das gerade jetzt passiert. Aber ich bin gleich fertig.«

Doch selbst geschlagene fünf Minuten später kein Wort von ihm. Mittlerweile hatte er es sich sogar auf einer der Umzugskisten bequem gemacht!

Aber so ist das nun einmal: Wenn dich jemand verachtet, wenn jemand zu der Ansicht gelangt ist, du verdienst nicht einmal das Mindestmaß an Respekt, dann macht er, was er will. Und wenn du ihm zwanzig Dollar die Stunde zahlst.

»Falls es dich interessiert, es steht mittlerweile 27:24«, sagte Jack zu ihm.

Mike blickte von seinem Gespräch auf.»Wie war das?«

»Ich sagte, dass ich bis jetzt siebenundzwanzig Kisten in den Wagen getragen habe und du nur vierundzwanzig.«

Mikes dunkle Monobraue zog sich zusammen.»Soll das heißen, du zählst mit, oder was?«

Jack verließ den Umzugswagen. Na sicher. Als ob Mike das nicht getan hätte. Bis er es interessanter fand, nur noch am Handy zu quatschen.

Und so erwartete er eigentlich eine Entschuldigung, als Mike sich endlich wieder in Bewegung setzte. Aber die kam nicht.

Er sprang einfach nur die Rampe hoch und nahm seine Arbeit wieder auf.

Wozu sind wir eigentlich hier?, fragte sich Jack. Die Frage war ihm schon gekommen, als Mike noch am Telefon hing. Wozu sind wir hier? Aus gegenseitiger Achtung schon mal nicht. Und wohl auch nicht, um neue Leute kennenzulernen? Also weswegen? Ging es nur darum, gegen Bezahlung ein paar Gegenstände von A nach B zu befördern? Nicht um mehr? Schwitzen nur für den Tageslohn, oder gab es gar noch einen anderen Grund?

»Wozu sind wir eigentlich hier, Mike?«, hörte er sich schließlich sagen.

Keine gute Idee. Aber was soll's. Was hatte er zu verlieren?

Vornübergebeugt sah ihn Mike mit zusammengekniffenen Augen an. Man konnte regelrecht riechen, wie ihm der Restalkohol vom Samstagabend aus jeder Pore drang.

»Geht es nur darum, ein paar Sachen von A nach B zu befördern? Oder haben wir noch irgendeine höhere Zweckbestimmung im Leben? Ich für mein Teil glaube das jedenfalls. Eine Bestimmung als echte Männer. Aber das ist mein Bier. Was denkst du? Glaubst du, es wäre möglich, dass wir, du und ich ...«

Mike stieß einen gepressten Schrei aus, als er ein überdimensioniertes Klimagerät (angeblich ein portables Modell) um wenige Zentimeter vom Betonboden anhob und in Minischrittchen Richtung Umzugswagen bewegte.

Erst ein offener Karton mit alten Fotos zwang Jack, innezuhalten und neu nachzudenken. Da war der Schnappschuss von seinem Onkel Vern. Auf dem Foto trägt er Mardi-Gras-Kettchen um den Hals und hat soeben die Lippen gespitzt, um in eine silberne Tröte zu blasen. Wäre er noch am Leben, würde er auf jeden Fall eingeladen. Und da, dieses seltene Foto von seinem Vater, auch schon tot. Und da, sein Kumpel Horvath, den Jack irgendwie aus den Augen verloren hatte, als er aus Denver fortging. Und hier das Bild von Steve zusammen mit dieser Wie-hieß-sie-noch-gleich, die sich nie wirklich für ihn interessierte. Als Steve sie später heiratete, war das auch das Ende ihrer Freundschaft. Und hier, zwischen den losen Fotos, war auch das kleine Fotoalbum, das die Albtraumjahre mit Sandra dokumentierte. Sie konnte er natürlich erst recht nicht einladen. Und hier, gleich daneben, ein Foto von Donnie: breites Grinsen, Zigarre im Maul. Er steht auf irgendeinem Anleger und hält in beiden Händen je einen Fisch. Diese Zahnlücke zwischen den oberen Schneidezähnen war schon immer dämlich. Und, nein, Donnie bekam wirklich keine Einladung. Was mehr oder weniger für seine gesamte Verwandtschaft galt. Man konnte nehmen, wen man wollte, es ging einfach nicht. Außer Tante Julia, aber die hatte leider schon abgesagt.

Er warf die Kiste in die Ecke. Wenn es nach ihm ging, konnte man den ganzen Scheiß verbrennen.

»Bin gleich wieder da, Mike«, sagte er beim Verlassen des Umzugswagens.

Er ging die schwarzgeteerte Zufahrt hoch, vorbei am (sonntags unbesetzten) Büro bis zur Country Route 9. Vielleicht hatte er da oben ein Netz. Nervös marschierte er am Straßenrand auf und ab. Ungebremst zischten die Autos vorbei, bis Lisa dranging. Er hörte sofort, dass sie geweint hatte.

»Was hast du denn?«, fragte er, obwohl er es sich denken konnte. »Geht es um die Gästeliste?«

»Ja, tut mir leid, Jack«, sagte sie. »Aber was soll ich denn machen?«

»Scheiße«, sagte er. »Also gut. Dann lad sie alle ein. Wen immer du willst. Mir ist es mittlerweile egal.«

Sie fing sich sofort. »Meinst du das ernst?«

»Ja, mein voller Ernst«, sagte er. »Mir doch egal, wer kommt oder nicht. Ich will nur, dass du glücklich bist.«

»O Jack!«, sagte sie. Sie klang seit Wochen nicht mehr so glücklich. »Du ahnst nicht, wie erleichtert ich bin.« Sie seufzte tief. »Auch Donnie?«

»Wen du willst«, sagte er. »Nicht mehr mein Bier. Dann hast du Gelegenheit, den Bastard mal kennenzulernen. Darauf bin ich gespannt. Aber beklag dich nicht, wenn er von deiner Nichte einen Blowjob verlangt. Zumindest wird deine Mutter schnell kapieren, warum ich ihr keinen aus meiner Familie vorstelle.«

»Aber Jenny ist erst elf, Jack.«

»Eben. Ich wollte es nur gesagt haben.«

»Reden wir nicht mehr über meine Nichte, okay?«

»Okay.«

»Aber danke trotzdem, Jack«, sagte sie. »Das alles bedeutet mir so viel, du machst dir keine Vorstellung.«

»Na ja, dafür machen wir es doch, nicht wahr, Lis?«

»Ich liebe dich, Jackie. Du bist so ein anständiger Mann.«

»Ich liebe dich auch, Lis.«

Er beendete das Gespräch und ging fröhlich hinunter zum U-Store-It.

»Du hast ein Problem«, sagte Mike, als er wieder am Umzugswagen war.

»Was für ein Problem?«

»Komm rein …«

»… kannst du rausgucken.«

»Was?«

»Egal.«

Der Umzugswagen war so gut wie voll, es gab keinen Platz mehr. Doch dafür war nicht Jack, sondern Mike verantwortlich. Wer war es denn, der meinte, sie bräuchten kein System!

»Ich sagte doch, das Sofa erst am Schluss«, sagte Mike.

»Ach so, dann ist es also meine Schuld?«

Mike zuckte die Schultern.

Eine Minute verstrich in Schweigen. Mike setzte sich auf eine Kiste, als wollte er schon wieder telefonieren.

Doch er hatte wohl recht. Es gab keinen Platz mehr. Entweder sie versuchten, den Rest irgendwie hineinzustopfen, oder sie machten es, wie Donnie es empfohlen hätte, raus mit dem Sofa und alles von vorn. »Und diesmal bitte richtig«, hätte er gesagt und Jack einen Klaps auf den Hinterkopf gegeben.

»Okay, was tun wir? Wird langsam kalt.«

»Erst mal muss dieses Scheißding raus«, sagte Jack.

Das Problem war, in vielen Fällen hatte Donnie einfach recht. Das musste Jack leider zugeben. Was Donnie anfing, das machte er richtig, denn er hatte Ahnung. Jack hingegen hatte relativ wenig Ahnung. Natürlich war er damals erst zehn Jahre alt oder so. Er konnte nicht wissen, wie Donnie als Erwachsener bestimmte Dinge in Angriff nahm. Doch mittlerweile war Jack zweiundvierzig Jahre alt, und nach wie vor richtete er überwiegend Chaos an. Wie hier wieder. Es lagen Kisten vor dem Wagen und im Wagen, und der Lagerraum war nicht einmal leer, auch da waren noch Kisten.

Vielleicht hatte es gar nichts mit dem Alter zu tun. Vielleicht traf Donnies Verdacht ja zu. Vielleicht lag das Chaos einfach in seiner Natur.

Endlich nahm er von Mike die letzte Bücherkiste entgegen und stellte sie auf den Boden. Jetzt war das Sofa dran.

»Hey, Mike, wie wär's, wenn ich dich in Büchern bezahle?«, sagte Jack. »Bücher habe ich nämlich genug.«

Wortlos reichte ihm Mike die nächste Kiste.

»Also nicht zwanzig Dollar, sondern zwanzig *Bücher* die Stunde«, sagte er. So ein Angebot hätte auch von Donnie kommen können, doch anders als bei Donnie war es nicht ernst gemeint. Er alberte nur herum. »Na, was sagst du dazu? Würdest du deinen Tageslohn auch in Büchern nehmen?«

Jack stellte sich wieder an die Ladekante, doch Mike im Innern des Wagens trat ohne Kiste an ihn heran, und sein Blick sprach Bände.

»Hey, das was nur ein Witz«, sagte Jack.

»Mein Stundensatz ist zwanzig Dollar«, sagte Mike.

»Weiß ich doch«, sagte er. »Das war ein Witz.«

Nachdem die Lohnfrage einmal gestellt war, wurde es Jack immer klarer, dass Mike dazu die einzig realistische Einstellung hatte. Es war ein simples Tauschgeschäft, Arbeit gegen Geld. Dieses Geschäft existierte unabhängig von freundlichen Gesten oder ob sich die Betreffenden namentlich kannten oder nicht. Erst recht unwichtig war die endgültige Bestimmung des Menschen auf Erden. Die Einzelheiten des Geschäfts bildeten die Marktsituation ab, man holte raus, was drin war. Mehr musste man nicht wissen.

Waren zwanzig Dollar also ein angemessener Preis für die Arbeit?

Die Antwort lautete nein. Und das nicht, weil Mike seinen Auftraggeber von Anfang an verachtete. Auch nicht, weil er ewig telefonierte oder sich hinsetzte, wann immer ihm danach war. Die Antwort war nein, weil es heutzutage einfach immer jemanden gab, der für weniger arbeitete. Fünfzehn oder zehn Dollar waren keineswegs unüblich, und man bekam sogar noch ein bisschen Zwischenmenschlichkeit obendrauf.

Obwohl die Lohnfrage eigentlich längst geklärt war, konnten die Verhandlungen jederzeit wieder losgehen. Etwa so: »Hör zu, Mike«, könnte er beispielsweise sagen. »Du weißt so gut wie ich, dass ich bei dem heutigen Arbeitsmarkt keine zwanzig Dollar bieten muss, um jemanden für irgendwelche Helfertätigkeiten zu finden. Hier ist mein Vorschlag.« Wobei er ihm erst einmal bar auszahlen würde, was bis zu diesem Zeitpunkt vereinbart war. »Denn Gerechtigkeit muss sein. Aber wenn du weiter für mich arbeiten willst, dann nur noch für fünfzehn Dollar die Stunde.« Was würde dieser Kleiderschrank von Kerl dazu sagen? Fand er dann vielleicht seine Sprache wieder?

»Hey, Mike«, sagte er.

Wollte er das wirklich durchziehen? Sie hatten das Sofa herausgeräumt und luden soeben die anderen Sachen wieder ein.

»Was hatten wir vereinbart, zwanzig?«

Mike hielt inne und richtete sich auf. »Ja.«

»Hör zu, ich hab's mir überlegt …«

»Was überlegt?«

»Ich meine, da du ja eine ganze Weile nur am Telefonieren warst …«

Mikes Monobraue signalisierte geballtes Missvergnügen. »Ja?«

»Sind zwanzig da noch angebracht?«

Auf einmal kam sich Jack vor wie das letzte Arschloch, wie Donnie. Solche Sachen brachte Donnie, nicht er, Jack.

Schikanierte ein armes Schwein wie Mike, der hier an einem Sonntag in der Kälte schuftete. Und weswegen? Nur weil er Jack entfernt an Donnie erinnerte. Doch das bekam ihm nicht. Er wurde noch genauso wie Donnie!

Boom, boom, boom! Mit drei schweren Schritten verließ Mike seinen Arbeitsplatz und kam auf ihn zu. Was? Wollte er ihm jetzt eine reinhauen?»Ich sagte doch: Unter zwanzig läuft bei mir nichts.«

»Mag ja sein, Mike. Andererseits ist es nichts weiter als eine leichte Helfertätigkeit.«

Finster legte Mike den Kopf zur Seite. Jack hatte eindeutig das Falsche gesagt.

»Wie wär's mit fünfundzwanzig?«, fragte Jack plötzlich.

»Willst du mich verarschen?«, fragte Mike.»Wir hatten zwanzig gesagt.«

»Ja. Aber jetzt biete ich dir mehr.«

»Wieso?«

»Nur so. Nimm es doch einfach. Es ist kalt hier draußen, es ist Sonntag. Kannst du das Geld nicht brauchen?«

Jack lief um ihn herum und dann die Rampe hoch. Hauptsache, weg aus Mikes Reichweite. Mikes Gesichtsausdruck stand kurz vor Mord.

Erst war er die zwanzig nicht wert, und plötzlich bot er ihm fünfundzwanzig? Wie ging denn das zusammen? Wie oft hatte man ihm gesagt, im Zweifelsfall lieber die Fresse halten, aber er wollte ja nicht hören. Schau, was du angerichtet hast.

Selbst nach dem Umräumen war nicht Platz genug für alle seine Sachen. Jetzt mussten sie den Kram doch in zwei Touren fahren. Jack zog das Rolltor herunter und setzte sich ans Steuer des großen Vans. Mike war auch schon da.

Er hatte einen Arbeitsstiefel auf dem Armaturenbrett abgestellt und aß in aller Gemütsruhe das Croissant von Le Perche. Jack starrte ihn ungläubig an. »Was soll das jetzt wieder?«

»Was?«

»Vorhin wolltest du es nicht.«

»Stimmt nicht.«

»Warum konntest du es nicht akzeptieren?«

»Akzeptieren?«

»Ja, du wolltest es nicht akzeptieren. Du hast dich zum Beispiel nicht bedankt. Du hast gar nichts gesagt. Du hättest dir keinen Zacken aus der Krone gebrochen, wenn du kurz danke gesagt hättest, als ich es dir anbot.«

»Danke«, sagte Mike.

»Wie zurückgeblieben bist du eigentlich?«

Es rutschte ihm einfach so raus. Mike starrte ihn an, ließ dann wortlos das angebissene Croissant in die Bäckertüte fallen, zerknüllte die Tüte und warf sie in den Fußraum des Umzugswagens.

Jack legte den ersten Gang ein, und wie eine behäbige Wolke rollte das ungewohnt schwere Fahrzeug über die frisch geteerte Auffahrt und anschließend hinaus auf die Country Road 9.

Sie fuhren am Steinbruch vorbei, einer grauen Pyramide aus Kalksandstein und Granit, und später an einem zugefrorenen Teich mit einer Schmachtlocke aus braunem Schilf. Die Straße war noch weiß vom Streusalz des langen Winters. Jack blickte zu Mike hinüber, der aber nur aus dem Fenster starrte, in Gedanken unerreichbar weit weg, wie ein Strafgefangener auf der Rückfahrt in den Knast. Er würde auf dem ganzen Weg nach Red Hook nichts mehr sagen. Und auf dem Rückweg auch nicht, nicht ein verficktes Wort. Ein

Mann konnte so etwas tun, ein Mann konnte den Entschluss fassen, von jetzt an nicht mehr zu sprechen. Also sei ein Mann wie Mike und halt gleichfalls die Klappe. Nur das, nur die Fresse halten und nichts mehr sagen. Und wehe dir, wenn nicht.

»Du hast mich nie nach meinem Namen gefragt«, sagte Jack.

Er wartete auf eine Antwort. Als keine kam, sagte er: »Schon heute Morgen, bei unserer ersten Begegnung. Du hast nicht gefragt, aber ich wollte es von mir aus auch nicht sagen, erinnerst du dich?«

»Weißt du, du redest zu viel«, sagte Mike.

»Ist das wahr?«

»Ja, das ist wahr. Wir wären schon dreimal fertig, wenn du weniger reden würdest.«

»Das ist interessant«, sagte Jack.

Weiter nur Schweigen. Dann:

»Bist du gar nicht neugierig?«

»Hä?«

»Ich sagte: Bist du denn gar nicht neugierig?«

»Worauf?«

»Wie ich heiße.«

»Ach so. Nein. Ryan hat es mir gesagt.«

»Ach wirklich?«

»Ja.«

»Also weißt du, wie ich heiße?«

»Ja.«

Hinter dem Teich erstreckten sich hektarweise braune Felder. Dann verengte sich die Straße, und hohes Begleitgrün säumte die Strecke, erlaubte nur ab und zu einen Blick auf die vorbeifliegenden, bescheidenen Ranchhäuser. Danach kamen wieder Felder.

»Und wie heiße ich nun?«, fragte Jack.

»Hä?«

»Wie ich heiße.«

Mike blickte starr nach vorn auf die Straße.

»Siehst du, du weißt es nicht.«

»Ryan hat es mir aber gesagt«, sagte er schließlich. »Ist mir wohl entfallen.«

Jack war still.

»Vielleicht Jack?«, sagte Mike. »Kann das sein?«

Jack antwortete nicht. Sie fuhren über eine Privatstraße, mehr eine Allee, und erklommen eine zähe Serpentine, bis sie an ein restauriertes Farmhaus mit Blick auf die Berge gelangten, wo sie wortlos ihre Fracht entluden. Eine hübsche Veranda, ein alter Baum mit Kinderschaukel, ein Kanu aus Kirschholz neben dem künstlich angelegten Teich. Er hatte alles, was er sich nur wünschen konnte, das ließ er sich doch nicht von einem wie Mike kaputtmachen.

»Na, was hältst du davon, Mike?«

»Von was?«

»Von der Aussicht.«

»Arschloch«, murmelte Mike.

Dann stiegen die beiden Männer wieder in den Van. Die Meilen dehnten sich, und ihr Schweigen wurde hart.

»Ich rede also zu viel?«, sagte Jack.

»Ich denke, ja«, sagte Mike.

»Von mir aus. Aber du redest zu wenig.«

»Ist das wahr?«

»Ein kleines Gespräch dann und wann bringt dich nicht um.«

Mike antwortete nicht.

Nach der halben Strecke fuhr Jack rechts ran. »Du fährst«, sagte er.

»Wieso?«

Jack machte die Tür auf, und die Geräusche der Welt drangen herein. Er ging zur Beifahrerseite und machte auch dort die Tür auf.

»Wieso muss ich jetzt fahren?«

»Weil ich dich dafür bezahle.«

Mike rutschte auf die Fahrerseite, und Jack stieg ein. Rücksichtslos drängte sich Mike in den fließenden Verkehr mit Fahrtrichtung Norden.

»Aber nicht für fünfundzwanzig Dollar«, sagte Jack, als sie wieder geradeaus rollten. »Das zahle ich nicht.«

Mike sah zu ihm herüber. »Hast du vorhin aber gesagt«, sagte er.

»Abgemacht waren zwanzig. Das andere war ein Witz, keine Ahnung, warum ich das gesagt habe. Auf jeden Fall war es ein Irrtum, und dafür entschuldige ich mich. Aber fünfundzwanzig sind definitiv zu viel.«

»Du zahlst mir die fünfundzwanzig«, sagte Mike.

»Ich denke nicht.«

»Oh, doch.«

Mike überfuhr die rote Ampel an der Kreuzung und bog auf das Gelände der Lagerfirma ein. Jack stieg aus, gab an der Säule den Code ein und schlüpfte durch das sich öffnende Schiebetor, während Mike mit dem Wagen noch warten musste. Eine Minute später bretterte Mike abermals an ihm vorbei. Als Jack später an seinem Lagerraum ankam, saß Mike jedoch keineswegs in der Fahrerkabine und schrieb irgendwelche SMS, sondern ging mit dampfendem Atem vor dem Wagen auf und ab. Dann blieb er abrupt stehen und sagte: »Den Rest musst du allein machen.«

»Das sehe ich nicht so.«

»Mit dir stimmt was nicht«, sagte Mike.

»Mit *mir* stimmt was nicht?«

»Ich will nur, was du mir schuldest. Und versprochen waren nun mal fünfundzwanzig.«

»Weißt du, was ich früher in solchen Fällen zu hören kriegte? Markier hier nicht den King, sondern mach dich endlich an die Arbeit, verdammt noch mal.«

Jedes Mal, wenn Donnie so auf ihn zugekommen war wie Mike jetzt, hatte Jack das Jugendamt informiert, doch geändert hatte sich nie etwas. Na schön, diesmal schlug Jack als Erster zu und traf Mikes Kehle.

Es sah eher lächerlich aus, wie Mike zu Boden ging. Du bist nichts weiter als ein Mädchen!, hätte Mike im umgekehrten Fall wohl gesagt. Aber nicht jetzt. Jetzt glich Mike eher einem elfjährigen Riesenbaby, ein Schläger nur zum Schein, der bei echtem Widerstand sofort zusammenklappte und es später nie wieder versuchte. Jack war selber überrascht. Mike fasste sich an den Hals, als er in die Knie ging, und röchelte.

Wie gesagt, wäre es andersherum gewesen, hätte Mike ihn höhnisch aufgefordert: Komm hoch, du Pussy! Aber genau das durfte Jack jetzt nicht mehr zulassen. Um seine Füße vor Verletzungen zu schützen, hatte er am Morgen Stiefel mit Stahlkappen angezogen, und in diesen Stiefeln umkreiste er Mike nun und verband jeden Tritt mit einer speziellen Frage.

»Du fährst einfach an mir vorbei? Du hast es nicht nötig, dich vorzustellen? Du lässt mich in der Kälte warten, während du im warmen Auto sitzt und SMS schreibst? Du quatschst ewig am Telefon, aber mit mir sprichst du nicht? Du frisst mein Croissant und kannst nicht danke sagen? Du weißt nicht mal meinen Scheißnamen?«

Erst als er außer Atem war, hörte er auf zu treten und stützte sich erschöpft auf die Knie.

Mike hatte immer noch die Hand am Hals und rang gurgelnd nach Luft. Auf dem Asphalt war Blut.

»Okay, steh auf jetzt«, sagte er zu Mike. »Los, mach schon, steh auf.«

Jack stieß ihn an. Dann setzte er sich neben ihn auf den Boden. Weiter oben auf der Country Road 9 rauschte der Verkehr wie immer.

»Okay, ich bezahl dich«, sagte Jack. »Ich zahl dir die fünfundzwanzig, in Ordnung?«

Jack beugte sich zu ihm hinunter, um ihn besser verstehen zu können, falls er etwas sagte. Doch er hörte nur dieses entsetzliche Röcheln. Das Ganze war eigentlich unfassbar. Ein Kerl wie Mike! Einer, der so viel stärker war als er selbst.

Warum hatte er nicht ohne Mike angefangen, als der nur noch ein paar SMS schreiben wollte? Mit ein paar Kisten Vorsprung hätte es diesen idiotischen Wettbewerb zwischen ihnen nicht gegeben. Er wäre nicht in Rückstand geraten, und nichts von alledem wäre passiert.

»Ich war drauf und dran, dich zu meiner Hochzeit einzuladen«, sagte er.

Aber das spielte jetzt keine Rolle mehr. Entscheidend war, was Jack als Nächstes tun würde. Er stand plötzlich vor Alternativen, die geradezu undenkbar waren, als Donnie noch das Sagen hatte. Er könnte Mike sagen, was er selber oft genug zu hören gekriegt hatte: »Das hast du dir ganz allein zuzuschreiben.« Es wäre Mikes Lektion gewesen, ehe er ihn, nach Atem ringend, vor einem einsamen Lagerhaus seinem Schicksal überließ. Oder er könnte sich zusammenreißen und handeln, wie es echte Männer tun. Zumindest hatte er sich das so vorgestellt, damals, als er selber noch ein kleiner Junge war und den echten Männern ausgeliefert. Mike lief bereits blau an. Er musste dringend zu einem Arzt. Jack war ein anständiger Mann, aber er musste sich jetzt eine ernste Frage stellen. Was tut ein Mann – und ich meine einen *echten* Mann, also, was tut ein echter Mann –, wenn er weiß, dass er einen Fehler gemacht hat?

Danksagung

Besonderer Dank gilt Willing Davidson und seinen Kollegen vom *New Yorker*, die mit mir ebenso klug wie einfühlsam etliche der in diesem Band versammelten Geschichten noch einmal durchgingen. Speziell Willing ist ein unbestechlicher, messerscharfer Kritiker, was seiner Zustimmung (wenn sie denn kommt) aber erst ihren Wert verleiht.

Dank auch an meine bewährten ersten Leser, die immer zu mir standen: Robert Howell, Daniel Kraus, Christopher Mickus, David Morse, Grant Rosenberg und vor allem Matthew Thomas, der mit seinem scharfen Verstand jeder Frage auf den Grund geht.

Ich danke den Herausgebern der Zeitschriften und Bücher, in denen diese Geschichten zuerst erschienen sind: Amie Barrodale, Natalie Danford, John Kulka, Heidi Pitlor, Kathy Poires und Rob Spillman sowie der Mannschaft von *Prairie Schooner* und der *Iowa Review*. Ein besonderer Dank geht an David Hamilton.

Zu Dank verpflichtet bin ich weiter Jennifer Egan, Jennifer Haigh, Edward Jones, Francine Prose und Richard Russo, die sich für einzelne Geschichten in dieser Sammlung starkgemacht haben.

Allerdings gäbe es diese Sammlung gar nicht ohne die Lektoren Reagan Arthur von Little, Brown und Mary Mount von Viking. Schreiben als kommunikativer Akt ist letztlich nur sinnvoll, wenn man Leser hat wie euch. Insofern gebührt euch mein täglicher Dank, ebenso wie Georg Reuchlein von Random House. Zu guter Letzt möchte ich zwei Frauen danken. Meiner Agentin Julie Barer und meiner Frau Eliza Kennedy, die es immer verstanden hat, den Autor von seinen (durchweg negativen) männlichen Hauptfiguren zu trennen, was mich, den Autor, wiederum ermutigte, sie noch männlicher und noch negativer zu zeichnen.

All dies im Gedenken an meinen Vater, der mir fehlt.

MIX
Papier aus verantwor-
tungsvollen Quellen
FSC
www.fsc.org   FSC® C014496

Verlagsgruppe Random House FSC® N001967

1. Auflage
Copyright © der Originalausgabe 2017 Joshua Ferris
Copyright © der deutschsprachigen Ausgabe 2018 Luchterhand
Literaturverlag in der Verlagsgruppe Random House GmbH,
Neumarkter Straße 28, 81673 München
Umschlaggestaltung: buxdesign | München
Covermotiv: © plainpicture/Massimo Ripani
Satz: Greiner & Reichel, Köln
Druck und Einband: GGP Media GmbH, Pößneck
Printed in Germany
ISBN 978-3-630-87560-6

www.luchterhand-literaturverlag.de
facebook.com/luchterhandverlag